# ハーレクイン社シリーズロ



## 愛の激しさを知る　ハーレクイン

裏切りの変奏曲
ミステリアスな恋人
禁じられた愛の島
勝気なシンデレラ
それぞれの嘘
誰も知らない結婚（異国の王子さまⅢ）　♥ …グレアム／藤村華奈美 訳　R-2000

## 大人の遊び心をくすぐる　ハーレクイン・テンプテーション

今夜は帰れない（魔法のスカート）　♥ ヘザー・マカリスター／伊坂奈々 訳　T-501
ヴィーナスの標的　イザベル・シャープ／彩　よしこ 訳　T-502

## 情熱を解き放つ　ハーレクイン・ブレイズ

ひそやかな愉しみ　♥ ドナ・コーフマン／佐々木真澄 訳　BZ- 9
灼熱の冒険　キャンディス・シューラー／山ノ内文枝 訳　BZ-10

## 人気作家の名作ミニシリーズ　ハーレクイン・プレゼンツ 作家シリーズ

＜エメラルド色の誘惑＞Ⅰ～Ⅲ
　恋を生みだす銀貨　キャロル・モーティマー／柿原日出子 訳　P-234
　コックピットの恋人　キャロル・モーティマー／茅野久枝 訳　P-235
　知られざる思い　キャロル・モーティマー／柿原日出子 訳　P-236

## キュートでさわやか　シルエット・ロマンス

午後五時の誘惑（ボスは最高！Ⅱ）　♥ リンダ・グッドナイト／雨宮幸子 訳　L-1109
めぐりあう絆　ジュディス・マクウィリアムズ／山田沙羅 訳　L-1110
キスはおあずけ！　ジュリアナ・モリス／沢　梢枝 訳　L-1111
子爵のトラブル（カラメールの恋人たちⅠ）　ヴァレリー・パーヴ／青木れいな 訳　L-1112

## ロマンティック・サスペンスの決定版　シルエット・ラブ ストリーム

永遠の宿る場所　フィオナ・ブランド／米崎邦子 訳　LS-211
蒼空のミラージュ　LS-212
　時を経た口づけ　マギー・プライス／鈴木けい 訳
　翼の折れた天使　デブラ・コーアン／鈴木けい 訳
　コックピットより愛をこめて　マリーン・ラブレース／鈴木けい 訳
愛と欲望のゲーム（ファイナル・ミッションⅢ）　♥ スーザン・カーニー／谷原めぐみ 訳　LS-213
星から来た恋人　マギー・シェイン／湖南ありす 訳　LS-214

## 新シリーズ創刊第2話！

シルエット・コルトンズ『レディの傷心』ケイシー・マイケルズ／松村和紀子 訳　SC-2
シルエット・ダンフォース『禁じられた誘惑』モーリーン・チャイルド／山口絵夢 訳　SD-2
ハーレクイン・スティープウッド・スキャンダル『美徳の戯れ』エリザベス・ベイリー／辻　早苗 訳　HSS-2



♥マークは、今月のおすすめ

## シルエット・スペシャル・エディションより

# クリスティン・リマー

## ＜都合のいい結婚：悩める三兄弟＞

**10月5日スタート**

＜都合のいい結婚＞は、大富豪ブラボー一族の恋物語を描いた大人気シリーズ。これまでに9作をお届けしてきました。
新3部作では、ブラボー家のはみ出し者ブレイクを父に持つ3兄弟がヒーロー。ホテルチェーンCEOで仕事中毒のアーロン、無鉄砲でセクシーな賭博師ケイド、クリスマスが大嫌いな弁護士ウィル――父親のせいで愛を信じない3人が、真実の愛に目覚める姿を描きます。おなじみの面々も登場します。お楽しみに!

---

『ボスに失恋?』N-1032　10月5日発売

"MERCURY RISING(原題)" N-1036　11月5日発売

"SCROOGE AND THE SINGLE GIRL(原題)" N-1040　12月5日発売

## ハーレクイン・テンプテーションより

# ミニシリーズ＜魔法のスカート＞

## 10月20日スタート

サマンサ、クレア、A・Jはマンハッタンでおしゃれな部屋を間借りすることになり、大喜び。そのうえ、身につけることで運命の人に出会えるという魔法のスカートを手に入れ、未来は薔薇色に思えましたが……。話題を呼んだミニシリーズが3カ月連続で再登場!
RITA賞受賞作家クリスティン・ガブリエルをはじめ、実力派作家が大人の恋を描きます。

**ヘザー・マカリスター『今夜は帰れない』T-501**
サマンサとジョシュは同僚でライバル同士。対立しつつも相手のことが気になって仕方ない。
**10月20日発売**

**クリスティン・ガブリエル『恋はノン・ストップ』T-503**
クレアが一目で惹かれたミッチは、過去の経験から女性を寄せつけようとしない。
**11月20日発売**

**カーラ・サマーズ "SHORT, SWEET AND SEXY(原題)" T-505**
弁護士A・Jの初仕事は宝石泥棒の無実の罪をはらすこと。だが謎の男が付きまとい……。
**12月20日発売**

*The Blanchland Secret*

*by Nicola Cornick*



*Published by Harlequin K.K., Tokyo, 2004*

# 消えた乙女

ニコラ・コーニック 作

鈴木たえ子 訳

ハーレクイン・ヒストリカル・ロマンス

東京・ロンドン・トロント・パリ・ニューヨーク・アテネ・アムステルダム
ハンブルク・ストックホルム・ミラノ・シドニー・マドリッド
ワルシャワ・ブダペスト・プラハ

## 主要登場人物

**サラ・シェリダン**……………コンパニオン。
**アミーリア・フェントン**……………サラの親戚。愛称ミリー。
**フランシス・シェリダン**……………サラの兄。愛称フランク。故人。
**ラルフ・コウヴェル**……………サラの父のまたいとこ。ブランチランド館の持ち主。
**オリヴィア・メレディス**……………フランシスの隠し子。
**ガイ・レンショー**……………子爵。ウッダラン家の後継ぎ。
**ウッダラン伯爵**……………ガイの父。サラの名づけ親。
**シャーロット**……………ガイの母。
**グレヴィル・ベイナム**……………ガイの親友。アミーリアの求婚者。愛称グレヴ。
**エドワード・アラダイス**……………ブランチランド館の客。
**ジャスティン・レベイター**……………ブランチランド館の客。
**トム・ブルックス**……………ブランチランド館の庭師。

# 1

ミスター・ジュリアス・チャーチワードは、ロンドンでもとりわけ信望の厚い、自らの名を冠した法律事務所の代表だった。彼は貴族の依頼人に何かを伝えるときには、内容に応じてさまざまな表情を使い分けることができた。遺産が予想よりかなり少ないことを伝えるときには、同情を示しつつ重々しい表情、満足のいかない結果や約束の不履行には同情を示しつつ悲しげな表情、問題の性質がはっきりしないときには、どんな場合にも有効な陰鬱《いんうつ》な表情だ。彼は今、三番目の表情を選んで、バースにあるレディ・アミーリア・フェントンの瀟洒《しょうしゃ》な館《やかた》の戸口に立っていた。というのも実のところ、彼はこれから届けようとしている手紙の内容をいっさい知らなかったからだ。

チャーチワードは昨日ロンドンを発《た》ち、ニューベリーのスター・アンド・ガーターという宿で一泊して、夜明けとともにまた旅を続けた。クリスマスも間近に迫った時期にこういう旅をするのは、急ぎの用件だからだ。冬の空気は冷たかった。チャーチワードは外套《がいとう》の中で震えながら、レディ・アミーリアの話し相手《コンパニオン》、ミス・サラ・シェリダンがまだ朝食の席についていないことを願った。

こざっぱりしたお仕着せを着たメイドが、三年前にも訪れた見覚えのある客間へ通してくれた。そのとき彼はミス・シェリダンに、彼女の兄のフランクは遺産と言えるほどのものは残していないという、がっかりする知らせを伝えた。さらにその二年前には、シェリダン卿《きょう》は娘が赤貧に陥らない程度のささやかな遺産しか残さなかったという、もっとつらい事実を伝えなくてはならなかった。ミス・シェリダンは気丈に現実を受け止め、自分に必要なものはごくわずかだから、と答えてチャーチワードを感心させた。

彼は今も、サラの境遇は不適切だと強く感じていた。彼女のような家柄の女性が、たとえ善意にあふれた親戚《しんせき》のレディ・アミーリアのもととはいえ、コンパニオンなどするべきではない。心の広いレディ・アミーリアのことだから、ミス・シェリダンにいやな思いをさせることはないだろうが、とにかくこんな生活は彼女にふさわしくないのだ。

この数年、騎士道精神に富むチャーチワードは、ミス・シェリダンがふさわしい相手を見つけて結婚することを願っていた。彼女は若く、器量もなかなかのものだったからだ。しかし、三年たった今も、彼女はまだ独身のままだった。

レディ・アミーリアの優雅な客間で、チャーチワードは悲しげに首を振った。彼は特定の依頼人に好意を抱かないよう、強く自分を戒めていた。多くの重要人物を相手にしているだけに、個人的な感情が入り込むのはよくないことだ。しかし、ミス・サラ・シェリダンだけは例外だった。

ドアが開き、怪しげな知らせを運んでくる使者というよりは、大切な友人を迎えるように手を差し出して、サラがやってきた。「ミスター・チャーチワード！　ごきげんよう。訪ねてきてくださるなんて思ってもみなかった。うれしいわ！」

はたして本当に喜んでもらえるかどうか、チャーチワードには自信がなかった。書類かばんの中の手紙が重く感じられる。だが、そんな懸念も日の光の下では、ばからしく思えた。客間には冬の日差しがあふれている。朝のまばゆい日光に照らされても、欠点をさらされるどころか、ミス・シェリダンのクリームのように滑らかな薔薇《ばら》色の肌は目がくらむほどみずみずしい。淡い黄色のモスリンのシンプルなドレスが、彼女のほっそりとした体型を引き立てていた。

「ごきげんよう、ミス・シェリダン。お元気なようですね?」チャーチワードは勧められた椅子に腰を下ろし、咳払《せきばら》いした。自分でも驚いたことに彼はひどく緊張していて、とりあえず天気や旅の話を切り出すこともできなかった。彼はかばんを開き、無地の白い封筒に入った手紙を取り出した。

「唐突で申し訳ありませんが、わたしはこの手紙をあなたに届けるよう頼まれたのです。その頼まれ方自体きわめて異例だったのですが、まずは手紙をお読みになりたいでしょう、わたしが説明するより先に……」チャーチワードは自分の話が要領を得ないのがふがいなかった。サラの大きく美しいはしばみ色の目が、漠然としたとまどいの表情を浮かべて彼の顔に向けられている。彼女は手紙を受け取ると、小さく息をのんだ。

「でも、これは……」

「亡くなった兄上から。そうなんですよ」チャーチワードはどんな場面にも有効な例の表情を浮かべようとしたが、状況を完全に把握できない不安な男の顔にしかなっていないことは十分承知していた。

「まず、シェリダン卿の書かれたことをお読みになれば……」

ミス・シェリダンはすぐには手紙を開こうとしなかった。彼女は頭を垂れ、黒いインキの懐かしい筆跡をじっと見つめていた。縁なし帽からこぼれたブロンドと琥珀《こはく》色の髪が、日差しに輝いた。

「あなたは手紙の内容をご存じなの?」

「いえ、知りません」チャーチワードはやや非難めいた口調で答えた。まるでフランシス・シェリダンがわざと彼に何も知らせないようにしたとでもいうように。

ミス・シェリダンは弁護士の顔をしばし見つめてから、ゆっくりと胡桃《くるみ》材の机に歩み寄った。チャーチワードはレターオープナーが紙を裂く音を聞きながら、安堵《あんど》感が押し寄せてくるのを感じていた。ほどなく、最悪の部分が明らかになり……。

小さな部屋が沈黙に包まれた。厨房《ちゆうぼう》の陶器の触れ合う音や話し声が、チャーチワードの耳に届いた。

彼は、もとはブランチランド館にあった本が整然と並ぶ本棚を見回した。サー・ラルフ・コウヴェルがまたいとこのシェリダン卿から館を相続したときに、さっさと捨ててしまおうとした本を、サラが喜んで新しい家へ持ってきたのだ。ミス・シェリダンはひと言も話さない。彼女はやっと、暖炉のもう一方の側で弁護士が座っているのと対の袖《そで》椅子に歩み寄り、腰を下ろした。手紙は彼女の膝へと落ちた。彼女はまっすぐ弁護士を見つめた。

「あなたにもフランクの手紙を読んでお聞かせしたほうがいいと思うのだけれど」

「よろしいですよ」弁護士は心配そうなようすだ。

「親愛なるサラ」ミス・シェリダンは淡々とした口調で読み上げた。「おまえがこの手紙を受け取るとき、わたしはこの世にいない。そして、おまえに頼みがある。申し訳ないが、こんなことを頼むのは誰よりもおまえを信頼しているからだ。さて、本題に入ろう。わたしには娘がいる。おまえが驚くのはわかっているし、打ち明けずにいて悪かったが、正直なところ、おまえにはずっと知らずにいてほしかった。もちろん父上は知っている。そして、万全の策を尽くしてくれた。しかしもし父上が亡くなり、わたしも死んだときには、その子には誰か頼れる人間が必要になる。そこでおまえが登場するわけだ。残りはチャーチワードが話してくれるだろう。わたしはとにかくおまえに感謝して、神の祝福を願っている。フランクより」

ミス・シェリダンはため息をついた。軽率に子供をもうけ、その子の将来はなんとかなると楽観的に決め込んできちんと考えようともしなかったのんき気なフランク・シェリダンのことを、ふたりとも思っていた。ひと財産築こうなどと考えて東インド会社へ旅立つ前に、急いでこんな手紙を書いている彼の姿が、チャーチワードには目に浮かぶようだった。

サラの声にチャーチワードはわれに返った。「ミスター・チャーチワード、兄も言っているように、この謎《なぞ》を解くのに力をお貸しくださいます？」

彼はまたため息をついた。「確かに、わたしはミス・メレディスの存在は知っていました。亡くなった父上が……」彼はためらった。「十七年前、シェリダン卿がわたしのところへいらして、ある子供の養育のための手配を依頼されました。わたしは

……」

「その子は父の子だとお思いになったのね？」サラは静かに言った。チャーチワードはそのとき、彼女の目がいたずらっぽくきらりと光るのを見た気がした。身内の不始末に直面した若いレディが見せるべき表情ではないのだが。

「確かに……」チャーチワードは気まずそうに口ごもった。弁護士が憶測を口にするのは危険だ。

「そう思われても当然ですわ」サラが助け船を出した。「兄は当時まだ十八になったばかりだったし」

「まったく、若気の至りというか……」チャーチワードは曖昧《あいまい》な身振りをした。彼はふいに、若い未婚の女性とこういう話をするのは適切ではないと気づき、咳払いして鼻の眼鏡を押し上げた。ミス・シェリダンにこんなことを伝えなくてはならないのは残念だが、しかたがない。ここはできるだけ事務的に話を進めるのがいちばんだ。

「子供はブランチランドから近い村のある家庭に預

けました。亡くなったシェリダン卿はドクター・ジョン・メレディスに生涯にわたって年金を支給し……」チャーチワードは少しためらった。「さらに遺言によって、まとまった金を彼に残しました。メレディスは昨年亡くなったのですが、そのときは彼の未亡人も娘もまだブランチランドの近くに暮らしていました」

「ドクター・メレディスなら覚えているわ」サラが感慨深げに言った。「やさしい人だった。はしかにかかったときに診てもらったわ。それに、確かに娘さんがいた。わたしより七つか八つ年下の、かわいい女の子だった。彼女は学校に通っていたわ。先生には何か秘密の収入があるに違いないって、みんなが言っていたのを覚えている……」医者の家計の謎が解けて、彼女は口元に悲しげな笑みを浮かべた。

そのときチャーチワードにはコーヒー、ミス・シェリダンには濃い紅茶が運ばれてきて、自然と会話がとぎれた。この機会に、彼は話を先に進めた。

「こんなふうに驚かせてしまって申し訳ないのですが――」

「とんでもありません」サラは温かなほほえみを浮かべた。「あなたにはなんの責任もないことですもの。ただ、フランクの手紙から察して、ミス・メレディスに何か助けが必要になったときに、あなたはわたしに連絡することになっていたんですね？」

チャーチワードの表情は暗かった。彼はかばんから二通目の手紙を取り出した。一通目より小さくて紙の質が悪く、筆跡も丸々して子供っぽかった。

「三日前に受け取ったんです。どうぞ」

再び、サラは手紙を読み上げた。

拝啓

ぜひとも助けが必要なのですが、誰に頼ればいいのかわからず、あなたにお手紙を書いています。

わたしたち親子がひどく困ったときには連絡を取るようにと、亡くなったシェリダン卿が母にあなたの住所を教えてくださったそうです。どうかブランチランドのわたしのもとへいらして、この困難を乗りきる助言をお与えください。

敬具

ミス・オリヴィア・メレディス

しばしの沈黙があった。チャーチワードは自分はもっと落ち着いているべきだと思った。私生児の養育の手配やその子によって発生した問題の処理は、法律事務所がしょっちゅう依頼される仕事のひとつだ。しかし、道を踏み外した兄が妹に、自分の私生児を助けてほしいと頼むなどという事例は、これまで一件もなかった。フランク・シェリダンは人好きはするが、思慮が浅く向こう見ずな人物だった。彼は明らかに、妹をすこぶるやっかいな状況へと追い込んだのだ。

「ミス・メレディスはどんな困難に直面しているのか、具体的なことは書いていないわ」サラは思いをめぐらすように言った。「それにフランクがこの手紙を書いたとき、娘にどんな助けが必要なのかなんて見当もつかなかったでしょうし……」

「兄上にはとても無理だったでしょうね」チャーチワードは依然として非難めいた口調で言った。「彼はそれがどういうことかもわからぬまま、とにかく子供にとっていいことをしたいと願った」

サラは鼻に皺《しわ》を寄せた。「わたし、なんだか混乱してしまったみたい。もう一度最初から話を整理してもいいかしら。コーヒーと紅茶のお代わりを頼みましょう」

ポットとカップが満たされて、再びメイドが下がった。

「さて」サラがいかにも事務的な口調で言った。

「話を要約すると、亡くなった兄は彼の私生児であるミス・メレディスが助けを求めてきたときにはわたしに届けてほしいと、一通の手紙をあなたに託した。フランクは自分の死後、娘が頼る人もなく取り残されることがないよう、守ってやろうとしたんでしょうね」

「そのとおりだと思います」

「そして、三日前、あなたがこのミス・メレディスからの手紙を受け取るまでは、助けを求められたことは一度もなかったと?」

チャーチワードは首をかしげた。「ドクター・メレディスとその家族との連絡は、父上の死後いっさいとだえてしまったのです。シェリダン卿は彼らにまとまった金を残され……」それがかなりの額だったことを思い出し、彼は唇をきゅっと結んだ。「子供が将来も困ることがないようにされた。それがなぜ今になって連絡してきたのか……」

「彼女が求めている助けは、経済的なものではないのかも」サラは静かに言った。「それに生まれはどうあれ、やはり彼女はわたしの姪《めい》なのだし」

「まさしく、ミス・シェリダン」チャーチワードはとがめられた気分でため息をついた。「これはまったく異例のことで、わたしも心を痛めています。あなたがブランチランドへ戻らなくてはいけないなんて、そんなひどいことがあるでしょうか!」

彼は再び、ミス・シェリダンの瞳がきらりと光るのを見た気がした。「確かに、フランクは困ったことを頼んでくれたものだわ」

「まったくですよ」チャーチワードは深くうなずいた。故シェリダン卿の親類で、フランクの死後ブランチランド館を相続したサー・ラルフ・コウヴェルを思い、彼は身震いした。この三年のあいだに、コウヴェルは館を名だたる悪の巣窟《そうくつ》に変えてしまった。ギャンブルと酒に明け暮れ、淫《みだ》らなどんちゃん騒ぎをしては……。伝え聞く話は年々大きくなる。由緒正しい血筋の独身女性で、バースの社交界の中心人物であるミス・サラ・シェリダンがそんな場所に足を踏み入れるなど、信じられない気がした。

「ご親類のサー・ラルフ・コウヴェルは今もまだブランチランドにお住まいなのですか、ミス・シェリダン?」答えはすでにわかっていながらも、チャーチワードは尋ねてみた。

「そうだと思います」サラの声は冷たかった。「ブランチランドが堕落したという話を聞かされると、悲しくなりますわ。あんな優美な館が邪悪な手で荒らされるなんて」

チャーチワードは咳払いした。「ですからね、ミス・シェリダン、あなたがあちらへ戻られるのはやはり避けるべきです。コウヴェルが館をどんなふうにしてしまったかを知っていたら、兄上もこんなことは頼まれなかったでしょう。それに……」弁護士の顔が輝いた。「彼はあなたご自身にミス・メレディスに会いに行ってもらいたいとは言ってない!代理人を通じて助言をしてもいいんです。たぶん――」

サラが立ち上がり、窓辺に歩み寄ったので、チャーチワードは言葉を切った。彼女は遠くを眺めている。円形広場を縁取る裸の木立が舗道に影を落とし、一台の馬車が音をたてて通り過ぎていった。

「たぶん誰かをあなたの代理としてブランチランドへ送ることができるでしょう」サラが黙ったままなので、チャーチワードは繰り返した。彼女からその代理人になってくれと頼まれませんようにと、彼は切に願っていた。彼の妻は夫がブランチランドへ行くことなど絶対に耐えられまい。

ところが、サラは首を振った。

「いいえ、フランクはわたしひとりに頼んだのですから、その意思を尊重しなくては。もちろん、ミス・

メレディスの抱えている問題の性質がわかったときには、あなたのご忠告に従って慎重に行動しますわ。彼女を見つけて、どんな手助けができるのか確かめるのは、比較的簡単だろうと思うんです」

　チャーチワードは安堵感に包まれた自分を恥ずかしく思った。若さに似合わず、ミス・シェリダンには反論を寄せつけない決然とした雰囲気がある。それでもまだ、彼は理屈では説明できない罪悪感を感じずにはいられなかった。そして、かばんに戻そうと書類をまとめているときに、まだひとつ告げなくてはならないことがあったのを思い出した。彼の表情がさらに曇った。

「言い忘れていましたが、勝手ながらミス・メレディスに手紙を受け取った旨を伝える知らせを送ったんです。ここへ来る途中、たまたまその使者とすれ違いましてね。彼はブランチランドへ寄って、ロンドンへ戻るところだったんですが」

　チャーチワードが言葉を切り、サラは眉をつり上げた。

「それで？」

　チャーチワードの表情は暗かった。「彼はミス・メレディスを見つけられなかったんですよ。二日前、ブランチランド館の玄関へ向かっていくのを目撃されたのが最後なんです。それ以降、彼女を見た者はいません。ミス・メレディスは姿を消してしまったんです」

　しばらくたって、ロンドンへと帰る馬車の中で、チャーチワードはミス・シェリダンに三通目の手紙について話すのを忘れたことを思い出した。それはフランシス・シェリダンがウッダラン伯爵に届けてほしいと頼んだ手紙だ。バースを発って以来滅入《めい》っていた彼の心に、少しだけ希望の光が差した。ウッダラン卿はサラの名づけ親で、そのうえしっかりした判断力の持ち主だ。ミスター・シェリダンが妹を、彼女の名誉を汚しかねない状況に巻き込んだのは残念だが、少なくとも彼にも、ウッダランのような人格者に妹の支援を頼むだけの良識はあったようだ。チャーチワードは前かがみになり、御者にバースへ引き返すよう指示しようかどうか考えた。だがちょうどそのとき、メイデンヘッドの道標が目に入り、彼は再びクッションに寄りかかってため息をついた。彼は疲れているし、わが家へと近づきつつある。それにどのみち近いうちに、ミス・シェリダンはウッダラン卿もこの件にかかわっていることを知るだろう。

レディ・アミーリアは午前中に約束があり、チャーチワードがロンドンへと発ったときにはもう家を出ていた。そのため、サラがアミーリアに弁護士から聞いた話を打ち明けることはできなかった。たぶんそのほうがよかったのだ、とサラは思った。彼女の本来の性格からすれば、すぐさまアミーリアにすべてを話しているところだが、ここは少し考えたほうがいい。フランクは内密にしてくれと言ったわけではないが、アミーリアは決して口が固いほうではない。サラの姪の話は瞬く間にバース中に広まってしまうだろう。

サラは自分の部屋でベッドの端に腰かけ、兄と、孫娘の養育費を支払った父のことを考えた。彼女にひと言も打ち明けなかったふたりのことを。ふたりとも、ずっと彼女には伏せておくつもりだったのだろう。しかし、最後にインドに旅立とうとしたとき、フランクには何か予感があったのだろうか。遠い異国で熱病に苦しんでいたとき、性急で軽率なものではあっても、娘の将来のために何か備えをしたことは、少なくとも心の慰めになったに違いない。

サラは気を取り直した。彼女にもすませておかなくてはならない用がある。いつまでもここでぐずぐず考えてはいられない。小間物屋でリボンを買い、花屋で明日の夜アミーリアが開く舞踏会のための花束を受け取ってこなければ。サラは質素なボンネットをかぶり、地味なマントを羽織ると急いで階段を下りていった。

階段の吹き抜けのところで、アミーリアの家政婦、ミセス・アンダーソンが少し心配そうな表情を浮かべて待ち構えていた。サラが階段の下まで来ると、家政婦は進み出た。

「あの紳士は……何かいい知らせを持っていらしたんですか、ミス・サラ？」

サラは鏡の前でボンネットを直し、かすかにほほえんだ。ニュースはすばやく広まって、お抱え弁護士の訪問は憶測を呼ぶわけだ。

「わたしに財産を残してくれた人はいないようよ、アニー！」サラは明るく言った。「ミスター・チャーチワードは兄のフランクが数年前に頼んでいたことをわたしに伝えに来ただけ。残念ながら、わくわくするような話は何もないの！」

ミセス・アンダーソンはがっかりした顔をした。この家の召使いたちはみんなそうだが、彼女もミス・シェリダンのような品行方正で育ちもいい本物のレディが、ほとんど財産のない状態でいるのをひどく残念に思っていた。レディ・アミーリアがサラに対して、お情けで置いてやっているといった態度をとったことは一度もないが、サラ自身がお使いやら彼女の身分にふさわしくない雑用やらを手伝うと言ってきかないのだ。今もまさにそうだった。

「出かけるついでに野菜ももらってきましょうか？」サラが言った。「八百屋は花屋のすぐそばだし――」

「とんでもありません」ミセス・アンダーソンはきっぱりと言った。ミス・シェリダンが温室の薔薇の花束を持って帰ってくるのと、重いカリフラワーやレタスを抱えてくるのとではわけが違う。家政婦はサラのために玄関のドアを開け、恰幅《かっぷく》のいい紳士が門の前を通り過ぎていくのを見つけた。「あら、ミスター・ティルブリーだわ！　ミス・サラ、急いで追いつけば、店までエスコートしてくださるかもしれませんよ」

「教えてくれてありがとう、アニー」サラは穏やかな声で言った。「ゆっくり歩けば、彼の姿が見えなくなるでしょう！　とにかく、彼が振り返らないことを祈るわ！」

ミセス・アンダーソンは首を振りながら、階段を下りてゆっくり円形広場へと向かうサラの均整のとれた後ろ姿を眺めていた。人の考えはそれぞれだが、自分なら貧しい独身女性でいるよりはミスター・ティルブリーのような裕福な紳士と結婚するほうがよっぽどいい。だがあいにく、ミス・シェリダンは打算で結婚するには好みがうるさすぎるようだ。確かにミスター・ティルブリーはサラよりかなり年上の、成人した子供のいる男やもめで、少々退屈だし頭も固い。

家政婦は磨き終わったはずの階段に汚れが残っているのを目に留めつつ、ドアを閉めた。そして、依然ミス・シェリダンにふさわしい相手について考えながら、ゆっくりと厨房へ引き返した。バースは落ち着いた土地柄で、わくわくするようなことはあまりないが、ミス・シェリダンがほんの少しでも気のあるそぶりを見せれば、喜んで求婚する退役軍人が何人もいる。それに、サー・エドマンド・プレイスだって。彼は胸の持病があり病弱だが、なんといってもお金持ちだ！　さらに若きグラントリー卿。実際若すぎて、まだ親の監視下から逃れたばかりなのは認めるが、間違いなくミス・シェリダンに夢中になっている。老いたレディ・グラントリーは慌てて子羊を安全な場所へと追い立て、ミス・シェリダンが自分の息子をねらっているとだれかれ構わず言いふらした！　ミセス・アンダーソンはいまいましげにつんと頭をそらした。ミス・サラはオーガスタ・グラントリーなんかよりよほど立派なレディだわ！

それに、まだ望みはある。料理人の妹がレディ・アラトンのところで家政婦をしているのだが、奥方がバース・レジスターに新しい客の予約がたくさん入っていると話すのを小耳にはさんだそうだ。中でもいちばんの注目の的が、ウッダラン伯爵の息子、レンショー子爵だ。しかも彼は親しい友人のグレヴィル・ベイナムとともに滞在するという噂《うわさ》がある。ベイナムはレディ・アミーリアの取り巻きのひとりで……。依然としてあれこれ頭をひねりながら、ミセス・アンダーソンはメイドを呼びつけ、ぞんざいな掃除のやり方に小言を言った。

アミーリアのおせっかいな使用人があれこれ考えていることなど露知らず、サラはアミーリアの夜会服用にすてきなピンクのリボンを二本買い、両手にいっぱいの特別に栽培された薔薇を抱えて花屋を出たところだった。どんなに考えまいとしても、さっきの話が胸に押し寄せてくる。十七歳の姪！　サラ自身、まだ二十四だというのに！　十一歳年上の兄フランクは、若くして女遊びを始め、いつもいちばんかわいいメイドに目をつけた。いったい姪の母親は誰なのだろう。まさか、小柄できちょうめんな医師の妻ということはあるまい。ミセス・メレディスは品行方正な女性だ。

ひどく失礼な憶測をめぐらしたことに気づき、サラはかすかにほほえんだ。兄の隠し子の話を聞かされたときのわたしの淑女らしからぬ反応に、チャーチワードはきっとショックを受けたわ！　物思いにふけっていたサラは舗道を踏み外し、誰かにぶつかってひどく驚いた。薔薇は玉石の上に散らばり、バランスを失った彼女は、腰をしっかり支えてもらわなければ転んでいたところだった。

「失礼しました！」男の声が叫んだ。「とんだ粗相を！」紳士はやさしくサラの体を起こし、やけにゆっくりと彼女から腕を離した。そして振り返って散らばった花を拾おうとしたが、すでに遅かった。勢いよく走ってきた馬車が、花の半分ほどを轢《ひ》いてしまった。

「まあ、ひどい！」サラは残った薔薇を救おうとひざまずいたが、残ったものも無傷ではなく、花びらが垂れ下がってしまっていた。アミーリアは激怒するだろう。赤い薔薇は明日の夜の飾りつけの中心で、花屋がこの日のために特別に栽培してくれたものだった。あとで別の花と一緒に荷車で配達してもらえばよかったと、サラは心底後悔した。でも、鮮やかな色彩の薔薇を抱え、冬の通りを歩くのを楽しみにしていたのだ。哀れな花束を手にしたまま、彼女はその場にへたり込んだ。

「気をつけて！　そんな道の真ん中に座っていたら、あなたまでつぶされてしまう！」紳士はサラの肘をしっかりと支え、再び彼女を立ち上がらせた。今度はかなり乱暴な口調だ。

サラはあとずさりし、いまいましげに彼をにらみつけた。「ご心配ありがとうございます！　わたしの薔薇がこうなってしまう前に、危険を察知してくださらなかったのが残念ですけれど！」

紳士はすぐには答えず、問いかけるように褐色の眉の一方をつり上げた。彼のまっすぐな視線はサラの斜めにずれたボンネットから質素な靴へと走り、紅潮した顔でしばし止まって、飾りけのないマントの下の体の曲線にまつわりついた。サラは憤然と顎を上げた。男性と接した経験は確かに少ないが、それでもこの男が放蕩者《ほうとう》なのは苦もなくわかるし、その目の表情の意味も読み取れる。

男は長身の引き締まった体つきで、保守的なバースの社交界ではめったに見られない優雅ないでたちはひときわ目立つ。洗練されたロンドンから来たのだとサラは即座に思った。そして、アミーリアが首都で過ごしていたころに彼女の開いた舞踏会や夜会に集まってきたという、ハンサムな紳士たちのことを思い出した。目の前にいる紳士の、冬の風に乱された豊かなブロンドの髪の明るさは、サラを値踏みした濃い茶色の瞳と鮮やかな対照を成している。サラの目が怒りに光り、頬が紅潮するのを見て、彼の口元に微笑が広がり始めた。

「とにかくもう一度お詫《わ》びします」紳士はさらりと言った。「この町の美しさに見とれて……」その目つきから、彼がますますおもしろがっているのがわかる。「すっかり夢中になっていたもので!」

サラもついほほえみそうになるのを無理に抑えた。彼には何か、驚くほど抵抗しがたいものがある。いわく言いがたい魅力、あるいはたぶんもっと危険な、予期せぬ心を乱す力。紳士はさりげない自信と生命力を発散していて、それが彼を特別な存在にしていた。バースは病弱な人間でいっぱいだということに、サラは改めて気づいた。だから、こんなに生き生きした人物に出会うのはショックでさえあった。

そして、何より奇妙なのは、彼になんとなく見覚えがある気がすることだ。ブロンドの髪に濃い褐色の瞳というのは非常にまれで、確かにそれがサラの記憶を刺激していた。そして、自分がまじまじと相手を見つめていたことに気づいたときには、紳士の問いかけるようなまなざしは、憶測をめぐらせる視線に変わっていた。

「失礼ですけれど、以前どこかでお会いしました?」サラは少し顔をしかめた。「なんだか見覚えが……」

遅ればせながら、彼女はその質問が誤解を生むことに気づき、思ったままを口にしてしまった自分に腹を立てて唇を噛《か》んだ。

紳士はかすかに眉をつり上げ、皮肉っぽい口調で言った。「うれしいことを言ってくれますね。あなたさえその気になれば、ぼくたちはいい友だちになれそうだ」

サラの頬が真っ赤に染まる。彼女はミルサム・ストリートの買い物客たちの好奇の視線にも気づかず、その場に立ち尽くした。

「そんなつもりはありませんわ！　わたしはそんな無節操なやり方で誰かと近づきになろうとしたりしませんし、まして、相手がまぎれもない放蕩者となればなおさらです。下品な勘ぐりはよしてください。ごきげんよう！」

サラが踵《きびす》を返して立ち去ろうとすると、紳士はすかさず彼女の前に回った。「待って！」彼は片手を差し出し、サラを止めた。「許してください！　あなたを怒らせるつもりはなかったんだ！」

サラが自分の腕をつかんだ紳士の手をにらみつけると、彼はただちに手を離した。「まさにそれがねらいかと思いましたわ！」

「本当に違うんです！」紳士は本当に後悔しているように見えた。だが、彼の目におもしろがりながらも、賞賛するような表情が潜んでいるのを、サラは見逃さなかった。「それどころかむしろ――」サラの目に怒りの炎を見た彼は言葉を切った。「とにかく、ぼくの不作法を謝らせてください！　それに薔薇のことも……」彼はサラが手にしたしおれた薔薇を見て、苦笑いした。「また買えばいいんですよね？」

恋人のために二ダースもの薔薇を見つけるのにも、その代金を払うのにも困ったことなどないような紳士の口ぶりに、サラは少しおかしくなってきたが、それでもなんとか真顔を保った。

「これが最後の薔薇だと思いますわ」彼女は冷ややかに言った。「特別に栽培されたものなんです。でも、あの店にもう薔薇がなくても、お金の力でバース中の花を買いあさるなんてまねはわたしにはできませんから。さあ、これでもう失礼してもよろしいでしょう！」

紳士はサラの言葉など聞こえなかったふりをし、互いに納得のうえだとでもいうように彼女と並んで歩き出した。

「さっきぶつかったときにけがはなかったですよね？」彼の口調にはまだどこかおもしろがっているような節があった。「もっと早くおききするべきだった。心配だし、お宅まで送りましょうか？」

サラはよくもそんなずうずうしいことを、と眉をつり上げた。どれだけ露骨な言い方をしたら、この紳士を追い払えるのだろう。心のどこかで彼に惹《ひ》かれる気持ちがあるので邪険にするのは難しかったが、道端で見知らぬ紳士と話し込むなどということにも、彼女は慣れていなかった。それに、気まぐれな心がどうささやこうと、そういう態度をとるのは危険だ。この男は明らかに放蕩者で、こちらのすきをねらっているのはわかっているのだから。「それには及びません。けがなどありませんから。まっすぐ館へ帰りますわ！」

「でも、レディがひとりで歩き回るなんて非常識ですよ」紳士は打ち解けた口調で言った。「バースはロンドンほど開放的じゃないでしょうし、もしそうだとしても、上流のご婦人方はそういう行いには感心しないはずだ」

サラはまたしてもほほえんでしまいそうになった。この紳士はとんでもない人物だが、驚くほどあらがいがたい魅力の持ち主だ。「きっとお気づきでしょうけれど、付き添いもなく歩き回っていることより、まったくの他人と一緒にいることのほうが、よほど妙な憶測を呼びますわ！　そういうわけで、わたしはひとりで行きますから、どうぞこの町での滞在をお楽しみになって！」

彼女はそう言うと、冷ややかにうなずいて立ち去った。その後ろ姿は、彼がついてくることを拒絶していた。

ガイ・レンショー子爵は、ほっそりとした後ろ姿が決然とした足取りで遠ざかっていくのを眺めていた。彼の口元に残念そうな笑みがかすかに浮かんだ。レディは道の角で立ち止まり、反対側から来た紳士と挨拶《あいさつ》を交わしている。見ると、その紳士はガイの親しい友人、グレヴィル・ベイナムではないか。バースの社交界がこんなにも狭くてよかったと思いながら、ガイはさっきのレディと別れたばかりのグレヴィルのほうへ歩いていった。

「ずいぶん待たせて悪かったね！」グレヴィルがにっこりする。「銃器店になかなかいいパーディーが二丁あってね。きみがひとりのあいだも楽しんでいたならいいが！」

「ああ、楽しんだとも！」ガイは通りの向こうに消えていくレディの後ろ姿を見送りながら、物憂げに言った。彼女はロンドンの名高い美女たちにも劣らぬ美しさだとガイは思った。完璧《かんぺき》な卵形の顔に、大きなはしばみ色の瞳がなんとも魅力的だ。そのとき、グレヴィルが何か言って、答えを待っているのにガイは気づいた。

「鉱水を飲んでみるかって尋ねただけさ」友人はいぶかしそうに言った。「きみは何かもっと気に入るものを見つけたようだがね。最近のバースは活気がなくて、特に今はシーズンオフだからなおさらだけど――」

「そんなに活気がないわけでもないさ！」ガイはじ

っと友人を見つめた。「教えてくれ、グレヴ、きみがさっき話していたレディは誰なんだ?」

グレヴィルは顔をしかめ、片手で乱れた茶色の髪をかき上げた。「レディ?」彼の眉間《みけん》の皺が消えた。「ああ、ミス・シェリダンのことだね。彼女に近づこうったってむだだぞ、ガイ! 彼女は放蕩者なんか相手にしないから!」

ガイは笑った。「きみの言葉を信じるよ。彼女はぼくに以前会ったことはないか、なんて言ったんだがね。これまで耳にしたこともないような冷ややかな拒絶の言葉を浴びせかけられるまでは、実は素性の怪しい女なのかと誤解したよ!」ガイはちょっと顔をしかめた。「シェリダンって言ったね? 聞き覚えのある名前だな……そうだ、思い出したぞ! まったく驚いた!」

グレヴィルは吹き出した。「いいかげんにしろよ、ガイ! 以前、彼女に会ったことがあるなんて言い出しても、ぼくは信じないぞ!」

「いや、本当なんだ!」ガイは勝ち誇ったような顔をした。「ミス・シェリダンは亡くなったシェリダン卿の妹だろう? 彼女はうちの父の名づけ子なんだよ。ずいぶん長いあいだ会ってなかったが、彼女に間違いない! ぼくたちは幼なじみなんだ!」

グレヴィルはがっくりと肩を落とした。「くそっ、よりにもよって!」

ガイはわざと傷ついた顔をしてみせた。「すばらしい偶然だって言いたいんだろ! きみは知り合いなんだから、ぼくが彼女と旧交を温められるように――」

グレヴィルはうなった。「やめてくれよ、ガイ! ミス・シェリダンはレディ・アミーリアの親戚なんだ。きみがサラに言い寄ったりしたら、アミーリアはぼくを絞首刑にするよ!」

ガイはほほえんだ。グレヴィルのレディ・アミーリアへのかなわぬ思いについては、昨日の夜、酔った友が女性の残酷さを切々と説いたときに、たっぷり聞かされた。かつてのはやりの保養地から衰退したバースは、今や気取っているだけのつまらない土地になっているのだろうとガイは思っていた。だが、この地の生まじめな社交界もなかなかおもしろくなりそうだ。グレヴィルはいとしいレディ・アミーリアに求婚をし続けるとはっきり宣言しているし、さらにミス・シェリダンも現れて……。

彼女が拒絶の言葉を放ったときに、美しいはしばみ色の瞳が鋭く光ったのを思い出し、ガイは苦笑した。例の薔薇を抱えて彼女が花屋から出てくるやいなや、彼はその姿に目を奪われた。ボンネットの下の髪は秋の木の葉の色だった。茶色でも金色でも琥珀色でもなく、その三つが混じり合った色だ。背筋の伸びたほっそりとした体からは、おのずと優雅さがにじみ出ていた。身なりは地味だが、堅苦しい印象など少しもない。目が少し笑っていて、かわいい唇には微笑が浮かんでいた。体面を取り繕っていても、彼女が自分に惹かれているのはわかっていた。

父がサラ・シェリダンの名づけ親なのは残念だ。おかげで、彼女を初めて見た瞬間ガイの頭に浮かんだような関係にはなれない。だが、彼女に接近するにはまたとない口実だ。そう思うと胸がときめく。

彼はコートのポケットに両手を入れた。

「ミス・シェリダンは結婚したいと思ったことはないのかな？」依然、さまざまに思いをめぐらしながら、ガイがきいた。

「金がないのさ」グレヴィルは簡潔に答えると、いかにも心配そうに友人を見た。「ここバースでは誰もが、財産目当てで結婚するんだ。サラはレディ・アミーリアの相手をして、手紙を書いたりいろいろ――」ガイの嫌悪の表情に、グレヴィルは言葉を切った。

「ミス・シェリダンがコンパニオン？　まさか！」

「きみが思っているようなことじゃないんだ」グレヴィルはすかさずアミーリアの弁護に立った。「レディ・アミーリアは心から彼女のことを思っていて、ふたりは主人と使用人というより友人なんだ！　アミーリアは本当にやさしい人で――」

ガイはおどけて降参のしるしに片手を差し上げた。「そう熱くなるなよ！　この次は決闘を申し込まれそうだ！　ぼくは何もレディ・アミーリアの寛大さを疑っているわけじゃないが……」彼はためらった。「ミス・シェリダンがそんな境遇にあるなんて、納得がいかないんだ。父は知っているのかな？　少なくとも、父なら彼女に持参金を出してやるぐらいのことは……」

グレヴィルは皮肉っぽく唇をゆがめた。「きみがミス・シェリダンに申し出ようと思っていたことは、そんなことじゃないだろう、ガイ！」

「確かにきみが言うような考えが頭をよぎったことは否定しない」子爵はつぶやいた。「だけど、そんなことになったら父が黙っていないからね！　ところで、グレヴ、バースの薔薇がすっかり売り切れだとしたら、どこへ行けばレディのための花束が買える？」

グレヴィルは頭でもおかしくなったのかという顔で友を見つめた。「いったい何を言ってるんだ！　真冬に薔薇だって？」

「確かに季節外れだな。誰かをブリストルへやって、赤い薔薇を買ってこさせたらどうかな？」

「きみほどの金持ちならなんだって買えるさ」別に嫉妬《しっと》するふうでもなくグレヴィルが言った。「だけど、なぜそこまで――」

「あるレディのためにちょっとね」

「そうやって気に入られようっていうんだろう！」

グレヴィルは渋い顔で言った。「止めはしないが警告しておくぞ、ガイ！　ミス・シェリダンはばかじゃない。きみの策略などお見通しだ。それに、レディ・アミーリアに嫌われたらたいへんなことになるぞ！」彼はガイが道から拾い上げ、まだ手に持っていた薔薇に視線を落とした。「きみはそんなものを持ち歩かなきゃならないのか？」グレヴィルはやめてくれと懇願するように言った。「まったくそれじゃあ、おぞましい伊達《だて》男みたいだぞ、ガイ！」

## 2

「サラ！　ブランチランドへ戻るなんてだめ！　わたしが絶対に許さないわ！　あの館《やかた》に入ったとたん、あなたの評判はめちゃくちゃになるのよ！」レディ・アミーリア・フェントンは子猫のような顔をしかめ、ソファのサラの隣にどすんと腰を下ろした。「それに」彼女は悲しげにつけ加えた。「ラルフ・コウヴェルのせいで館はすっかり変わってしまったから、もう二度とあそこへは足を踏み入れたくないって、あなたも言っていたじゃないの！」

サラはため息をついた。赤い薔薇《ばら》を失ったのを嘆く、アミーリアの気をうまくそらすことができたのは救いだった。彼女は飾りつけの中心が台なしになったと知って、逆上していたからだ。サラがさりげなく、舞踏会の翌日にブランチランドへ旅立つつもりだと告げるまでは。

アミーリアは再び立ち上がり、暖炉の前を足早に行ったり来たりした。小柄な彼女のそんな姿はひどく滑稽《こっけい》だ。アミーリアは顔立ちから体つきまですべてが小ぶりだが、完璧《かんぺき》に釣り合いは取れている。小柄な外見とは対照的に、彼女は莫大《ばくだい》な財産を持ち、バースでも屈指の結婚相手として多くの求婚者を集めていた。

サラの表情から自分のふるまいの滑稽さに気づき、アミーリアはまた腰を下ろすと顔をしかめた。「わたしの身勝手だと思うでしょうけれど、わたしは本当にあなたのことを心配しているのよ！」傷つき、しょげている口調だった。「とにかく、あんなところへ行ったら身の破滅よ！」

サラはまたため息をついた。「許して、ミリー！行かなきゃならないの。フランクの頼みだし――」

「お兄様は三年も前に亡くなっているじゃないの！墓場から自分の願いを聞き届けてもらおうなんて、ずいぶん都合のいい話じゃないかしら！」

実際フランクがどれほどのことを頼んだのか、アミーリアは知らないのだ。サラはなんとか彼女をなだめようとした。「すぐに戻ってくると約束するし、そんなにたいしたことじゃないわよ。きっとサー・ラルフは本当はそんなにひどい人じゃないと――」

「ラルフはブランチランドを放蕩《ほうとう》と堕落の代名詞にしたのよ！」アミーリアは強い口調で言った。「お兄様の頼みを喜んで引き受けるふりをしていても、実はあなただって、身を破滅させることになるのはわかっているんでしょう！あんなところへ戻らなくてはならないほど重要なことっていったい何？ああ、フランクが死んでなかったら、わたしが殺してやったのに！」

サラは思わず吹き出した。「ああ、ミリー、わたしだって打ち明けたいのよ。でも、秘密を守ると誓ったの！　これはとても微妙な問題で――」

「くだらない！」アミーリアはいまいましげに言った。しかし、サラの顔を見ると、彼女の怒りは悲しいいらだちへと変化した。サラを相手に長いあいだ腹を立てているのは無理だ。「ああ、ごめんなさい！　あなたが心からお兄様を慕っていたのも、自分の行動は正しいと信じているのもわかっている。だけど……」彼女は悲しげに口ごもった。

「わかるわ」サラはアミーリアの手を軽く叩《たた》いた。

二十四歳のサラはアミーリアより五歳年下だが、しばしば自分のほうが年上のような気がする。いつも軽率な行動に走るのはアミーリアのほうで、年下の親戚《しんせき》の賢明な忠告が歯止めにならなかったら、彼女の向こう見ずな衝動はしょっちゅう問題を引き起こしていただろう。未亡人になって五年もたつというのに、アミーリアは依然、社交界にデビューしたばかりの娘のように無分別だった。それが今は、警告を発しているのは彼女のほうで、サラが無謀な行動に出ようとしている。

「しかも、この時期に旅だなんて！」アミーリアは不機嫌に言った。「クリスマスまで二週間よ。きっと雪だって降るわ！」

「悪いけど、ミリー、これはわたしがどうしてもやらなければならないことで――」

「失礼します」アミーリアの執事のチザムが静かに部屋に入ってきたので、サラは言葉を切った。「ふたりの紳士が訪ねていらして――」

「わたしは留守よ！」アミーリアは腹立たしげに叫んだ。「わたしが今、訪問客を受けないことはわかってるはずでしょう、チザム！」

「はい、マダム、ですがサー・グレヴィルの場合は特別だとお命じに――」

「グレヴィル！」アミーリアはまた叫んだ。「なぜ先にそれを言わないの、チザム？　何をぐずぐずしているの？　すぐにお通しして！」

執事は無表情な顔をぴくりとも動かさなかった。

「かしこまりました」

サラは笑いをこらえ、アミーリアは自分の召使いたちがどれほど忍耐強いかわかっているのだろうかと考えた。なんともわがままな女主人だが、召使いたちはみんな、心から彼女を慕っていた。

「サー・グレヴィル！　ごきげんいかが？　ロンドンから戻ってらしたなんて知らなかったわ！」

訪問客が部屋へ通されると、アミーリアはさっきまでの不機嫌も忘れて、太陽のような微笑を浮かべた。実際サラは、サー・グレヴィル・ベイナムほどの好人物でなかったら、この温かな歓迎ぶりを変に誤解するのではないかと思った。グレヴィルはこの何年か、常に誰よりも熱心にアミーリアに求婚している。アミーリアのほうも彼と一緒に過ごすことを大いに楽しんでいるのは隠そうとしなかったが、求婚はひたすら断り続けていた。もし、グレヴィルがきっぱりあきらめてしまったら、アミーリアは自分が思う以上に寂しい気持ちになるだろう、とサラはひそかに思っている。不運にも、彼女はその事実にいっこうに気づいていないようだ。

「レディ・アミーリア」グレヴィルは礼儀正しく挨《あい》拶《さつ》した。「レンショー子爵を紹介しよう。ガイは数日前から、ぼくと一緒にチェルウッドに滞在しているんだ。ガイ、こちらがレディ・アミーリア・フェントン、そして……」彼はサラのほうへ顔を向けてほほえんだ。「こちらは彼女の親戚のミス・サラ・シェリダン。彼女とはすでに会っているんだね」

長身の男性がグレヴィル・ベイナムに続いてアミーリアの優雅な客間に入ってくるのに気づいたときから、サラの鼓動は乱れていた。ガイ・レンショー。

あの邪悪な微笑と心惑わす褐色の瞳をやっと心からかき消すことができたと思ったら、また彼が現れるとは、なんて運が悪いんだろう。そのうえ、彼に見覚えがあると思ったのは、やはり正しかったのだ。かつて容赦なくサラをからかった手脚のひょろ長い少年は、見違えるほどハンサムな青年に成長していた。

ガイ・レンショーは優雅にお辞儀をした。「レディ・アミーリア、ごきげんよう。あなたのことはいろいろとお聞きしています！」彼の声はサラが今朝会ったときと同じように低く心地よく、音楽のようだ。サラの鼓動は速くなり、深呼吸して静めなくてはならなかった。

アミーリアは頬を赤らめ、ほほえみながら子爵に片手を差し出した。サラは吹き出しそうになるのを抑えた。その悲しげな表情からして、グレヴィルは熱烈に結婚したいと思っているレディに自分の友人を紹介したことを後悔しているのかもしれない！アミーリアはとんでもない浮気者で、どれほど愛を捧《ささ》げても見向きもしてくれないし、ガイ・レンショーのほうは、今ではサラも知っているとおり、ほとんど信頼のおけない男なのだから。

「そして、ミス・シェリダン……」レンショー卿《きょう》はサラのほうへ向き直った。彼の口元には微笑が浮かんでいる。彼は本当にどきりとするほど魅力的で、それを本人も自覚しているとサラは確信した。それで彼女の気持ちが落ち着いた。彼のうぬぼれが当たっているなどと思わせるつもりはない！

「さっきお会いしただけでなく」子爵は言った。「なんとぼくたちは幼友だちなんですよね！」

「本当なの、サラ？」アミーリアは好奇心に目を輝かせ、ふたりの顔を見比べた。「奇遇だこと！」

サラはガイをわざとゆっくり見つめ、答えを待つあいだに彼の微笑が挑戦的になっていくのを見て取った。「レンショー卿は間違っています」彼女はゆっくりと言った。

一瞬、ガイの瞳に驚きの光が走るのを見て、サラはひとまず満足した。彼は自分の魅力をあまりに過信している。

「友だちになんてなれるはずがありませんわ」サラはやさしい声でつけ加えた。「レンショー卿は四六時中、蜘蛛《くも》だの蛙《かえる》だのでわたしをいじめていたんですもの。わたしは彼のことをいやな子だと思っていたんです!」

アミーリアは声をあげて笑った。「あらあら、レンショー卿、サラは子供のころの恨みをずっと忘れていないようですわ! 彼女に気に入られるにはよほどがんばらないと!」

「努力しますとも。ミス・シェリダンがもう一度チャンスを与えてくれればね!」ガイはサラに視線を向けた。そこにはおもしろがるのと同じくらい、憶測をめぐらすような表情が浮かんでいた。サラはガイの挑戦に立ち向かう自信がなく、身震いした。そして、わざと視線をそらした。

アミーリアはソファの傍らをぽんぽんと叩いた。

「バースにはどれくらい滞在される予定ですの、レンショー卿? ロンドンに比べれば、こちらの社交界は悲しいほど退屈でしょう!」

「そうでもないですよ、マダム」ガイはつぶやいて、またサラに視線を投げた。そして、女主人の隣に腰を下ろした。「でも、こちらには数日しか滞在できないんです。ぼくは最近イベリア半島から戻ったばかりで、早く家族と再会したくて。あさってにはウッダランへ帰ります」

「じゃあ、明日の晩の舞踏会にはぜひ来てくださらないと」アミーリアはうっとりするような微笑をガイに向けた。「まさに帰還された英雄にぴったりの催しよ。連合軍の勝利を祝って開くんですもの!」

ふたりは半島戦争について語り始め、サー・グレヴィルがサラの隣に座った。サラは彼とのちょっとしたおしゃべりで気をまぎらした。少なくとも、ふたりの紳士が到着したおかげで、アミーリアの気持ちをサラのブランチランド訪問からそらすことはできたが、それもつかの間だろうとサラは思っていた。アミーリアはしつこいことで有名だし、サラが本当に運が悪かったら、薔薇の話題までまた持ち出されるかもしれない。サラは薔薇がだめになった理由を巧みにごまかしていたのだが、ガイなら一部始終をしゃべって彼女をうろたえさせることぐらいやりかねなかった。

従僕とメイドが軽食を持ってきて、サー・グレヴィルとレンショー卿はいつの間にか席を替わっていた。交代はごくさりげなく、巧妙に行われたが、サー・グレヴィルがアミーリアの隣に座るときに友に感謝の視線を向けたのをサラは見逃さなかった。少しガイを見直した。子爵がわたしに対して抱いている気持ちも、そういう申し分のない善意だといいのだが。

「ご一緒してもいいかな？」ガイの微笑に、サラは心ならずもどきりとしてしまった。「絶対安全だと保証するから。蜘蛛だの蛙だのに夢中になるのは、もう卒業したんだ！」彼は身を乗り出し、サラにバース・ビスケットを取った。「きみの椅子に蜘蛛を置いたのは、本当に悪かったと――」

「椅子の上に置いてあったのは蛙だったわ」サラは真顔で言った。「蜘蛛は学校の教室よ！　でも、気になさらないで、レンショー卿。心に当時の傷は残っていないから！」

「それを聞いてほっとした」ガイはつぶやいた。「ぼくは何よりも、きみにいい印象を抱いてもらいたいんでね、ミス・シェリダン！」

「ちょっと手遅れじゃないかしら。あんなふうに薔薇を台なしにされたあとでは！」サラはわざとやさしい声で言った。

ガイは声を落とした。「レディ・アミーリアはすごく怒ったのか？　きみが名前と住所を教えてくれたら、ぼくがここまで送ってきて彼女に謝ったのに！」

ガイがサラに、彼女の冷たい拒絶の言葉を思い出させようとしているのはわかっていた。サラはほほえみそうになるのを抑えた。

「そういうことが世間の慣習にかなわないのはご存じでしょう！　アミーリアは少々残念がっていました。それはやさしい人だけど、赤なしでは赤、白、青でお花を生けるのは、無理でしょう！」

「なるほど。愛国心がテーマというわけだ」

「まさにそのとおりよ！」ふと気づくと、サラはガイと一緒にほほえんでいた。彼は身を乗り出し、女心をとらえずにはおかないひたむきさで、一心にサラに視線を注いでいる。サラはどぎまぎした。

「最初に会ったときにきみだって気づかなくて、失礼したね」ガイはやさしく言った。「だけど、ぼくの知ってたぶきっちょな女学生がこんな美女に成長しているなんて、思いもしないだろう？　まったくきみの見事な変身ぶりにはびっくりしたよ！」

ガイの声にからかうような調子を聞き取って、サラは頬が赤くなるのを感じた。彼がサラに向ける視線には賞賛が込められている。賞賛と、もっと心をかき乱す感情が。十三年ぶりに再会した紳士とアミーリアの客間に並んで座り、なんともはしたないときめきにうっとりしているなんて、サラは信じられない気がした。

「また大げさに！」彼女は混乱を取り繕おうとして言った。「あなたって少しも変わらないわ！」

「いや、少しは進歩したと認めてくれないと！」ガイはあたかも非難するような目で彼女を見た。「少

「じゃあ、ぼくはとんでもない男だということになってしまう」ガイは悲しげに言った。「残念ながら、きみはすごく型にはまった正しさを求める人みたいだね、ミス・シェリダン！」

「それでけっこうよ！　もうこんな話はよして！」

「だめかな？」ガイはなんとも無邪気な表情をしてみせた。「きみとは幼なじみの間柄なんだから、くだけた話も許されるものと思って――」

「くだけた話！」サラはアミーリアから好奇の視線を向けられ、大声になっていたことに気づいた。彼女は慌てて声を落とした。「あなたは勝手にいろいろ思い込みすぎよ！」

ガイは優雅に敗北を認めて肩をすくめた。でも、サラは、彼はいったん引き下がっただけだと思った。彼女は何か安全な話題はないかと思いをめぐらした。ふだん、バースの社交界ではこんなふうに露骨に言い寄られることはほとんどないので、対処の仕方がなくとも、きみと最後に会ったときよりは背が伸びただろう！」

「そんなことを言ってるんじゃないわ！　あなたは昔から、とびきり大げさなお世辞ばかり言っていた。うちのお祖母《ばあ》様にまでその手を使ったのを、はっきり覚えているわ！　あんなに若い子がこれほどお世辞がうまいなんてと、お祖母様は憤慨してたもの！」

「お世辞にのりやすいレディたちを相手にしてばかりいたのは認めよう！」ガイは物憂げに言った。「だけど、その後ぼくのけしからぬ行動は、違う方向に発展していったんだ！」

彼の言うとおりだろう。二十九歳の男がふけるようなけしからぬ行動は、少年のたわいのないいたずらよりずっと危険そうだ。

「そうでしょうとも！　でも、詳しいことは聞かせないで！　きっととんでもないことでしょうから」

わからない。彼女はとにかく無難に思える話題に飛びついた。「何年も外国にいらしたんでしょう。ご家族のみなさんはきっと再会を楽しみにしていらっしゃるでしょうね」

なんとかうまくこの場を切り抜けようとしているのはわかっているぞと、ガイはきらりと目を輝かせたものの、サラの話題に快くのった。

「そのとおり。ぼくはイベリア半島でウェリントン将軍の下で四年間働いてきたんだが、父の健康がすぐれず、ウッダランの領地の管理を手伝わなきゃならなくなってね」

「伯爵がお元気じゃないなんて、心が痛むわ」サラは心配そうに言った。「でも、重い病気というわけではないんでしょう？」

ガイもさすがに真顔になった。「ぼくもそう願っているが最悪の事態も考えている。ぼくに助けを頼むなんて父らしくもないんだが、実際父はウッダランやほかの領地の経営をもっとぼくに任せたいようなことをほのめかしていて……」彼は努めて明るく言った。「母はぼくが戻ってくるのを喜んでいるに違いないが。母はこの四年間ずっと、戦争を長引かせたナポレオンを呪《のろ》い続けていたんだ！」

「あなたのご両親とはもう何年もお会いしていないけれど、お母様とはまだ手紙のやり取りをしているわ」サラはほほえんだ。「いちばん最近届いた手紙には、あなたがもうすぐ帰ってくるんじゃないかととても期待しているって書いていらした。やさしい方よね。父が亡くなったときも、心のこもった手紙をくださったわ」

サラが目を上げると、ガイがじっと彼女を見つめていた。一見軽率なようでも、彼の褐色の瞳は相手がどぎまぎしてしまうほどの洞察力を秘めている。

「つらい思いをしたんだろうね」彼はやさしく言った。「きみは当時まだとても若かった。せいぜい十九かそこらだろう。そのうえ兄上を亡くし、立て続けに館も失って……」

サラの心はたちまちまた、ブランチランドへと飛んだ。この数分間、フランクの手紙のことをすっかり忘れていたのが不思議だった。兄は失ったが、姪《めい》を得たのだ。ミス・オリヴィア・メレディスはいったいどんな少女だろう。手紙はとてもきちんと書かれていた。さすがオックスフォードでも名高い私立学校で学んだだけのことはある。でも、どうやって姪を見つければいいのか。計画を練らなくては……。

サラはガイがまだこちらにじっと探るようなまなざしを注いでいるのに気づき、なんだか妙に息苦しくなった。「ごめんなさい。つい故郷のことを考えてしまって……」彼女はこれ以上口をすべらせないようにと気を取り直した。「そう、確かにつらい時期だったわ」

「でも、今きみは親戚と暮らしている」ガイはほほえんで、話に熱中しているアミーリアとグレヴィルのほうを見た。アミーリアが何か打ち明けるように身をかがめると、彼女のカールした栗色《くりいろ》の髪がグレヴィルの肩に触れた。「きっと楽しいだろうね！」

サラは笑った。「ええ、わたしって本当に運がいいわ！　アミーリアの交友関係はいつも刺激的だし、実の姉のようにやさしくしてくれるし！」

ガイは声を落とした。「彼女はいつかグレヴの求婚を承諾して、彼を恋の苦しみから救ってくれると思うかい、ミス・シェリダン？」

驚くほど立ち入った質問だ。サラが眉をつり上げると、ガイはにやりと笑顔で答えた。

「なんてぶしつけな質問をとあきれたなら謝るけれど、ぼくは友人の将来が心配でね。彼がレディ・アミーリアに真剣に心を寄せているのを知っているだけになおさらなんだ。でも、きみにはたぶん無遠慮な男だと思われたんだろうね、今度もまた」

サラの表情が少し和らいだ。「わたしだって、ふたりがうまくいけばいちばんいいと思っているわ。だからこの二年間、わたしなりにいろいろやってみたのよ！　でも、アミーリアはわたしの意見に耳を貸してくれなくて！」

「グレヴィルの言葉にもだろうな」ガイは少し身じろぎした。「それできみはどうなの、ミス・シェリダン？　きっとたくさん求婚者がいるんだろう？　きみの境遇についてウッダランへいい知らせを届けられたら、ぼくもうれしいよ！」

さっき、あれほどぶしつけな質問をされたのでなければ、あまりのことに唖然《あぜん》として息をのむところだ。またしてもガイの瞳が彼女をからかうようにきらめく。ここはぴしゃりとはねつけてやらなくては。

「おかげさまでわたしは心身ともに健康だとご家族に伝えて。くれぐれもよろしくと言っていたと！」

ガイは平然と満面の笑みを浮かべた。「つまり、ぼくにも希望があるってことだな！」

「勝手に決めないで」サラはきっぱりと言った。「あなたの気を引くつもりなんていっさいないんだから！」

「バースの紳士たちはみんなぐずに違いないと思っていたんだが」ガイはサラの冷淡な答えに少しもひるんでいなかった。「そもそもきみが難攻不落なんだと今、気づいたよ！　きみからいい評価を得るのは簡単じゃないね！」

「確かに、わたしの薔薇を不注意から台なしにした悪名高い放蕩者にはね！」サラは冷ややかに言った。「でも、嘆くには及ばないわ！　バースにはあなたの相手になってくれる若いレディがいくらでもいるから！」

「小娘なんて！」子爵は思い入れたっぷりに言った。「まったく興味がないね！」

「本当に？」いくらなんでも一日のうちにそう何度

もやり込めるのはと、サラは辛辣《しんらつ》な言葉を吐くのをためらった。そろそろガイだって怒り出しそうだ。

「もちろん、きみはその中には入ってないよ！　明日の夜の舞踏会で、ぼくと踊ってくれないか？」

サラはまた眉をつり上げた。レンショー子爵がとびきりしつこくて挑発的な性格の持ち主なのは間違いない。そして彼は、相手の反応を見て楽しんでいるのだ。「舞踏会に出るかどうかはまだわからないの」サラは依然冷たい口調で言った。「ほかに予定が……」

ガイの目がひそかな楽しみに躍っている。「まさかきみは、レディ・アミーリアをがっかりさせるようなことはしないだろう。彼女に言って、説得してもらおうかな」彼は、今も会話に夢中になっているアミーリアとグレヴィルのほうを見た。

「ふたりの邪魔はよしましょう」サラはまた顔が赤くなるのを意識しながら、慌てて言った。サラは当然、アミーリアの舞踏会に出席することになっている。なんといってもこの舞踏会はバースの冬のシーズンの目玉なのだから。ガイもおそらくそれに気づいているのだろう。彼はいかにもおもしろそうにサラの顔を見つめ、額から眉、目、鼻と、ひとつひとつの造作をゆっくり視線でたどっていく。じろじろ見つめられて、サラはひどく居心地が悪かった。

そのとき、柱時計が鳴った。

「まあ！」アミーリアが慌てて立ち上がった。「ごめんなさい！　ミセス・チャートレーのカード・パーティーに出席する約束なの。失礼して支度をしないと大遅刻だわ！」

グレヴィルとガイも立ち上がり、グレヴィルが差し出した腕にアミーリアが上品に手をかけた。

ガイはサラの手を取り、キスした。「今夜また会えるね、ミス・シェリダン。保養会館へダンスに出かけるだろう？」

「ええ、もちろん！」サラが否定しようとしたことなどまるで気づかないようすで、アミーリアが明るく答え、ガイにとろけるような笑顔を向けた。「今年最後のパブリック・ダンスですもの！　またすぐお会いできるなんてすてきだこと！」

　ガイはお辞儀をした。「ぼくもうれしいかぎりです、レディ・アミーリア！　じゃあ、またあとで、ミス・シェリダン！」

　みんなはそろって部屋を出た。子爵がグレヴィルとアミーリアに笑顔で挨拶して去っていくのを、サラは窓から眺めていた。彼女は自分の中にある種の葛藤《かっとう》とかすかな落胆があることに気づいた。ガイ・レンショーは魅力的な男性で、サラに惹《ひ》かれていることをはっきり口にしている。だが、彼は危険な浮気男だから、たぶんその言葉を本気にしてはいけないのだ。彼の態度を深読みするのは愚かだし、彼の肉体的な魅力に惑わされるなんて無分別にもほどがある。それに、彼はあさってにはバースを離れる。それはサラも同じだ。ブランチランドを訪ねなくてはならないのを思い出し、ふいにサラは暗い気持ちになった。思い出深い館をラルフ・コウヴェルがどんなふうにしてしまったのか見たくなかったし、ブランクの私生児の問題にだって巻き込まれたくない。そのために自分の評判に傷がつくのもいやだ。アミーリアの言うとおりだった。わたしは頭がおかしくなってしまったに違いない。代理人に行かせたらどうかとチャーチワードが解決策を示してくれたのに、それも断って……。

　サラは頭痛がしてきた。こんな無分別な行動に出ることを決意した以上、少なくとも、できるだけ騒ぎを大きくせずにやり遂げる方法を考えておかなくては。バースからブランチランドまでは丸一日かからない。運がよければすぐにミス・メレディスを見つけ出し、彼女の抱えている問題を突き止めて、チヤーチワードに最善の策を指示することができるだろう。すべては一週間以内に――どんなにかかっても十日あれば、片がつく。誰にも知られることなく。

その夜、レンショー子爵とサー・グレヴィル・ベイナムの存在は、保養会館にかなりのざわめきをもたらした。町の北へ十キロほど行ったところに実家があるサー・グレヴィルは、以前からみんなの人気者で、レディ・アミーリアがはっきり彼の求婚を断ったら自分が彼を慰めてあげると公言しているレディが数人いた。子爵は資産家でハンサムでおまけに伯爵の名を受け継ぐという恵まれた条件から、レディたちのあいだにさらなる興奮を引き起こした。

晴れて星のよく見える夜だったので、サラとアミーリアはブロック・ストリートから保養会館までの短い距離を歩き、ひんやりとさわやかな夜風を楽しんだ。ふたりの頬は赤く染まり、瞳はきらきらと輝いた。マントを係の者に手渡すと、アミーリアはサラをじっと見つめ、満足してほほえんだ。

「サラ、なんてかわいいの！　こんなこと夢にも言うつもりはなかったんだけど、あなたがあのいやな喪服を脱ぎ捨ててくれて本当にうれしいわ！」サラの表情を見て、彼女は急いでつけ加えた。「あなたがどれほどお兄様のことを思っていたかはわかっているのよ。でも、あなたは若いのだから、ずっと黒いドレスを着続けるわけにはいかないでしょう？」

サラはなんとか微笑を抑えようとして、唇がゆがむのを感じた。アミーリアはときどき、驚くほどぶしつけなことを言う。

「黒が老けて見えるのはわかっているわ」サラは穏やかに同意した。「このラベンダーなら少しはわたしに似合うはずよ」

アミーリアは失言を後悔している顔だ。「いえ、あなたはいつだってかわいいけど、丸々一年も喪服だったでしょう。その後もいつも、今着ているきれいなラベンダー色とは比べ物にもならない地味な色のドレスばかり着て！」彼女は横目でちらりとサラを見た。「突然の変化はレンショー子爵の出現のせいかしらと――」

「あら見て、ミリー、ミスター・ティルブリーと妹さんよ！」サラはこれまで、ティルブリー家の人々と一緒に過ごすのを喜んだことはなかったが、今はとにかくアミーリアの気をそらしたかった。しかし、アミーリアは頑固に話題を変えない。

「ええ、今夜もいつもと同じような顔触れでしょう。シーズンの終わりだけになおさらね！　だから、さっきも言ったように、グレヴィルがガイ・レンショーのような魅力的な男性を連れてきてくれて、本当によかったわ！　はっきり言って、バースの社交界であんなに魅力的な男性と出会える機会なんてめったにないもの！」

サラは顔が赤くなっているのを察し、寒い外から暖かい部屋へ入ってきたせいだと思われるよう祈った。いつもの倍も時間をかけて身支度をしたこと、ドレスをローズピンクかアクアマリンかでさんざん迷ったことは、アミーリアには絶対打ち明けられない。午後になってからずっと、サラは期待に胸がふくらんでくるのを感じていた。そしてアミーリアと舞踏会場に入っていったときには、かなり緊張していた。妙な息苦しさと胸騒ぎに襲われ、急に心臓がどきどきした。細い指は扇をしっかり握りしめていた。こんなのばかげている！　サラは狼狽《ろうばい》のあまり引きつけでも起こしかねないありさまだった。それもすべて、かつて食堂の彼女の椅子に蛙を置いたガイ・レンショーのせいなのだ！

ガイは会場の奥でグレヴィルと話し込んでいて、かなり女性客たちの注目を集めていた。理由は明らかだ。ウッダラン家特有の古典的な美しい顔立ちに、一部のすきもない黒と白の正装の彼は、とてもハンサムでほんの少し危険な香りがした。

「わたしの女性の知り合いの半分はもう、子爵が今日うちに訪ねてきたことを知っていて、紹介してほしいって頼むのよ」アミーリアはくすくす笑いながら言った。「ほんと、みんながこんなに興奮しているのは久しぶりよね！」彼女はサラと腕を組み、ゆっくりと舞踏会場の端を進んでいった。

「今夜のグレヴィルはとてもハンサムね」サラは意味ありげな目でアミーリアを見た。「レンショー卿と比べても見劣りしないわ」

「ええ、グレヴはとてもすてきよ」アミーリアがさらりと言ってのけたので、サラはアミーリアの体を揺さぶりたくなった。「それにもちろん、わたしは彼のことが大好きよ。きょうだいみたいな気持ちでだけど！」

「じゃあ、たぶん、お気に入りのきょうだいね」サラがぴしゃりと言った。

アミーリアはちらりとサラのほうへ目をやる。

「あら、サラ、わたし、彼にそんなにひどい仕打ちをしているかしら。そんなつもりはないいんだけれど？」

「彼を正当に扱っていないことは自分でもわかっているくせに！ グレヴィルは決してカード賭博《とばく》にあり金全部をつぎ込んだり、酔っぱらって前後不覚になったりはしないわ。あなたの亡くなったご主人とは違って――」

「いいえ……」アミーリアは情感たっぷりにため息をついた。「アランは一緒にいて本当にわくわくする人だった！」

サラはため息をついた。サラに言わせれば、アラン・フェントンはなんの取り柄もないろくでなしで、アミーリアがグレヴィルの誠実さより亡夫のさっそうとした容貌《ようぼう》に価値を置いているらしいのが、なんとも理解できなかった。ふたりはもうサー・グレヴィルの近くまで来ていて、アミーリアの姿を見ると彼の瞳がうれしそうにぱっと輝いた。なんだか気の毒だ。

「ミス・シェリダン」ガイがサラの手を取ると、今朝と同じように体をおののきが走り、彼女はたちまち心をかき乱された。「すてきだね。ぜひダンスを申し込みたいけど、メヌエットはぼくには刺激的すぎるみたいだ！」

サラは非難の表情を浮かべた。「あなたがわたしたちの娯楽を退屈だと思っているのはわかっているけれど、八時を過ぎればカントリーダンスが始まるわ。そういうのがお好みなら！」

「えっ、ワルツはないのか？」

「そうよ、ワルツはまだバースには刺激的すぎるのよ！」

「残念だ！　それならカントリーダンスで我慢するしかないな。きみが踊ってくれるなら。とりあえずは軽い食事でもどうだい？」

「いただくわ」ガイはサラの腕を取り、人の輪から抜け出して食堂へと導いた。彼はサラを静かなアルコーブの席につかせてから、ビュッフェ・テーブルへ向かった。すると、たちまち数人の若いレディたちが彼のまわりに集まって、そのうちのひとりが苺《いちご》の栄養についての会話に巧みに彼を引き入れた。

サラの右手の柱の陰では、母親たちが鋭い目で娘たちを見張っていた。サラは聞くまいとしたのだが、少なくとも心の半分は彼女たちの会話に耳をそばだてていた。サラは皮肉屋ではなかったが、母親たちがガイについて辛辣な言葉を吐きながらも、もし自分の娘が彼に望まれれば喜び勇んでいそいそと嫁に出すことはわかっていた。

「ひどい評判よ、ミセス・バントン、本当にびっくりしてしまうわ！」

「そうなの、ミセス・クラーク？　どれくらいひどいの？」

「それはもうおぞましいものよ！　もちろん、彼が戦争へ行く前の話で、厳しい従軍生活で少しはましになったんでしょうけど……どうかしらね！」

「とにかく昔は放蕩者だったと……」ミセス・バントンが意味深長に言った。

「でも、もちろん、きちんとした女性と結婚すればまじめになるでしょう！」

母親ふたりは言葉を切った。明らかに自分の娘が彼と結婚した場合の利点を考えているようだ。

「レディ・メルヴィルが丸一年も彼の愛人だったとか……」

「そうよ。わたしも聞いたわ。それはもう情熱的な関係だったって、みんなが言っていたわよ！」

「それから、レディ・パジェットの件も――」

「ひどい話よ！　彼女の夫は二度と立ち直れないだろうって！　でも、裕福なお家柄なのは確かね」ミセス・クラークが減刑の理由のように言った。「それに噂《うわさ》では、ウッダラン卿は息子が身を固めることを望んでいるって」

「ことによるとエマが……」

「そんなまさか……あなたのところのアガサだってわからないわよ。レンショー卿はブロンドが好みだって聞いたけど……」

ちょうどそのときタイミングよく、ガイが社交界にデビューしたばかりの少女たちの群れから抜け出して、サラのところへ戻ってきた。いやおうなく聞かされた話のせいで、サラの耳はピンクに染まっていた。料理を盛った皿を彼女の前に置くと、ガイはいたずらっぽくほほえんだ。「おやおや、ミス・シエリダン、なんのせいでそんなに不快になったのかな？　かなり憤慨しているようすだけど！」

「どうぞご心配なく」サラは努めて低い声でぴしゃ

りと言った。「聞きたくもないあなたの愛人の話を聞かされて、腹立たしかっただけですから！　あなたがもうすぐバースを離れるのでよかったわ。これ以上平和な土地を揺るがされては困りますもの！」

「驚いたな、きみがそんな率直な人だとは思ってもみなかったよ」ガイはサラの怒った顔をおもしろそうに見つめながら、感心して言った。「自分からそんなことを話題にするなんてね！　きみは生まじめなバースのお嬢さんなんだと思い込んでいたのに！」

「わたしはまじめです！　だからこんなにいらだっているんでしょう！」サラは気持ちを静めようとシャンパンをひと口飲んだ。「わたしを特別扱いするのは、賢明じゃないと思うわ！」

「どうして？」ガイは本当に傷ついたように見えた。

「きみは立派な尊敬すべきレディなのに、ぼくは違うからかい？　だけどね、ミス・シェリダン……」


彼は声をひそめた。「きみがそんなふうに偉そうにしても、ぼくは心から感謝しているんだ！　きみが立派なら立派なほど、ぼくのおぞましい評判はましになるわけさ！　バースの善良なレディたちもきみが一緒にいるのを見れば、あの男もさほど危険じゃないと思うかもしれないだろう！」

「ばかばかしい！　あなたの話はくだらないことばかりだわ！」

ふたりの目が合い、ガイがほほえんだが、軽い口調とは裏腹に彼のまなざしは熱かった。「わかった。くだらない話がだめなら、真実なら気に入ってもらえるだろう。妙な感覚がぼくの心に渦巻いているんだよ」ガイの指がサラの手首に触れる。軽く触れただけで、その指は彼女の肌を焦がすようだった。

「実はきみとは気が合うと思うんだ。いろいろ違いはあってもね。いや、むしろ違いゆえにかな……」

サラはわざとらしく手を引っ込め、料理をほおばった。フォークを持つ手が震えなくてほっとした。ガイにごく軽く触れられただけで心臓がどきどきする。彼はまだ思惑と挑戦が入り交じった心をかき乱す視線を、彼女に注いでいた。

「ねえ、ミス・シェリダン、きみは何か刺激が欲しいと思ったことはないの？」

まったく、ガイは絶対に話題を変えないつもりなのだろうか。サラは自分がひどく無防備に感じた。

「おかげさまでわたしの毎日は十分刺激的だわ」サラはしごく冷静な声で言った。「本もあるし、手紙も届くし、友だちもいる。この保養会館でコンサートも開かれるし、天気がいい日は公園を散歩するの！」

「なるほど、かなりはめを外しているようだね」グラスの縁越しに嘲笑《ちょうしょう》するような目でサラを見つめながら、ガイがつぶやいた。「ロンドンへ行ったことはないの？」

「ないわ」

「社交界デビューのときに、たいていは出てくるだろう？　そうか……」ガイのまなざしに同情が浮かんだ。「そのころにはもう父上は亡くなっていて、兄上は旅に夢中で……」

「わたしは田舎暮らしが好きなの」それは本当だった。「バースはとても住み心地がいいし」

「確かにそうだね。冗談抜きで、魅力的なところのようだ。でも、きみは青春を取り戻したいとは思わないのかい？」

「わたしがもう青春を失ってしまったなんて、気づいてなかったわ」サラは辛辣な口調で言った。「まだ老け込む年でもないんだけれど！」

「あせりを感じていない若いレディに出会うのはなんとも新鮮だ！　じゃあ、きみは無鉄砲なことをする時間はまだたっぷりあると考えているんだ」

「なんて突拍子もない考えかしら！」サラはついほ

ほえまずにはいられなかった。「そんなつもりはまるでないわ！」

「いや、先のことは誰にもわからないさ」ガイは褐色の眉をつり上げた。「現に今夜のきみは、放蕩者の肩を持ってる！」

「あなたの肩を持っているつもりもないわ！」

「そうかもしれないけど、ぼくの言葉の前半は否定しなかったね！」ガイはからかうように言った。

「それは断言はできないけれど」サラは落ち着いて言った。「でも」ガイの目がいたずらっぽく光るのを見て、彼女は急いでつけ加えた。「どうなるか確かめてみたいなんてまるで思っていませんから！」

「きみはなんて分別のあるレディなんだ。とても慎重で冷静で、レディ・アミーリアはきっときみのことを、まさにコンパニオンの鑑《かがみ》だと思っているんだろうね」

いや、最近のサラはむしろ、アミーリアに心配をかけている。今日の午後もまた二十分ほど、ブランチランド行きをやめるよう彼女に説得されたのだ。ミスター・ティルブリーがダンスを申し込もうと近づいてきたときには、サラはうれしいような気持ちになった。しかし、意外にもガイがまったく引き止めようとしないのでなんだかいらだち、そんな自分らしくもない反応にまた腹が立った。ガイがバースでも指折りの花嫁候補の若い娘たちと次々とカントリーダンスを踊るのを眺めながら、サラは別にこんなことはなんとも思わないと自分に言い聞かせていた。

ガイはサラと約束していたダンスに少し遅れてやってきた。どうも前のパートナーのとても若くてかわいいミス・バントンと別れがたかったようだ。サラはそのせいで、今まで経験したことのないような、胸がむかむかするほどのいらだちを味わった。懸命に自分の気持ちを抑え、なんとか礼儀正しく彼を迎えた。だが、ガイの目には皮肉な光があった。彼はサラの反応を見て取ったのだ。サラは屈辱感を味わった。彼とは今日再会したばかりで、彼の行動に興味もなければ、どうこう言うつもりもない、とサラは繰り返し自分に言い聞かせなくてはならなかった。それでも、心を読まれそうで怖くなり、彼とは目を合わせないようにしていた。

「ずいぶん口数が少ないね」ダンスの最中にサラの近くに来たとき、ガイがそっとささやいた。「きみはダンスがとても上手だから、ステップに気を取られているんじゃないことはわかっているよ。ぼくが何か気に障ることでもしたのかな？」

ガイのからかうようなまなざしに、サラは思わずかっとなった。まったく彼のそばにいると、まるで心の平静が保てない！

「そんなこと、あるはずがないでしょう」サラはやさしい声で言った。「あなたの行動にいらだって文句をつけるほどの間柄ではないし！」

ガイはおもしろがるような表情を浮かべたまま、つかの間サラから離れていった。サラはなんとか怒りを抑えようとした。彼に振り回されていることに気づかれてはならないし、危険な会話に引きずり込まれるのも避けないと。それでなくてもサラはすでにしゃべりすぎのような気がしていた。そのとおりだということは、すぐに思い知らされた。

「誰かの行動に気分を左右されるのは、その相手のことをかなり思っているからだって意味だね？」またふたりの体が近づくと、ガイが物憂げに言った。「そういうことなら、きみがぼくにかんかんになって怒るときが来てほしいな！」

サラはこれも自業自得だとみじめな思いを噛《か》みしめ、今度ガイと剣を交えるときにはもっと慎重にならなくてはと思った。

ガイは話題を変える気はないらしく、サラが黙っているといると眉をつり上げた。「要するに、きみはぼくを少々嫌っているわけかな?」

サラは微笑を浮かべた。「あなたがわたしを挑発しようとしているのはわかって——」

「そうかな? 今度ばかりは逆だと思うけれど!」

「そのとおりよ!」サラはまっすぐ彼の目を見つめた。「わたしは確かに、ひどく後悔するようなことを口にしてしまったわ! どうかわたしの謝罪を受け入れてちょうだい!」

ダンスは終わったが、ガイはまだサラの手を握ったままだった。ふたりはダンスフロアの端に立っていて、軽食をとりに行くカップルや、これからダンスをするカップルがふたりのそばを行き来していたが、サラにはこの場にガイとふたりきりでいるように思えた。ガイがほほえんで、サラが見上げると、彼の目には欲望といたずら心の入り混じった表情が浮かんでいた。絶対にキスされると確信して、サラは本能的に一歩あとずさりした。

「心配しないで」サラにだけ聞こえるよう、ガイがそっとささやいた。「そんなことはしないよ……少なくとも、ここでは! でも、したい気持ちでいっぱいなんだけどね、ミス・シェリダン!」

心を読まれたと悟って、サラの顔は真っ赤になった。「わたしのほうも」彼女はできるかぎり冷静に言った。「あなたの顔をひっぱたきたい気持ちでいっぱいだわ!」

ガイは吹き出した。「じゃあ、五分五分だ」彼はサラの手にキスした。「また会うときまで!」混乱と怒りの渦にのまれたサラをひとり残して、彼はカードルームへと向かっていった。

# 3

ブランチランドのことが気にかかって、翌朝サラは早くに目覚めた。考えてみれば明日の朝出発すると決めただけで、旅の計画はまったく立てていない。もう少しきちんと準備をしておかなくては。サー・ラルフ・コウヴェルが、亡くなったまたいとこの娘の予期せぬ来訪をどう迎えるのかも、まるで予測がつかないし、彼に来訪の目的を打ち明けるかどうかもまだ決めていない。姪《めい》のオリヴィアがブランチランド館に向かうところを目撃されて以来、消息を絶っているというチャーチワードの情報が真実なら、サー・ラルフに打ち明けるなんてとんでもないことかもしれなかった。

サラは身震いし、暖かくて居心地のいい毛布の中に体を潜り込ませた。自分が怪奇小説じみた状況に巻き込まれたように感じるのは、これが初めてではなかった。だが、彼女はとても現実的な性格なので、オリヴィアの失踪《しっそう》にはしごく簡単に説明がつくだろうと確信していた。きっとうっかり誰にも告げぬまま、親戚《しんせき》の家へ移り住んだか何かだろう。そして、彼女が助言を必要としている切迫した問題も、たぶん恋の悩みか、悪くても、世間に出て住み込みの家庭教師として生計を立てたいといった程度のことだろう。心配する必要などないのだ。

サラは上掛けをめくって起き上がると、窓辺に歩み寄った。地面は霜で凍りつき、淡いブルーの空に冬の太陽が昇っていく。館《やかた》は舞踏会の日に特有の活気に満ちていた。サラは準備を手伝うとアミーリアに約束していたが、彼女が早く起きてこないことはわかっていたし、新鮮な空気が吸いたかった。

アミーリアは館の裏にある小屋のひとつを小さな厩《うまや》にしている。そこには馬車馬と彼女がときどき公園で乗る気性の穏やかな白の雌馬、そしてもう一頭、もっと元気のいい馬がいて、サラはその馬を駆るのが好きだった。空気の澄んだ寒い朝は乗馬にうってつけだ。

馬のアストラもそう思ったらしく、静かな通りをあとにし、ランズダウンの弾力のある芝まで来たとたん、ぴんと耳をそばだてた。サラは懸命に追いつこうとする厩番を置き去りにしてギャロップで飛ばした。グレヴィル・ベイナムの地所沿いに差しかかったところでやっと速度を落とし、昨夜のことを思い出す。

奇妙なことに、自分とガイが惹《ひ》かれ合っているのは間違いないが、少しでも常識があれば当然そんなものは無視すべきだという結論に達する。彼女はため息をつき、馬に任せて険しい小道を進んでいった。

ある意味、ガイが望ましい結婚相手であることは否定できない。実際、あまりにも望ましい。いかに家柄がよくても一文なしのコンパニオンなど、相手にはならないようだ。しかし、別の見方をすれば、彼は結婚相手にはまったく不適格だ。彼の評判と明らかに身を固める気持ちなどない点からして、不適格どころか実に危険な存在と言えた。サラはまた、ため息をついた。この六年間、彼女には結婚しようと思えばいくらでも機会があった。だが、求婚者の誰もが何かしら彼女の期待にそわず、また、細かいことには目をつぶってとにかく結婚するには、彼女は好みがうるさすぎた。今になって、それが間違いだったのかもしれないと思う。アミーリアと暮らすのは楽しいけれど、こんな生活がいつまで続くものやら。それに、かつてブランチランドの館を切り盛りしていたサラには、やはり自分の家庭を持ちたい気持ちがあった。皮肉なものだ。やっと期待以上の魅力の持ち主を見つけたと思ったら、その相手はまったく結婚相手には不適格で……。

「おはよう、ミス・シェリダン！　美しい朝だね」

サラがはっとわれに返ると、彼女の物思いの対象がチェルウッド・パークの門からこちらの丘へと出てくるところだった。彼はサラの傍らに馬を並べてほほえみかけると、彼女のピンクに染まった頬と輝く瞳に率直な賞賛の視線を注いだ。

「ずいぶん元気のいい馬だね！　馬もきみに劣らずギャロップを楽しんでいたよ！」

ガイも栗毛《くりげ》のハンター種の馬にまたがり、サラが思ったとおり、巧みに馬を操っていた。そのさりげなくも優雅ないでたちを見れば、昨夜の令嬢たちはみなまた大騒ぎだろう。豊かなブロンドの髪は風に乱れ、表情豊かな褐色の瞳は日差しに輝き、レンショー卿《きょう》はまったく息をのむほど魅力的だった。

「レディ・アミーリアは一緒じゃないの？」ガイは厩番が馬を駆って上ってこようとしているはずの丘を見下ろして言った。「きみはまったくのひとりきりなんだね」

「いいえ」サラは、彼はいったい何が言いたいのだろうと思った。ここは慎重に言葉を選ばなくては。「アミーリアは来てないけれど、厩番を連れているの」トムが依然老いた馬で苦労しながら上っている丘を手で示した。ガイは笑った。

「なるほど。そして、すぐまた彼を置き去りにするんだ！　きみがそんなに乗馬好きだなんて思ってもみなかったよ、ミス・シェリダン！　昨夜は乗馬に情熱を注いでいるなんて、口にもしなかったしね！」

サラは伏し目がちに彼を見た。「わたしは田舎育ちだから、馬に乗れても不思議はないでしょう！」

「ああ、だけど本当に上手だよ。女性には珍しい。公園の中を跳びはねるくらいで、いっぱしのつもりでいるレディがごろごろいるからね！」

「今朝はずいぶん辛辣《しんらつ》ね！」サラは思わず笑った。「わたしのつたない技術を酷評するのでなく、おほめいただいてうれしいわ！」

ガイは物憂げにほほえんだ。「ぼくは厳しい批評眼で有名なんだが、きみの欠点は見つけることができないな」

サラはガイにじっと見つめられ、頬が赤くなるのを感じた。なぜかしら、近いうちにキスするぞという彼の脅し――それとも約束だろうか――のことしか考えられない。馬に乗ったままで、そんなことが可能なのだろうか。サラの好奇心はふくらんだ。きっとかなりの技巧が必要だろうけど――彼女はふいにガイがまだじっとこちらを見つめ、冗談半分で問いかけるように眉をつり上げているのに気づいた。昨日の夜のようにまた心を読まれてはたまらない。サラは急に馬の向きを変え、厩番がやっと最後の坂を上って、彼女たちのいる平らな頂上へ向かってくるのを見てほっとした。

「ここからの眺めはすばらしいね」ガイは町からその向こうのサマセットの連なる丘を見渡して言った。「それに身を切るような風！　頭がさえるよ！　チェルウッドで朝食を一緒にどうだい？」

ずっと疲れた馬を励ましてきた厩番のトムが、サラに憤慨の視線を向けた。サラはほほえんだ。

「ありがとう。でも、それはどうかしら。わたしはやはり、ブロック・ストリートに戻って朝食をとらないと！」

「ぼくの思慮深いミス・シェリダン！　チェルウッドのような申し分のないところでも、独身男性の住まいとあらば独身女性が足を踏み入れるのは適切じゃないってことだね！」ガイの褐色の瞳は皮肉に満ちていた。「家へ帰るまでにひもじい思いをすることになったら気の毒だね！」

「いずれにせよ、もう行かないと」ガイに〝ぼくの思慮深いミス・シェリダン〟と呼ばれて妙にときめく胸をなんとか静めようとしながら、サラは言った。彼女はアストラの頭を館のほうへ向けた。「今夜の舞踏会の準備で、アミーリアには手伝いが必要なの。では、ごきげんよう」

「ちょっと待って」ガイは手綱を握るサラの手に手を重ねた。「きみの親戚は今夜の演目にワルツを入れるくらい先進的かな？」

サラは馬を止めた。「だと思うけれど」

ガイは彼女の手を放し、別れの挨拶《あいさつ》代わりに鞭《むち》を差し上げた。「じゃあ、ぼくと一曲踊ってくれるね、ミス・シェリダン！」

アミーリアは意気揚々としていた。舞踏会場の壁や柱は赤と青のシルクのカーテンで覆われ、突き出し燭台《しょくだい》には白いろうそくが並び、あふれんばかりの赤い薔薇《ばら》を生けたいくつもの巨大な花瓶が飾りつけの中心を成している。

午後遅くなって薔薇が届き、メイドたちは興奮してくすくす笑ったり歓声をあげたりしながら、大量の薔薇を生ける容器を探した。目立たない場所には古くて少々欠けた花瓶も使ったし、寝室用汚物入れまで駆り出されたが、さすがにそれはアミーリアに気づかれる前にチザムが傘立ての後ろに隠していた。

花にはカードが添えられていなかったので、さまざまな噂《うわさ》や憶測を呼んだ。だが、メイドの一団が去り、アミーリアも足早にメニューの確認に行ってしまうと、淡いピンクの薔薇の蕾《つぼみ》を小さく上品にまとめた花束とカードを手に、チザムがサラの前に進み出た。カードには力強い筆跡で、短い伝言が記されていた。初めて見る字だったが、サラにはすぐそれが誰のものかがわかった。

〝これで償いになるかな？　レンショー〟

そして今、サラはその蕾の一輪をアクアマリンのドレスに飾り、ガイにまた会えると思うだけで頭がくらくらするような興奮を感じていた。

「今夜の飾りつけは本当にすてきだし、愛国的だわ」訪問客のふたつのグループが到着する合間、しばし静かになったときにアミーリアをつかまえて、サラが言った。「ただ、先に秘密を明かしてくれないのはわかっているけど、食事のメニューでどうやって赤、白、青のテーマを表現したのか気になって」

「それはね」アミーリアは笑った。「鱒《ます》のにんにくとトマト添えが赤で、山鴫《やましぎ》の白ワインソースが白――」

「それで青は？」

「ビルベリーのアイスクリーム！　ナポレオン・アイスクリームって名づけたのよ！　コックは自分の最高傑作だって断言していたわ！」アミーリアはほほえんだまま、薔薇に目を向けた。「すばらしい薔薇よね。本当に送り主を知らないの、サラ？」

「こんばんは、レディ・アミーリア。それにミス・シェリダン！　きみが出席する気になったとはうれしいな！」

サラが振り返ると、レンショー子爵が丁重にお辞儀をしていた。サラは彼に会えて喜んでいいのかどうかわからなかった。彼の到着はアミーリアの関心をさっきの質問からそらしてくれたものの、彼の瞳には明らかによこしまな輝きがある。

アミーリアは大きく目を見開いた。「レンショー卿！　こんばんは！　でも、今おっしゃったことはどういう意味かしら？　なぜサラがわたしの舞踏会に出ないと？　今夜のことはもうひと月も前から約束していたわよね、サラ？」

サラはガイに刺すような視線を投げた。「わたしも子爵が何をおっしゃっているのか、まるでわからないわ、ミリー」

「失礼」ガイは何食わぬ顔で言った。「ぼくが勘違いしていたようだ。レディ・アミーリア、あなたの親戚をダンスに誘ってもいいですか?」

アミーリアは好奇の目でふたりの顔を見比べた。

「わたしはかまいませんけれど、サラがいいと言うかどうかは別問題ね!」

ガイはサラの腕を取った。「今流れているのはワルツだ。あなたは約束してくれたでしょう……」

彼はサラが当然承諾したと思ったらしく、彼女をダンスフロアへと促し、抱き寄せた。それはワルツを踊るにはしごく当たり前の体勢かもしれなかったが、サラはしばし言葉を失った。ふたりの上半身が一瞬触れ合い、ガイはすぐに非の打ちどころのない礼儀正しさで少しだけ距離を取った。

サラはダンスの名人だったが、ガイの腕に抱かれてワルツを踊るのは、ミスター・ティルブリーを相手にブーランジェを試みるのとはまるで違っていた。ガイと踊るのは神経を消耗した。シルクのドレス越しに伝わってくる彼の手の感触が、愛撫《あいぶ》のように感じられる。彼はサラの顔の間近に頬を寄せ、目が合ったときには彼女に賞賛のまなざしを注ぎ、欲望のきらめきを隠そうともしなかった。それがサラの心をかき乱し、彼女の中に今まで知らなかった官能的な何かをかき立てた。

「きみのダンスは見事だ」無言のまま二度ほどフロアを回ったのち、ガイが言った。「思えばきみは子供のころから音楽の才能があった。誰よりも上手に歌って遊んでいたね」

「子供のころのあなたは、わたしを熱心にダンスに誘ったりしなかったでしょう」無難な話題なのがうれしくて、サラはかすかにほほえんだ。彼女自身の思いは無難とは言いがたい方向へ向かっていたので なおさらだった。「いつかの子供たちの舞踏会では、あなたは情け容赦なくわたしを拒絶したわ！」

ガイが一瞬腕に力をこめる。サラが目を上げると、彼は明らかにおもしろがって目を輝かせていた。彼女は思わずどきりとした。

「少年のころは女性を見る目がなくてね」ガイは残念そうに言った。「それに、互いの両親がいつだってぼくたちを一緒にいさせようとしただろう。ぼくたちを結婚させたいに違いないって思ったから、当然反抗したのさ。十六の少年に結婚って言われてもね。まして、相手が十一歳のお嬢さんじゃ！」

「両親たちも少々考え違いを――」

「単に時期尚早だったんだと思うよ！」

サラはガイにつけ込むすきを与えた自分に腹が立った。やっと意見の対立しない話題が見つかったと思ったら、彼は話の流れを変えてしまった。ここはその鼻っ柱をへし折ってやらないと。

「またばかなことを！」サラはいまいましげに言った。「わたしはあなたのお世辞にのせられるような、うぶな少女じゃないわ！」

「確かにね」ガイはからかうような微笑を浮かべながら、素直に同意した。「きみもずいぶん独身生活が長いってことを忘れていたよ！　きみみたいなお堅い女性と一緒なら、ぼくの評判も安泰だね！」

サラは、ガイのあまりに失礼な言い方に一瞬唖然《あぜん》とした。そして、彼女が負けないくらい辛辣な言葉を思いつく前に、曲が終わってしまった。

ガイがお辞儀をした。「あとでもう一曲踊ってもらえるかな、ミス・シェリダン？」

「それは感心しないわ！」サラはぴしゃりと言わずにはいられなかった。「あなたが今おっしゃったように、ご自分の評判に配慮しなくては。二度も踊るとやりすぎだと見なされてよ！」

ガイの微笑を見れば、彼も応酬するつもりなのがわかったが、ちょうどそのときアミーリアが、期待に目を輝かせたまだとても若い男性を連れてふたりのところへやってきた。

「レンショー卿、お邪魔してごめんなさい」アミーリアが切り出した。「でも、ミスター・エリストンが、あなたはポルトガルで彼のお兄様と一緒に軍務についていてらしたに違いないっておっしゃるの。それで、どんなことでもいいから――」

ガイはお辞儀をした。「いいですとも。きみはリチャード・エリストンの弟だね。彼のことはよく覚えているよ」彼は食堂のほうを手で示した。「ワインでも飲みながら話そうか……」

若いミスター・エリストンは思いがけないガイの気さくな態度に圧倒されていた。アミーリアはほほえんでサラの腕を取り、ダンスフロアをあとにした。

「彼って、とっても親切ね。気の毒なジャック・エリストンはそれは心配していたのよ。もう半年近くも家族になんの便りもないんですって！」アミーリアはサラに顔を近づけた。「あなた大丈夫？　顔が真っ赤よ！　風邪をひいたんじゃないといいけど」

「風邪じゃないと思うわ」内心の動揺にもかかわらず、自分の声がしごく冷静に響くのにサラは驚いた。なんとか切り抜けたとはいうものの、ガイ・レンショー相手の恋愛遊戯にはもっと強靭《きようじん》な神経が必要だ。結婚生活の倦怠《けんたい》をまぎらそうと火遊びに走る社交界の夫人たちは、そういう洗練されたゲームの駆け引きに熟達しているに違いない。サラはといえば、戯れの恋の駆け引きなどまったく経験したこともないのだ。

「レンショー卿はあなたにとって、とても魅力的な存在のようね」アミーリアの口調はさりげないが、そのまなざしはサラのかわいくピンクに染まった頬や瞳の輝きを敏感にとらえている。「彼は絶対にあなたの気を引こうとしているわよ、サラ！」

サラはちょうどいいタイミングで通りかかった召

使いから白ワインのグラスを受け取り、一気に半分ほど飲んでしまった。アミーリアの視線がますます鋭くなる。

「サラ、どうかしたの？　本当に大丈夫？」

サラは笑って、アミーリアの手を握りしめた。

「わたしならとてもいい気分よ、ありがとう。あなたはこんなわたしらしくもない態度を、きっとレンショー卿のせいにするんでしょうね！」

アミーリアは大きく目を見開いた。「あらまあ、サラ、おもしろいこと！　あなたまさか彼をけしかけたんじゃないでしょうね？」

「けしかけたわけじゃないけれど……」サラは言いよどんだ。「きちんとはねつけたかどうか。彼ってあなたの言うとおり、とても魅力的だから、なかなか逆らえなくて……」

アミーリアは笑い出した。「わたしは心配していないわ、サラ！　あなたは浮気女にはほど遠いし、レンショー卿は経験豊富で、ふしだらな女と品行方正な独身女性の見分けぐらいきちんとつくはずよ！ただ、あなたの心が千々に乱れてしまわないかどうかが気がかりだわ！」

サラは鼻に皺《しわ》を寄せ、またワインを口にした。

「まったく、アミーリアったら！　品行方正な独身女性！　それじゃまるでわたしは六十過ぎで、おまけに死ぬほど退屈な女みたいじゃない！」

「品行方正でいるほうがガイ・レンショーの誘惑に負けるよりはましよ」アミーリアは冷たく言った。「彼の評判は本当にひどいのよ、サラ！　ミセス・バントンの話だと――」

「けっこうよ」サラは慌てて言った。「その話ならもう聞いたわ。わたしに危険はないの。安心して。彼の誘惑にも、自分の感情にも脅かされていないわ。彼が本気じゃないのはわかっているし、よこしまな誘いになどのるものですか！」

それでもまだ、アミーリアは額に皺を寄せていた。

「それならいいけど、あまり彼を好きになっちゃだめよ！」

「わかってるわ」サラはそう答えつつも、どきりとした。アミーリアは問題の核心をついている。サラは実際、頭ではだめだとわかっているのに、ガイ・レンショーを好きになり始めていた。

アミーリアのまだ不安そうな顔を心に留めながら、サラはミスター・ティルブリーに誘われるままコティヨンを踊った。アミーリアが心底心配してくれているのはわかる。レンショー卿は一文なしのコンパニオンにふさわしい相手ではない。それはつまり、彼がサラに対して本気のはずがないということで、向こうがよからぬ企《たくら》みを抱いているなら容赦なく打ち砕かなくてはならないのだ。

しばらくのあいだ、サラはひどく落ち込んだ。ガイの魅力はとても強力で、サラは男性とのつき合いが未熟なだけに、彼の賞賛を軽く受け流せないことを自覚していた。それに、なんだか妙に肉体的に引きつけられてしまう。そんなことはこれまで、経験したことはおろか、想像さえしたことがなかった。サラはつかの間、ガイの腕に抱かれる場面を想像し、ワルツのときの彼の腕のたくましさ、上着の滑らかな生地の下で波打つ筋肉の感触、官能的な唇の曲線を思い出して……。

ふいに頭にかっと血が上り、体がほてって頬が熱くなるのを感じた。ミスター・ティルブリーが不注意でよかった。彼の話を聞いてダンスの相手が真っ赤になるなんて、彼にはなんとも納得がいかないだろう。

サラは石炭の価格についてのミスター・ティルブリーの意見に気持ちを集中しようと努め、はしたないことを考えた自分を心の中で激しく叱《しか》った。おまけに、こんな妄想をめぐらしたのは初めてではないのだから！

ワルツのときの歓喜とは打って変わって、ダンスは単調に続いていった。

ガイはどこにも見当たらない。おそらくまだミスター・エリストンと話しているのだろう。ダンスフロアから少し下がったところで、ミセス・バントンを中心に何人かが固まっているのがサラの目に入った。バースでも有力な夫人たち数人が、頭を寄せ合い、つけ毛を震わせて、ぞっとしたように口を開けている。そのうちのひとりがサラのほうを見て、慌てて目をそらした。サラは顔をしかめた。レンショー子爵と踊っただけで、悪口を言われるはずはない。たとえ相手が悪名高い放蕩《ほうとう》者でも、一曲ワルツの相手をしただけでは社交界の慣習を破ったことにはならないはずだ。それに昨夜ミセス・バントンは、自分の娘をガイに接近させようとしていたではないか。

ミスター・ティルブリーがまた話しかけてきたので、サラはしばらく噂話に花を咲かせる夫人たちのことは忘れていた。しかし、ダンスが終わると、たちまち思い出さざるを得なくなった。ミスター・ティルブリーにエスコートされ、ダンスフロアから戻ってくると、ミセス・クラークが当てつけがましくスカートを引き、さっとサラに背中を向けた。サラは驚いて思わず立ち止まり、ミスター・ティルブリーは怒りで顔を真っ赤にした。

ティルブリーが何か言いかけたとき、ミセス・クラークが大きな声で言った。「あんな下劣な親類になんの用があるというのかしら。コウヴェル家には悪い血が流れていて、きっとそのせいで彼女も、彼と運命をともにする気になったのよ！　レディ・アミーリアが、良識を完全に失ったことがはっきりしている人の肩を持つなんて、驚きだわ！」

サラはショックのあまりしばし言葉を失った。彼女の周囲の者はみな、憶測をめぐらす表情をし、噂話や陰口も聞こえてくる。サラは必死でアミーリアを捜したが、彼女は部屋の反対側でグレヴィルと話している。身近に救いの手を差し伸べてくれる者はいなかった。ミスター・ティルブリーは岸に打ち上げられた魚みたいに口をぱくぱくさせ、サラ同様ひどく困惑した表情を浮かべている。ほかの者はみな、次に何が起こるのかとただ眺めているだけだ。

ミスター・ティルブリーに支離滅裂な言いわけをして急いで舞踏会場を出ると、サラは走るようにして階段を上り自分の部屋へ逃げ込んだ。ドアをそっと閉め、もたれかかって目を閉じた。ミセス・クラークの鋭く残酷な言葉が胸に響く。〝良識を完全に失った……〟

間違いない。サラがブランチランドを訪れるつもりでいることが何かの拍子で噂好きの耳に入り、舞踏会場中に広まったのだ。サラの中に怒りと屈辱感がこみ上げてきた。本人を前にしてあんなふうに中傷し、評判を徹底的に傷つけるなんてひどすぎる。すでにサラを非難の目で見ている者もいれば、醜聞に興奮しているだけの者もいたが、全員が彼女の反応を見るのをおもしろがっていたのは確かだ。バースの社交界に出入りする人々の非難を浴びて評判を落としたり、社交界から追放されたりした人がいるという話は、サラも何度も耳にしていた。ただ、自分がそういう悪意の標的になるのは初めてだった。

でも、どうしてまるで恥ずべきことでもあるみたいに、わたしがここに隠れていなきゃいけないの？

きらりと目を光らせると、サラは舞踏会場で対決する覚悟を決めて、ドアを大きく開いた。わたしを嘲笑《ちょうしょう》した人全員に、そんな非難をものともしていないことを見せつけてやる！　一方的に決めつけられて、逃げ出すわけにはいかないわ！

サラは後ろ手にドアを閉め、依然激しい怒りに燃えながら階段へと向かった。陰になっている踊り場のところでふいに人影が動き、彼女は驚いて振り返った。「レンショー卿！　びっくりしたわ！　いったいここで何をなさってるの？」

「きみと話がしたくてね、ミス・シェリダン」ガイはひとつきりの枝つき燭台が落とす光の輪の中へ進み出た。「きみが走って二階へ上がっていったと聞いたから、人に聞かれないところで話すのがいちばんいいと思って」

サラはとまどい、ガイを見つめた。彼の口調にはどこか詮索《せんさく》するような気配があって、なんとなく彼女は不安になった。揺らめくろうそくの炎の下では、彼の表情は読み取れない。「何が言いたいのかわからないわ」サラは言葉を濁した。「やはり舞踏会場へ戻ったほうが――」

「いいとも。下で渦巻いているとんでもない噂に直面する覚悟が、きみにできているならばね」ガイは冷ややかに言った。「バースの社交界全体に話に加わってもらうのもいいかもしれない。なにしろみんな、きみの行動に興味津々のようだから！」

サラは長いため息をついた。「ああ、じゃあ、あなたも聞いたのね――」

「聞いたとも！　耳を疑ったね！　きみはまったく判断力がないのか、ぼくが思っていたような女性じゃなかったのか、そのどちらかだ！」

サラはむらむらと怒りが込み上げてくるのを感じながら、ガイをにらみつけた。狭量で意地の悪い中傷好きの夫人たちの餌食《えじき》になったことを同情してくれるのかと思ったのに、弁明の機会も与えられないまま非難されるなんて、まさに踏んだり蹴《け》ったりだ。「あら、本当に！　意地悪な夫人たちのいいかげんな噂話だけでもうんざりなのに、あなたまでわたしの人格を非難するなんて！」

「不満かな？」ガイが近づいてくると、その存在感がサラを圧倒した。今や彼はすぐ間近にいて、ゆっくりと燃え上がる怒りが感じ取れるようだ。ただ、依然としてなぜ彼がこんなに怒るのかがわからない。

「だが少なくとも、とぼけたりはしないんだ！　噂は嘘《うそ》だって言えるのか？」

正直なサラはつい口ごもってしまった。「ええ！いえ、違うの！　少なくとも……ブランチランドへ行くつもりでいるのは事実だけど、あなたが思っているようなことでは……」

ガイは繊細な鋳鉄細工が震えそうなほど強く、階段の手すりを握りしめた。「悪名高い館で冬を過ごしたいときみがはっきり表明したことに、町中が耳をそばだてるのも無理はないね！　ブランチランドはまともな女性なら足を踏み入れることなど夢にも考えない場所だ。きみの評判は地に落ちてしまうぞ！」

サラはガイをにらみつけた。「あなたがたまたま耳にした噂をうのみにする人だったなんて！　もう少しましな人かと思っていたけど！　わたしの説明を聞こうともしないのね！」

怒りにこわばった顔でサラに背を向けたガイが、またさっと振り返った。「筋の通った説明などできるものか！　せいぜい好意的に解釈しても、きみには良識ある行動ってものがまるでわかってないってことだ。最悪なのは」ガイは褐色の瞳を冷酷に細めた。「きみがブランチランドの提供するたぐいの社交や娯楽に慣れている場合だな！　いずれにせよ、まともな弁解になるものか！」

サラが怒りにわれを忘れることはめったになかった。アミーリアの館での平穏な日々の中ではいらだちや不安に心を乱されることはほとんどなかったのに、今や彼女は激怒していた。彼女の意図を悪意でしか解釈しようとしないガイの頑固な態度が、悲しいと同時にいまいましかった。彼がどうしてこんなに怒っているのか理解できないだけに、ますます憤りがつのった。最悪なのは、情けないことに泣きたくなっていることだ。再会して間もないのに自分がどれほどガイによく思われたがっているかに、サラは気づいてしまった。彼女はぐっと息をのみ、心の傷を隠すため、意識的に自分の怒りをあおった。

「もううんざり！　あなたがわたしを中傷するのなんて聞きたくもないわ！　道徳の審判者を気取るなんてあきれてしまう！　あなたみたいな偽善者には会ったことがないわ！」

サラは舞踏会場へ戻ろうと思っていたことなどすっかり忘れ、ガイの前を通り過ぎて再び自分の部屋へ逃げ込もうとした。彼女は怒りと屈辱に震えていた。どうしてこんなふうに彼と口論することになったのかよくわからなかったし、これ以上言い争いを長引かせたくもなかった。こんなふうにサラを苦しめたことだけでもガイの態度は紳士らしくないが、それ以上に深く彼女を傷つけたのは、彼のあからさまな軽蔑《けいべつ》と不当な非難だった。

ガイは少し体を動かしたものの、サラに道をあけようとはしなかった。むしろ、断固として彼女を通すまいとするように足を踏ん張っている。長いあいだ、ふたりは怒りの形相でにらみ合っていたが、ガイが前に進み出ると、サラは手すりと彼の体のあいだで身動きがとれなくなった。

ガイは頭を下げ、激しく容赦なくサラの唇を奪った。信じられない思いと憤りが胸にわき上がり、サラは力任せにガイの胸をこぶしで叩《たた》いたが、彼はそんな抵抗などものともせず、彼女を抱く腕にさらに力をこめた。「ぼくは評判どおりに行動してみたよ。きみもそうするといい！」

ガイの唇が再びサラの唇をむさぼる。驚くほどの快感がサラの体を突き抜け、彼女はガイの腕の中でおののいた。レモンのコロンのかすかな香りが鼻をくすぐり、あるときは軽やかにあるときは深く巧みな愛撫を繰り広げるガイの唇は、ほのかに甘いワインの味がした。たくましい両手はしっかりと彼女の体をとらえて放さない。

サラはもがくのをやめた。もうガイに抵抗する力も意思も残っていなかった。計算された行動だとわかっていても、彼にキスされるのはこの上ない快感で、いつまでもやめてほしくなかった。握りしめていた手をほどき、サラは彼の首に腕を回した。ガイの片手が彼女の背中から腰へとすべり、彼女をしっかりと自分のたくましい体に押しつける。そしてもう一方の手をうなじへ伸ばして、感じやすい肌を愛撫する。サラは震えて小さな降伏の吐息をもらし、体をすり寄せて完全にキスに身を任せた。

何かが変わったけれど、夢見心地のサラにはそれが何かはわからなかった。彼女をつかんでいたガイの力が弱まり、彼の唇も手も、罰を与えるというよりは互いの快感を引き出すようなやさしい愛撫を繰り広げるようになった。アクアマリンのドレスがサラの肩から滑り、レースのショールは床に落ちた。

ガイの指が羽根のように軽く彼女の鎖骨に触れたかと思うと、今度は唇が喉元からあらわになった胸のふくらみをたどっていく。ガイの息は乱れていた。それはサラも同じだった。彼女は欲望に屈し、体を弓なりにそらしてガイに差し出した。サラはそんな自分の反応にわれながら驚いていた。

ガイの唇が再びサラの唇へと戻ってきて、その柔らかさを存分に味わった。彼は片手でサラの頭をしっかり押さえ、少し上向きにして、髪に指をからませた。もう一方の手はそっとシルクのドレスを押しのけ、サラのほてった肌を愛撫している。彼女の唇への甘い攻撃はいつまでもいつまでも続いた。廊下の大理石の床にちりんと音をたてて髪からピンが落ちても、彼女は気づかなかった。ていねいに結い上げた髪は今や乱れ落ちて裸の肩を包み、ドレスは腰まで引き下げられて、彼女は半裸でガイの腕に抱かれていた。ふいに階下のドアが開き人々がどっと廊下へ出てきたのにも、やはり彼女は気づかなかった。「まあ！」女性のひとりが悲鳴をあげた。「もう少しでピンを踏むところだったわ！」

サラにもその声は聞こえたが、欲望に曇った心ではその言葉が何を意味するのか理解できなかった。

しかし、ガイにはまだ分別が残っていたらしく、人人がいっせいにほの暗い二階を見上げる前に、サラを踊り場から物陰に引き入れた。

「おやおや！　誰か上にいるのかしら？」

女性のひとりがくすくす笑い、男がひとり、慌ててばか笑いを抑えた。それから何やらひそひそ声やら笑い声がして、やがて全員がカードルームへ入っていった。そしてまた静かになった。

現実が津波のようにサラを打ちのめした。こんな場所で、はしたない姿にさせられ、この男のなすがままにさせられたなんて。ついさっきサラは貞操観念を問われたが、今や彼の指摘が正しいことをすっかり証明してしまったではないか。サラは震えていた。情熱ではなく、自分がしてしまったことの重大さに全身がおののいた。あのままだと、いったい最後はどうなっていたのだろう。踊り場で裸にされた姿をアミーリアの客たちの目にさらした？　欲望にわれを忘れ、人に見られるかもしれないなど考えもしなかったことに気づき、サラは真っ赤になった。

どうしてこんなことになってしまったのだろう。ガイのことは最初から魅力的だと思っていたが、口論をしていたときには、あんなふうに一気に肉体的に惹かれ合う気持ちが燃え上がるなんて、思ってもみなかったのに。彼を踊り場に置き去りにしようとしたときには、彼のことなんてもう好きじゃなかったのに！　それなのに……。

サラはドレスを引き上げ、床にくしゃくしゃになっている白いレースのショールをかがんで拾い上げた。〝ショールの意味はね〟昔、母が言っていたのを思い出す。〝女性のしとやかさを忘れないことにあるのよ〟——それならもう、わたしにはショールなど必要ない！　自分がどういう女かを行動ではっきり示してしまったのだから。さらに悪いことに、自分がどれほどそれを楽しんだか、どれほどガイのキスを、彼の手の愛撫を求めたかが、はっきりとよみがえってくる。誰かを嫌いながら同時に求めるなんて、そんなことが可能なのだろうか。サラは絶望的な思いに駆られた。

さらにつらいのはガイの石のように冷たい軽蔑の表情だ。サラがさまざまな感情に揺れているのに対して、彼のほうは明らかに平然としている。彼はまだサラの腰に手を回していたが、彼女はその手を振りほどき自分の部屋へと向かった。背筋を伸ばし、頭を高く掲げても効果はなかった。淫《みだ》らに開いたドレスの胸元をガイがじっと見つめているのを知っていたからだ。ガイが部屋までついてきたので、サラの心はますます沈んだ。彼女はとにかくひとりになって、この屈辱から立ち直りたかった。

「ひとりにしていただけないかしら」思ったような冷ややかな口調にはならず、ガイと目を合わせるのもやっとだ。

「すぐ行くさ」ガイの熱い視線がサラの乱れた髪から肩をなめ、胸の谷間にからみついた。「きみはよかったよ。それを言っておきたくてね！　素朴な無《む》垢《く》さと情熱がいい具合に入り混じっていた！」彼は皮肉な笑い声をあげた。「あんまりいいから、ちょっと疑惑が芽生えたくらいだ！　とにかく、ぼくはきみにひとつの提案をする気になった。今、あんなことがあったばかりだから、きみも好意的に受け入れてくれるかもしれないな。きみがブランチランドへ行って保護者を探す手間を省いてあげたいんだ。

ぼくは裕福でどんな趣味でもかなえてあげられるし、きみを満足させられることも確信している！　どうだい？」

サラの顔から血の気が引いた。これは決定的な侮辱だった。彼の非難に反論しながらその手に落ちてしまったことで、明らかに経験豊富な女と見られたのだ。愛人になれという申し出は、当然の結果なのだろうか？　そうなのかもしれない。そう思ったガイを責められる？　たぶん責められないが、それでもサラは、彼がもっと自分を理解し、誤解などしないことを望んでいた。こんな薄汚れた現実からはかけ離れた、ひそかな夢を胸に抱いていた。ふたりのあいだにあった善良で純粋で甘美なもののすべてが粉々に壊れてちりとなるなんて、信じられない気がした。

「部屋から出ていって！」サラは叫ばなくてはと思ったのだが、ささやきのような声にしかならなかった。ガイはしばしうつろな表情だったが、やがて踵《きびす》を返し部屋を出ると、館中に響く大きな音をたててドアを閉めた。

「サラ？」アミーリアがそっとドアをノックし、かろうじて聞き取れるほどの声でささやいた。「サラ、部屋にいるの？」

サラがなんとか起き上がっているあいだに、アミーリアは取っ手を回し、ほの暗い部屋に入ってきた。ランプの明かりは小さくしてあったが、それでもサラの打ちのめされた表情はわかり、アミーリアは驚いて足早に歩み寄った。

「サラ！　いったい何があったの？」

サラは涙の跡が残る顔を上げた。数分前にはもう涙も枯れたと思ったのに、またしてもどっとあふれ出す。「ああ、ミリー！」

アミーリアは賢明にも無理に説明させようとせず、

黙ってサラを抱き寄せた。しばらくしてやっとすすり泣きが少しおさまり、サラは目を上げた。

「彼は帰った?」

「彼って? 誰のこと?」

「レ……レンショー卿……」

アミーリアはいくつかのことを同時に悟った。

「ええ、彼は一時間ほど前に帰ったわ。わたしは会ってないけれど、グレヴがそう言っていたわ。帰る前、彼はあなたと一緒だったの、サラ?」

サラはこくりとうなずいただけだった。アミーリアの思慮深い視線がサラの乱れた髪やいくつか飾りのなくなったアクアマリンのドレスを見て取った。彼女は眉をつり上げた。

「ここで? 彼はあなたとここにいたの?」サラはまたうなずいた。アミーリアはサラとベッドを見比べた。努力はしたものの、声に恐怖がにじむのは避けられなかった。「まあ、サラ、まさか彼はあなたを自分のものにしたわけでは――」

サラはすすり泣きとも笑いともつかない声をあげた。「いいえ、そこまでひどくないわ!」彼女は涙に濡《ぬ》れた髪を顔から払った。「でも、それに近いことは……」

ゆっくりと事のあらましが語られるのを、アミーリアはじっと黙って聞いていた。

「わたし、最悪の気分よ」サラは苦々しく言葉を結んだ。「彼にはわたしを誤解していると言っておきながら、あばずれ女そのものみたいなふるまいをして! 卑しい女のように扱われたのも無理ないわ。彼は……」彼女は言葉をつまらせてすすり泣き、息をのんでまた話し始めた。「何もかもがあさましく思えるような言い方をしたけど、アミーリア、まさにそのとおりだったのよ!」

「自分を責めちゃだめよ」少し間を置いてから、アミーリアが慎重に言った。「あなたが言葉とは裏腹に、彼に少なからぬ恋心を抱いていたのはわかっていたわ！　彼にあなたをひどく言う権利なんてないし、悪い評判はいろいろあっても、わたしはまさか彼が……」アミーリアは言葉を切った。「本当に許せない男！」彼女はサラにもう一枚ハンカチーフを渡し、励ますようにその手を軽く叩いた。

サラはしっかりとはなをかんだ。「ああ、本当に最悪だわ！　愛人になれなんて言われて――」

「恥じるべきなのはあなたじゃなく、レンショー卿よ！」アミーリアは強い口調で言った。「彼のことは心から締め出してちょうだい。わたしたちはもう二度と彼に会うことはないと思うから！」

サラはたぶん実際そうなるのだろうと思った。また泣き出しそうになるのを、唇を噛《か》んでこらえた。二度とガイに会えないのもつらいが、彼にずっと自堕落な女だと思われたままなのかと思うと、心が引き裂かれるようだった。

「あなたはまだブランチランドへ行くつもりなの、サラ？」アミーリアがそっと尋ねた。「残念だけど、みんながその噂をしているのは事実よ。わたしは誓って誰にも言っていないけど、たぶん召使いの誰かが耳にして――」

「でしょうね」サラは疲れた声で言うと、立ち上がってランプの火を大きくした。「勝手に言わせておけばいいわ。わたしは今でも明日出発するつもりよ」

「サラ！」彼女のいつもの毅然《きぜん》とした態度がよみがえったのを、アミーリアは喜べばいいのか悲しめばいいのかわからずにいるようだ。「無理よ！　今は無理だってことぐらいわかってくれなくちゃ！　あなたがここにいて、噂は悪意に満ちた中傷だってことが広まれば、騒ぎもじきにおさまって――」

「あなたは間違っているわ、アミーリア」サラはすでに元気を回復し、戸棚からキャンバス地のバッグをふたつ取り出していた。「わたしは以前にも増して行く気満々よ！　ガイ・レンショーみたいな人にあれこれ言われたぐらいでひるむもんですか！」

サラはほとんど眠れぬまま夜を明かし、翌朝早く起き出した。昨夜、アミーリアはなんとかサラの決心を覆そうと、三十分ほどどむだな説得をしたあと、キスをして去っていった。考えれば考えるほどサラの決心は固まった。ガイに軽蔑されて感じたみじめさは今は怒りに、屈辱は激しい憤りに変わっていた。ガイの手に落ち、彼の非難が正しいことを証明してしまった自分にも腹が立ったが、それ以上に彼が少しでも彼女の貞操を疑ったことがいまいましかった。夜の闇《やみ》の中で、サラは自分がどれほどガイが好きだったかを痛切に悟った。薔薇に二、三度の会話、ワルツが一曲――これだけのことで、これほど彼を思うようになったとは。そして今、わたしはガイを忘れることを学ばなくてはならない。

重い心でサラはバッグを部屋の戸口まで引きずっていった。運がよければ、舞踏会の翌日はいつも朝寝坊をするアミーリアとは顔を合わさずにすむだろう。またひと悶着《もんちやく》あるなんて耐えられない。馬でエンジェルまで行って、そこから乗り合い馬車でオールド・ダウン・インへ向かい……。サラは踊り場へ出ると、忍び足で階下へ下り、出発前に朝食をとっておくことにした。昨夜ガイに抱かれた場所は、見ないようにする。

館は静まり返るどころか、やけに騒がしかった。鎧戸《よろいど》は開け放たれ、召使いたちがせわしなく行ったり来たりしている。階段を下りようとしたサラは、玄関の前にしっかりと赤いロープで結ばれた大きなトランクがふたつ置いてあるのに気づいた。これまで見たこともないような疲れた顔のチザムが、女主人から果てしなく続く指示を受けている。サラは信じられない思いでそのさまを見つめた。

「ミセス・チャートレーの朝食会への出席はお断りしてちょうだい。ウェアリング大佐のカード・パーティーと、ほかにもわたしが忘れている招待があったら、それもね！」

「はい、奥方様」

「それからミセス・バントンとミセス・クラークからの招待状はすべて、未開封のまま送り返すこと」

「はい、奥方様」

コーヒー・ブラウンの旅行用ドレスとおそろいの帽子を身につけ、生き生きと晴れやかなようすのアミーリアは、振り返ってサラが階段の上から驚いて見つめているのに気づいた。「やっと出てきたわね、サラ！　急いで朝食をすませて！　そうだわ、チザム……」アミーリアの声がこわばった。「サー・グレヴィル・ベイナムが訪ねていらしたら、彼の友人はもう二度とこの館には入れないと――」

「まあ、ミリー、やめて！　グレヴィルのせいじゃないわ！」サラはやっと口を開き、アミーリアのもとへと足早に階段を下りた。

「いいのよ！」アミーリアはつんと顎を上げた。「友人を選ぶ目のないグレヴィルにも罪はあるわ！　さあ、もう準備はできているの？」

ふたりの従僕が館の正面玄関を大きく開け放ち、よろめきながらアミーリアの重い荷物を馬車へと運ぶのを、サラは呆然《ぼうぜん》と眺めていた。

「ええ、でも……これはいったい……？」

「あなたを説得して決心を変えさせることはできないとわかったから」アミーリアはサラの腕を取り、朝食室へと促した。「わたしが考えを変えることにしたの！　サラ！　わたしも一緒に行くわ！」

# 4

「きみは何もかも台なしにしてしまったみたいだな、ガイ」グレヴィル・ベイナムは、味つけの辛い牛の腎臓《じんぞう》料理の大皿から自分用にひと切れ取り分けると、率直に言った。「気の毒なあの娘《こ》に弁解の機会も与えないなんて！」

ガイは憂鬱《ゆううつ》な顔で朝食室の窓の外を見た。昨夜は賭事《かけごと》に大金を張り、深酒をした。おかげで今朝はひどい頭痛と嫌悪感に悩まされている。心の底でたぶんグレヴィルの言うとおりだ、とガイは思っていた。

もっと若いころにはガイも何度か色恋沙汰《ざた》を経験したが、相手はいつも身分が違うか身持ちが悪いかだった。当時は別にそれでよかった。恋の苦しみは長くは続かず、心の傷を癒《いや》して次なる獲物へと乗り出していく気にさせてくれる女性はいくらでもいたからだ。年を取るにつれて、色恋に愛がかかわってくることはめったにないと悟り、それで満足してもいた。それに父が、息子が身を固めてウッダラン伯爵家の跡継ぎをもうけるのを望んでいることは、まったく別の問題としてとらえていた。ミス・シェリダンに再会するまでは。

ガイは椅子の上で身じろぎした。彼はグレヴィルに、サラについて広まっている噂《うわさ》を話し、彼女との踊り場での顛末《てんまつ》も、すべてではないが少しは打ち明けた。友は頭から噂を相手にしなかった。

「ぼくにはすべてたわ言に聞こえるな」彼は思慮深く言った。「バースの意地悪ばあさんたちはいつだって事実よりでっち上げを好むんだ！　なんにでも尾ひれをつけるんだよ。十中八九は作り話さ！」

ガイは顔をしかめた。「ぼくだってきみに賛成したいところだが、ミス・シェリダンは実際噂を認めたんだ！　ブランチランドを訪ねるというのは本当かとぼくがきいたときも、はっきりと否定はしなかった！　それをどう考えればいいんだ？」

グレヴィルはフォークを振った。「年老いた乳母を訪ねるのかもしれない。ラルフ・コウヴェルが彼女の父親が残した絵を渡したいと言っているのかもしれない。きみが考えているようなこと以外にも、いくらだって理由はあるさ！」

ガイもそれは否定しなかった。「確かに……ぼくが少し性急だったかも……」

「ぼくに言わせれば、きみはどうしてそんな反応をしてしまったのかを考えるべきだな」グレヴィルがそっけなく言った。いつもながら核心をついてくる。

「きみはミス・シェリダンに謝るべきだよ、ガイ。なんなら今日、一緒にブロック・ストリートの館《やかた》へ行ってやろうか。どのみちぼくはレディ・アミーリアを訪ねるつもりだしな」

ガイはためらった。サラが噂の件を説明してくれるとも、謝罪の機会を与えてくれるとも思えない。実際、二度と口をきいてもらえない可能性が高いだろう。彼は昨夜の顚末を、最初は抵抗していたサラがしだいにとろけるように反応し、自分がそこに容赦なくつけ込んだことを思い返した。できれば否定したかったが、彼女の積極的な反応がガイの中に真の情熱を呼び覚まし、彼女をこらしめてやろうという激しい怒りに勝ってしまった。彼にしてもサラに劣らず欲望に震えていたのだ。少なくともあのとき、サラはそんなふうに見えたのだが。

ガイは思いをめぐらした。サラがもし、彼がずっと思っていたとおり純潔だったとしたら？　彼女のうぶな反応を計算ずくの情熱だと解釈されたら、いったいどんな気がするだろう。夜が明けてサラが自分の中の欲望を知り、ガイの軽蔑《けいべつ》の視線を思い出したとき、どんな思いを味わっただろう。言いわけはいっさい通用しない。彼は恥知らずにもサラの弱みにつけ込んだのだ。ガイはうなり声をあげ、両手に顔をうずめた。冷静になって考えると、たまたま耳にした噂にあんなに激しく反応してしまった自分に驚き、うろたえた。グレヴィルの言ったとおり、なぜあんなに腹を立てたのかを分析する必要があったが、答えはほぼ出ていた。今まで気づかなかったが、サラへの思いは実際とても深いものだったのだ。そう気づいてショックだったが、一方では最初からわかっていた気もした。彼女と再会して間もないという事実は、思いの深さとは比例しなかったのだ。それなのに、何もかもめちゃくちゃにしてしまって……。ガイはまたうなった。

グレヴィルは心配そうに友人を見た。「氷嚢《ひょうのう》を持ってこさせよう」彼は立ち上がった。「それから、外出の前にひげぐらい剃《そ》っておけよ。酔っ払いみたいな顔でブロック・ストリートに着いたんじゃ、ますます嫌われるからな」

ブロック・ストリートの館は閉ざされていて、玄関のベルに答えてチザムが出てくるまでにやけに時間がかかった。そして、やっと現れた執事のまなざしは、ガイたちに裏口へ回るべきだとほのめかしているように見えた。

「おはようございます、レンショー卿《きょう》、サー・グレヴィル。どんなご用でしょうか？」

ガイとグレヴィルは玄関へ通されるのを待ったが、チザムは頑固にその場に立ち尽くしている。グレヴィルは眉をつり上げた。「おはよう、チザム。ぼくたちが訪ねてきたことをレディ・アミーリアに伝えてもらえないか」

チザムの表情は渋い。「残念ながら、レディ・アミーリアは町を出られました」

少し間があって、ガイが一歩前に出た。「ミス・シェリダンは？　彼女は館に？」

チザムの視線がさらに冷たくなったように思えた。

「いいえ。ただ、奥方様よりサー・グレヴィルに伝言がございます」執事は咳払《せきばら》いをし、ガイたちと目を合わさないようにした。「奥方様はミス・シェリダンとともに田舎へ出かけたことをお知らせしておくように、とおっしゃいました。さらに、サー・グレヴィル、あなたの当家へのご訪問はこれまでどおり歓迎いたしますが、お友だちに関してはお断りするということです。あしからず」

チザムはきちんと一礼し、あとずさりしてしっかりドアを閉めた。

ガイもグレヴィルもしばし唖然《あぜん》として木のドアを見つめていたが、やがてグレヴィルが慌てて進み出てもう一度ベルを鳴らそうとした。ガイがその腕に手をかけて止めた。「グレヴ！　待て！」

ガイはこの友人がこんなに怒ったのを見たことがなかった。グレヴィルの灰色の瞳は怒りに燃えていた。「よくもあんなことを！　なんて失礼な男なんだ！　ぼくは絶対に――」

「彼は主人に言われたとおりにしただけさ」ガイが静かに言った。「行こう、グレヴ。人が見ている」

確かに好奇心にあふれた通行人たちが、玄関の階段の下の舗道に集まっていて、そこには神出鬼没のミセス・クラークも含まれていた。

「あら、サー・グレヴィル！」夫人はさえずるように言って前に進み出ると、ふたりの行く手をふさいだ。「レンショー卿！　お聞きになって？　レディ・アミーリアがご親戚《しんせき》と一緒にブランチランドへ向かわれたんですって！　信じられない話ですけれど、ミセス・バントンがレディ・トリッペニーからお聞きになって、それはそもそも――」

グレヴィルは肩をいからせた。彼は噂好きの夫人に露骨な嫌悪の視線を向けた。「そのとおりですよ、ミセス・クラーク。でも、たいしたことじゃない！ ブランチランドを訪ねることになり、レディ・アミーリアが付き添いとして同行するのです！ それだけのことですよ！ それから、近々ぼくの妻となる女性についてあなたがくだらない憶測をめぐらせる前に、覚えておいてほしいことがある！ ぼくもほどなくブランチランドで彼女と合流するんです！」

ミセス・クラークは驚きにあんぐりと口を開けた。

「まあ、サー・グレヴィル！ ねえ、レンショー卿」彼女はとがめるようにガイのほうへ向き直った。

「あなたはご存じでしたの？」

ガイは吹き出しそうになるのをこらえた。「どの部分をですか、ミセス・クラーク？ レディ・アミーリアが親戚に付き添ってブランチランドへ向かったことですか？ それともサー・グレヴィルがレディ・アミーリアと婚約し、明日にはブランチランドの彼女と合流することですか？ あるいはひょっとして……」彼は満面の笑みを浮かべた。「ぼくも近近ミス・シェリダンとの婚約を発表することでしょうか？ ええ、すべて知っていましたよ！」

ミセス・クラークは早くここから逃げ出して、ミセス・バントンにこのニュースを伝えようとあとずさりし、縁石につまずきそうになった。ふたりの紳士は残りの人々に愛想よくほほえみかけ、何食わぬ顔でブロック・ストリートを下っていった。

「自分たちがあんなことをするなんて信じられないよ」道を曲がって円形広場に入ると、ガイは立ち止まって声をひそめて言った。「三十分としないうちに、話はバース中に広まるぞ！ きみは本気で言ったのか？」

「もちろんだ！」グレヴィルは渋い顔だ。「ぼくがずっとアミーリアと結婚したがっていたことは、きみも知っているだろう！　今度のブランチランドへのばかげた遠出は、その時期を早めただけさ！」

「彼女も同じように考えているといいがな」ガイは実感をこめて言った。「きみは彼女を守るために向こうへ出向くつもりなのか？」

「実は五分前まではそんなこと、考えてもいなかった」グレヴィルが認めた。「だけど今は、あの愚かな女に分別を教えてやらなきゃと思っているよ」

ガイはにやりとしそうになるのを抑えた。「じゃあ、ぼくと一緒に行こう！　ぼくはウッダランへ帰るから、きみはうちで一泊して、翌日ブランチランドへ向かえばいいさ」

「ありがとう！」グレヴィルの機嫌も直ってきたようだ。表情も少し和らいだ。「それで、きみのほうはどうなんだ？　きみがミス・シェリダンと結婚するって言い出したときには、ぼくに調子を合わせているだけかと思っていたが！」

ガイは少し身じろぎした。「ミス・シェリダンをただひとりの評判を傷つけたままにしておくわけにもいかないだろう。あのいやな女は彼女のことを徹底的に中傷しそうだし！」

「でも、きみは自分の言ったことを守るのか？」グレヴィルが追及した。「そうでなかったら、ミス・シェリダンは結局、狼《おおかみ》の群れの中に投げ込まれることになるんだぞ！」

「ぼくには彼女を説得する義務があると……」ガイは苦い笑みを浮かべた。「ぼくに自分の気持ちを確かめてみろなんて言った、きみが悪いんだぞ！　正直なところ、彼女が承諾してくれるならすぐにでも求婚したいさ。だけど、相手にもされないと思う。許してもらわなきゃいけないことが多すぎてね！　くそっ、こんな短時間のあいだに、どうしてぼくはここまで何もかもめちゃくちゃにしてしまったんだろう？」

グレヴィルは笑った。「キューピッドの矢のせいさ。ときところを選ばず、自由自在に人の心を貫いてしまうんだ！　だが、きみのほうがぼくよりやっかいなことになっているみたいだな！」

「アミーリア、こんなことをしてもむだよ。わたしの世評を救うどころか、あなたの名前にまで傷がつくじゃないの！　ふたりとも同罪になるのよ！」

ブロック・ストリートからクーム・ヘイまでの道のりをずっと、サラとアミーリアは言い争っていた。アミーリアの決心を覆そうと懸命に説得するサラは、田舎の冬景色の美しさも目に入らず、曲がりくねった悪路も気にならなかった。なんとも皮肉な状況だ。ブランチランド行きを断念させようと、アミーリアはさんざん時間をかけてサラを説得したが、今サラはアミーリアの召使いたちを連れてアミーリアの馬車に乗り、アミーリアの隣に座っている。そして、この親戚はなんとも頑固なのだ。

「わたしはきちんとした家柄の未亡人で信望も厚いから、あなたを守ってあげられるわ。あなたはどうしてもこのばかげた計画を実現させるつもりのようだから、一緒に行ってあなたをあなた自身の愚行から守るのがわたしの義務だと思ったのよ」

「なんとも気高い志だこと」サラは笑うべきか泣くべきかわからなかった。「でも、わたしのために犠牲になるのはやめて！　ブランチランドはこの国でも最悪の放蕩《ほうとう》の館だって言ったのは、あなたじゃないの。あなたほどの家柄と信望があってもスキャンダルにまみれてしまうことは、わかっているはずでしょう。お願いだからこんなことはやめて！」

アミーリアは褐色の瞳をサラに向けた。「あなたはこの訪問がなぜそんなに重要なのか打ち明けてはくれないけど、わたしはよほどのことに違いないと思っているの。それがあなたが自分の名誉を危険にさらしてまでやらなきゃならないことなら、わたしも同じようにしてあなたを助けるわ！　さあ、これでもうこの話はおしまいよ！」彼女はくるりと背を向け窓の外を見た。

サラは腹立たしげにため息をついた。確かに旅の道連れがいるのは楽しいし、アミーリアの馬車は乗り合い馬車よりずっと快適だ。しかし、こうした利点もこの向こう見ずな行動がもたらす損害に比べれば、ささいなことでしかない。間違いなく、すでにバースの社交界の全員が何が起こったかを知っている。サラもアミーリアもいったいどんな顔をして、再び社交の場に出ていけばいいのだろう？　アミーリアが見当違いな親切心からとった行動のせいで社交界を追放されるのかと思うと、サラは憂鬱だった。

彼女はアミーリアの決然とした横顔を見つめた。アミーリアに旅の目的を打ち明けていないことには強い罪の意識を感じたが、何かがサラをためらわせた。ミス・オリヴィア・メレディスが見つかって謎《なぞ》が解けてから、じっくり説明すればいい。アミーリアと口論しているあいだは少なくとも、ガイへの悲しい思いはまぎれた。

一行はクランダウンの宿で昼食をとり、馬を替えた。この時期にしては道の状態がいいから、午後遅くまでにはブランチランドへ着けるだろうと、アミーリアが自信たっぷりに言った。サラはしだいにひどく不安になってきた。長い年月のあいだに館はどうなっているだろう。予期せぬサラたちの到着にサー・ラルフはどう反応するのか。サラは父のまたいとこのことをほとんど知らなかった。兄フランクの死後、彼が館を相続したことを恨んではいないが、彼が館をどんなふうに変えてしまったかを考えるのは耐えられない。

馬車は淡々と進んでいったが、オールド・ダウンの十字路に近づいたとき、突然激しい雨に襲われて道は水浸しになってしまった。馬はたちまち足場を失い、馬車は道を外れ、溝にはまった。

「馬車は大丈夫ですよ、奥方様」御者は明るい声で言って、アミーリアとサラが馬車から降りるのに手を貸した。「ですが、わたしたちが馬車を引き上げているあいだ、おふたりは宿で休まれているほうがいいでしょう。おいしいお茶でも飲めば、ショックもおさまるでしょうし！」

〈オールド・ダウン・イン〉は通りすがりの客のあしらいに慣れていて、ふいの客にもすぐに個室の休憩室を用意してくれた。アミーリアはびしょ濡れになった自分の姿をうんざりした顔で眺めている。雨は激しく窓を叩き、天候の急変を告げていた。

「ああ、わたしったらひどい姿」アミーリアは宿の女主人が気をきかせて持ってきてくれたバケツに、マントの水をしぼり出した。「このボンネットはもうぼろぼろよ。まだ二回しかかぶってないのに！

このままじゃ、わたしたち、異様な姿でブランチランドに到着することになるわ！」アミーリアはサラを批評するように見た。いったん雨に濡れて乾いた髪がカールしてサラの顔を包んでいた。「ふん！あなたはまだいいわよ。乱れた髪に濡れたドレスにしてはね！ ああ、本当に最悪！」

「ありがとう」サラは冷淡に言った。「館に足を踏み入れる前からもう、わたしはいかがわしい女みたいな姿なんだとわかって慰められたわ！ お茶とケーキをいただいたら、ミリー？ 少しは機嫌も直るでしょう！」

アミーリアの表情に後悔の色が浮かんだ。「ごめんなさい、サラ。いらだって八つ当たりしたりして！ 実を言うと、さっきまでは不安だったんだけど、今はもう、人前に出るのもいや。こんなみっともない姿で到着するなんて。向こうがどんな状態かもわからないっていうのに……」彼女は紅茶のカップを手に窓辺に歩み寄った。「座らないほうがいいわね。水たまりを作っちゃうから！　いったいいつになったらこの嵐《あらし》は――」アミーリアが悲鳴をあげたので、火かき棒で火を大きくしようとしていたサラは暖炉から目を上げた。

「いったいどうしたの、ミリー？　まるで幽霊でも見たような顔をして！」

「グレヴィルよ！」アミーリアは今にも部屋から駆け出していきそうな表情でささやいた。「グレヴィルとレンショー卿！　サラ、あの人たちここへ来てるのよ！」

サラは口から心臓が飛び出すかと思った。「まさか、あり得ないわ！　きっとあなたの見間違いよ、ミリー！」

「いいえ、窓のすぐ外を歩いて――」

外で声がして、アミーリアは言葉を切った。休憩室のドアが開いた。

「こんにちは！」ミルサム・ストリートで出会ったかのように、グレヴィルが愛想よく言った。「ひどい天気ですね！　ふたりとも馬車が道から外れたときにけががなかったようでよかった！」

サラもアミーリアも返す言葉が見つからなかった。ガイの問いかけるようなまなざしに、サラは真っ赤になって慌てて目をそらした。彼が近づいてくると、サラは火かき棒を持ったまま暖炉から離れ、テーブルの後ろに逃げ込んだ。明らかに攻撃こそ最大の防御と考えたらしく、アミーリアは怒りに満ちた声で一気にまくしたてた。「あなたはいったいここで何をしているの、サー・グレヴィル？」

「あなたを捜しに来たのさ」グレヴィルは冷静に答えた。彼は暖炉に歩み寄ると、薪《まき》を蹴《け》って火を大きくし、両手をかざした。「とんでもないことをやり出したと聞いて、助けが必要だろうと――」

アミーリアは小さな体で精いっぱい虚勢を張った。

「けっこうよ！　少なくとも、あなたに助けてもらうことはないわ！　わたしたちふたりで、十分うまくやっていけますから！」

「そうかな」グレヴィルは冷ややかに言った。「出発して数時間で、もう立ち往生じゃないか！　しかも行き先は……それだけでもう、あなたたちがいかに世間知らずかがわかるってものだ！　立派な家柄のレディがふたり、悪名高い館を訪れるとはね！　まったく、ふたりとも正気の沙汰じゃない！」

アミーリアは激しい炎のような視線をグレヴィルからガイへと移し、しばし彼をにらみつけた。「お説教はやめてちょうだい！　自分はこんな人を友人にしておきながら！」

サラはたじろいだ。アミーリアが本気で怒ることはめったにないが、いったん怒り出すと手がつけられない。どうやらそうなりそうな気配だ。サラがガイを見ると、彼はむしろおもしろがっているようすだった。その口元にゆっくりと笑みが浮かんでいく。サラもつい、くすりと笑い出しそうになるのをすぐさま抑えた。ガイと同じ思いを分かち合うなんて絶対いやだ。あんなにも侮辱され傷つけられたのだから、とサラは厳しく自分に言い聞かせた。彼の魅力なんてほんのうわべだけのものなのだ。

「こんな軽率で突飛な行動に走ったあなたに、人の友人をとやかく言う資格があるのかな！」グレヴィルはアミーリアに向かって言い放った。彼のこんな冷たい声をサラは初めて聞いた。「これであなたの評判が永遠に傷つけられてしまうのがわからないんですか？　それなのに、救いの手を差し伸べている者をあしざまにののしって――」

「救いの手を差し伸べる？」アミーリアの頰は今や真っ赤に染まっていた。「失礼だけど、わたしには助けに来たというより非難しに来たように見えるわ！　サラもわたしもそんな怪しげな援助などなくても、きちんとやっていけますから！」

「そうは言っても女学生みたいなふたりで、いったいどうするつもりなのかな！　いや、それ以下だ。女学生は少なくとも、礼儀はわきまえている」

アミーリアが怒った子猫のような声をあげたので、サラは息をのんだ。アミーリアとグレヴィルはテーブルをはさんでにらみ合っている。アミーリアはこぶしを握りしめ、グレヴィルは一歩もあとには引かない面構えだ。

ガイが部屋の反対側からこちらを見ているのを感じ、サラは周囲を見回して逃げ道を探した。彼はサラとドアのあいだに立っているし、窓は小さすぎ、煙突をよじ登るのも無理そうだ。彼が近づいてくるとサラは奇妙な動揺に襲われた。

アミーリアが次なる攻撃に出ようと息を吸い込んだとき、ガイがサラの傍らに来て腕を取った。「ふたりが意見の相違を解消するあいだ、ぼくたちは部屋を出ていてもいいんじゃないかな、ミス・シェリダン。ちょっとふたりきりで話がしたいんだ」

「もちろんだめよ！」サラが答えるより先に、アミーリアがぴしゃりと言った。彼女はガイに軽蔑のまなざしを向けた。「わたしの親戚に近づかないで、レンショー卿！　あなたはもう十分彼女を傷つけたんだから！」

ガイはアミーリアとグレヴィルの顔を見比べた。「レディ・アミーリア、けんかを売る相手はサー・グレヴィルひとりにして、ぼくのことはミス・シェリダンに任せてください！」彼はサラの手から火かき棒を取った。「こんなものを持たれたままでは、どうも物騒だ！」

サラは、ガイたちが来たときに火をおこそうとしていたのをすっかり忘れていた。彼女は少しずつガイから離れてドアへ向かおうとした。

「ちょっと待って、ミス・シェリダン」ガイが振り返った。「行かないで！　雨は降り続いているし、あなたたちの馬車はまだ走れる状態じゃない。ふたりで話ができないかな？」

サラは首を振った。「アミーリアの言ったとおりよ。こんな街道沿いの宿で、自分の行動をあれこれ言われたくないわ！」

ガイは首をかしげた。「じゃあ、一緒にウッダランへ戻って、話し合おう！」

「無理よ！」アミーリアは依然頬を紅潮させたまま言い返した。「わたしたち、夜になるまでにブランチランドに着いていないと――」

「そうかな？」ガイは部屋の中央へとゆっくりと進み出ると、サラにほほえみかけた。「夕食どきに向こうへ着いたらどんなことになるか、考えてみたことはある？」彼は落ち着いた口調で言うと、サラからアミーリアへと視線を移した。「サー・ラルフが有名な乱痴気騒ぎにうつつを抜かしているところへ踏み込んでしまうかもしれない！　どのみち向こうにしばらく滞在すれば、目にすることになるだろうがね！　到着を明日の朝にすれば、みんなまだ寝ているだろう。それも最善とは言えないが……夜の騒ぎに比べればましだ！」

「そんなばかな！」アミーリアが言い放った。

「でも真実だ」グレヴィルが冷ややかに言った。「レンショー卿の言うとおりかもしれないわ、ミリー」少し間を置いてから、サラが言った。「わたしたち、今夜はここに部屋を取ったほうが――」

「とんでもない」ガイが憮然《ぶぜん》として言った。「ぼくの館からわずか三キロほどのところに宿を取って、ぼくの両親の気持ちを踏みつけにするなんて！」

サラは赤くなった。「あなたさえわたしたちがここへ来たことを言わなければ――」

「真実を隠しておくなんて無理さ！　名づけ子がウッダランより酒場もどきの宿を選ぶとは！　母はど

んなに嘆くことだろう！」

サラはマントを手にした。なんだかうまく丸め込まれてしまった。「わかりました。あなたがお母様の心を傷つけないよう心配りをしてくれるとは思えないので、一緒に行くことにしましょう。ただし……」彼女はガイをにらみつけた。「わたしたちの訪問を思いとどまらせようとか、その企てにご両親を味方につけようとかは、考えないで！」

ガイはサラに嘲笑《ちょうしょう》の視線を向けた。「両親に、きみがブランチランドを訪ねるつもりだなんて言えないよ！ショックで死んでしまうかもしれないからね！」彼はサラのためにドアを開けた。「とてもかわいいよ、ミス・シェリダン」彼はサラにだけ聞こえるよう低い声でつけ加えた。「きみの髪がそんなふうになっていると、ぼくは――」

「ありがとう」サラはそっけなく言った。「あなたの考えはもう昨夜、十分聞かせていただいたわ！

よくも平気で同じことを繰り返す気になるわね！」

ガイはサラの腕に手をかけて彼女を止めた。「実はミス・シェリダン、そのことを話し合いたかったんだ。きみに謝りたいんだが、それはウッダランでふたりきりになったときにしよう！」

サラは怒りに唇を噛《か》んだ。「あなたの言いわけなど聞きたくもないわ！」

「でも、聞くことになる」ガイは、サラが唖然とするほど尊大な口調で言った。彼はサラに腕を差し出し、彼女がそれを無視して通り過ぎると、声をあげて笑った。背後ではグレヴィルとアミーリアがまた口論を始めていた。四人は庭へ出た。

「あなただって今やぼくと結婚しなきゃならないことはわかっているだろう！」グレヴィルは声をひそめながらも、怒りを込めて言った。

アミーリアはすかさず言い返した。「焼けた炭の上を歩くほうがましよ！」

一行は不機嫌な沈黙の中、ウッダランへ向かった。

ウッダランは街道から三キロほど外れた小川沿いの窪地《くぼち》に位置し、背後には丘が連なり、正面には美しい田園が広がっていた。雨は降り出したときと同じように突然やんで、金色のバース石の館は午後も遅い日差しを受けて輝いていた。ここは昔から、サラがブランチランドの次に好きな場所だ。思い出がよみがえってくると彼女の胸は熱くなった。子供のころ、長い並木道を父と手をつないで歩いたのを覚えている。トピアリー庭園ではかくれんぼをした。暑い夏の日には小川で手づかみで鱒《ます》をつかまえて……。

ブランチランドとウッダランの領地は隣接していて、両家は初代のウッダラン男爵とサー・エドマンド・シェリダンがエリザベス女王の時代に、船の乗組員としてともに海を渡って以来のつき合いだった。フランク・シェリダンの放浪好きは先祖譲りだと、いつも一族の者は苦笑していた。

馬車が正面玄関の前に止まると、ガイはさっと飛び降りてサラに手を貸した。

「よく帰ってきたね」一瞬彼がその言葉に深い意味を込めたように思えた。

サラは肩をすくめて妙な考えを打ち消した。子供のころなじんだ土地に安らぎを感じるのは危険すぎる。一週間後、せいぜい長くても二週間後には、またバースに、いつもの生活に戻らなくてはならないのだ。ブランチランドとウッダランで過ごすのは一時のこと。だが、この旅を計画したときには、サラはこんなふうに思い出がよみがえってくるなどとは思ってもみなかった。彼女は、唇にかすかに微笑を浮かべて館を見上げているガイを見た。

「長いあいだ離れていた家に戻ってきたんですもの、さぞかしうれしいでしょうね」自然とサラの口から言葉が出た。ガイは彼女を見下ろしてほほえみ、彼女は一瞬幸せな気持ちになった。

「そうだね。ぼくにとってかけがえのないものはすべてここにあるから」

サラは今度も、ガイの言葉を深読みしないようにした。すぐ彼に振り回されてしまうのだから常に防御を固めていなければ、と自分に言い聞かせ、アミーリアとグレヴィルに続いて玄関への階段を上っていった。

ウッダラン伯爵夫人が玄関の広間で、帰郷した息子を迎えた。ガイが戻ったという知らせに館中の召使いが大喜びで、みんな若主人に挨拶《あいさつ》したがっているようすだった。サラたちが後ろに控えて少し興奮が静まるのを待っていると、伯爵夫人が彼女に気づいた。

「サラ！　まあ、なんてうれしい驚きかしら！　すぐに気がつかなくてごめんなさい！」夫人はサラを温かく抱きしめた。「それにグレヴィルも！　ガイ……」夫人はとがめるように息子を振り返った。「どうしてみなさんが一緒だと知らせておいてくれなかったの！」

執事と静かに何か話していたガイが前に進み出た。「母上、事前にお伝えせずにすみません。でも、急に決まったことなんです。ミス・シェリダンたちは今朝旅に出たんですが、今夜はぜひわが家に泊まるようぼくが説得したんですよ」

伯爵夫人はがっかりした顔をした。「すぐに行ってしまうなんて残念だわ。でも……」彼女はサラにほほえみかけた。「帰りにまた寄っていかない？　クリスマスはここに滞在すればいいわ！　きっと楽しいわよ！　積もる話もあることだし！」

サラはぎこちなくかすかにほほえんだ。伯爵夫人の温かい歓迎を受けて、ここへ来た理由も、すぐにブランチランドへ発《た》たなくてはならないことも忘れてしまいそうになる。急に客たちのあいだに緊張が走ったのに気づいて、伯爵夫人はアミーリアに温かな笑顔を向けた。グレヴィルが一歩前に出た。

「レディ・ウッダラン、ぼくの婚約者のレディ・アミーリア・フェントンをご紹介します。レディ・アミーリアはミス・シェリダンの親戚なんです」

「違うわ！」かっとして叫んだアミーリアは、女主人の驚いた顔に気づいて口ごもった。「つ、つまり、わたしはサラの親戚なんですけれど、でも、サー・グレヴィルの婚約者ではありません」

気まずい沈黙が訪れた。

「レディ・アミーリアはまだ、婚約の事実に慣れていないようで」アミーリアの怒りの視線を無視してグレヴィルがさらりと言った。「こんなふうに急にお邪魔してすみません。久しぶりに息子さんをひとり占めなさりたかったでしょうに！」

「どうぞいつまででも好きなだけここにいらして」伯爵夫人は気のふれた人でも避けるように、アミーリアと目を合わさない。「あら、みなさん、嵐に遭われたようね！　お部屋にご案内しますから、着替えては？　料理人にも夕食の人数が増えると伝えておきましょう。ガイ、お父様もそのころまでにはお戻りになるわ。牛乳の生産高の件でホーム・ファームのベントンのところへ話しに行ったのだけど、もう戻ってこられてもいいころよ！」

「母上がミス・シェリダンをさらっていってしまう前に、彼女とふたりで話したいことがあるんです」ガイは断固とした口調で言った。「すぐに解決しなくてはならない件で」

サラは真っ赤になり、伯爵夫人は顔をしかめた。

「でも、ガイ、サラは旅で疲れているうえに、雨でびしょ濡れになったのよ！　まずは——」

「そのとおりですわ！」サラは慌ててつけ加えた。

「別に急ぐ話じゃないんです！」

「言葉を返すようだが、ミス・シェリダン」ガイはよどみなく言った。「今話すことが重要なんだ。これ以上誤解を重ねたくないから！」

「どうやらここには熱烈な求婚者がふたりと、気の進まないレディがふたりいるようだね」背後から響く声にサラが振り返ると、彼女の名づけ親が戸口に立っていた。ウッダラン伯爵は頑丈なとねりこ材の杖《つえ》に寄りかかり、サラの記憶にあるよりはずっと老けて見えた。だが、息子にそっくりの表情豊かな褐色の目は、以前と変わらず鋭かった。「ようこそ、レディ・アミーリア……」伯爵は息子に劣らぬ優雅なお辞儀をした。「そして、かわいいサラ！　なんとうれしい驚きだろう！　さらにサー・グレヴィルまで！　そして、ガイ……」皮肉っぽいまなざしとは裏腹の微笑を浮かべ、伯爵は息子のほうへ向き直った。「よく帰ってきたな！」

「父上！」ガイは急いで進み出て、父と握手をした。

サラはそのすきにあとずさりして、伯爵夫人にすがるような視線を向けた。「よろしければ着替えをさせていただきたいと……」

「もちろんいいですとも」伯爵夫人はサラとアミーリアを引き連れ、階段へと向かった。「わたしについてきて！　紳士方は話に夢中のようだから、気づくことも――」

階段途中の踊り場まで来た三人を伯爵の声が止めた。「シャーロット、用意ができしだいサラに青の客間へ来てもらってくれ！　ガイが待っているから！」

「似た者親子ね」伯爵夫人はつぶやいた。「ウッダラン家には独裁者の血が流れているみたいだわ」

サラが再び階下へ下りていったのは、四十五分ほどたってからだった。彼女はレディ・ウッダランの末の娘のしゃれた朽ち葉色のドレスに着替え、髪もきちんと編んでシニヨンにまとめていた。

「禁欲的すぎるよ」サラを青の客間へ通すとガイが言った。「そんな引っ詰め髪は、やさしくて柔らかなきみのイメージにはそぐわない」

ガイも鹿革《しかがわ》のズボンにきれいに磨かれたブーツ、がっしりした肩にぴたりと合ったオリーブ・グリーンの上着に着替えていた。彼の姿を見て心ならずもときめいてしまったサラは、すぐさま攻撃に出た。

「なんの権利があって、わたしの外見をとやかくおっしゃるの？ なれなれしいのもいいかげんにしていただきたいわ！」

ガイはひるむことなくにやりとして、サラに暖炉の前の椅子にかけるよう手で示した。「それこそまさにぼくがきみと話し合いたかったことなんだ、ミス・シェリダン、いや、サラ。サラと呼んでもいいかな？」

「あなたがわざわざ許可を求めるとは驚いたわ！」

サラは強い口調で言った。「でも、だめです！」

「わかったよ。きみを挑発するつもりはないんだ」ガイはサラの向かいに腰を下ろした。サラはかなりいらだっているだけに、彼の落ち着いた態度がいまいましかった。「ぼくの話を聞く気になってくれてありがとう。それすら断られるんじゃないかと思っていた。バースでのぼくのふるまいは……」彼はいったん言葉を切って、また続けた。「あんなことを言ってしまったからには、謝る機会さえ与えてもらえなくても、しかたがないからね」

「話を聞くとは言ったけれど」サラは冷ややかに告げた。「それ以上のことは何も約束してないわ」

ガイは顔をしかめた。「手厳しいな！ ぼくはきみに謝りたいんだ。昨夜のふるまいも言葉も……」

サラは真っ赤になって立ち上がった。ひどく動揺し、反射的にすぐさま客間から逃げ出したくなった。昨夜の屈辱的な記憶がよみがえるのを抑えることができなかった。

ガイがすかさず、彼女とドアのあいだに立ちはだかった。「行かないで、ミス・シェリダン……話を聞いてくれると約束しただろう」

「確かに」サラはできるだけしっかりした声で言った。「あなたが謝りたいと言ったから、それは聞いたわ」

「それで？」

「それでって？」

ガイはいらだたしげにため息をついた。「許してくれるのか？　ぼくは自分を正当化するつもりはいっさいない。ぼくのしたことにはどんな言いわけも通らないから」

サラはためらった。心からの謝罪を拒絶するのは酷な気がする。ガイがいっさい言いわけをしないだけになおさらだ。彼女はガイに対して心を少し開こうかと思ったが、自分の弱さを強引に押さえ込もうとした。彼に惹《ひ》かれる気持ちに再び火をつけてはいけない。すでにひどい火傷《やけど》を負ったのだから。

「わかりました。謝罪は受け入れます」

「ぼくが聞きたいのはそういうことじゃない」ガイは眉をひそめた。「ぼくを許してくれたかどうかを知りたいんだ」

「その答えはノーです」サラはまっすぐ彼を見つめた。「あんなひどいことを言われたのも……ふしだらな女と決めつけられたことも許せない。水には流せません」

ガイは首をかしげた。「とても率直だね。きみの気持ちはわかった。でも、情状酌量の余地も――」

「自分を正当化しないと言ったはずでしょう！」

ガイは苦笑した。「そうだな。でも、座ってもう少し話ができないかな？」

サラはしばしガイを見つめていたが、やがてしぶしぶ暖炉の前の椅子に戻った。気まずい状況ではあったが、館の雰囲気はとても安らかだった。淡いブルーと金で統一され、小さな暖炉に暖められた客間は、なんとも平和だ。ウッダランの魅力は単なる豪華さや趣味のよさを越えたところにある。人をくつろぎたいという気持ちにさせるのだ。しかし、サラがくつろぐわけにはいかない。彼女はこの館の人間ではないのだから。

「あなたがわたしの失敗の件を、いつまでも引きずろうとするのが不思議だわ」頬がまだ真っ赤なのを意識しつつサラは言った。「思いやりがあれば、もうその話題には触れないようにするはずでしょう」

「許してほしい。単刀直入な言い方をしたのには理由があるんだ」ガイは前のめりになって頬杖をついた。「さっきも言ったように、根も葉もない噂をうのみにしたことは謝るよ。ただ実のところ、ぼくもとまどっているんだ。さまざまな憶測を呼ぶとわかっていながら、なぜきみはブランチランドへ行く決心をしたんだい？」

サラは迷った。ガイに真実を打ち明けたくてたまらなかったが、それは彼にもう一度よく思われたいからだというのも自覚している。そんな理由で秘密を明かすわけにはいかない。ガイが証拠がなければ信用できないというのなら、信用してもらわなくてもいい。「内輪のことなの」サラは言葉を濁した。

「亡くなった兄の頼みなのよ」

ガイは少し顔をしかめた。「もう少し詳しく言ってもらえないかな、ミス・シェリダン？　ぼくはできるだけ理解したいと――」

サラは首を振った。「心配してくださるのはありがたいけれど、これは内輪のことなので。わたしは誰にも、アミーリアにさえ打ち明けていないの」彼女は目を上げ、ガイと視線を合わせた。「アミーリアはわたしの訪問の理由を知らないのに、それでもわたしの判断を信じて一緒に来てくれたの」

「わかったよ」ガイはつぶやいて立ち上がり、窓辺に歩み寄った。「でも、ぼくの話にも耳を傾けてほしい。きみがブランチランドへ旅する理由がどんなに純粋なものでも、世間はそうは受け止めない。きっと勝手な解釈をする。もう一度考え直すことはできないかな？　誰か代理人に行かせるわけにはいかないのか？　きみはここで待っていれば、スキャンダルにまみれることもないし……」

サラの心は揺れた。ブランチランドを訪ねるというだけで、たどり着く前からもうさんざんもめている。このままここで待っていられたら、どんなに楽だろう。しかし、サラはゆっくりと首を振った。

「あなたの案はとても魅力的だけど、そうするわけにはいかないの。兄がわたしに頼んだことだから、わたしがやらないと」

ガイはしばらくじっとサラを見つめたが、彼女は今の言葉を取り消そうとはしなかった。彼はため息をついた。「じゃあ、きみはその結果も引き受けざるを得ないね。グレヴィルはレディ・アミーリアに彼女の身はもう破滅だとぶしつけな言い方をしたが、確かにそうなんだ。彼の名前で守らないことには、彼女は社交界中の攻撃の的になる。それはきみも同じことだ」

サラは顔をしかめた。「あなたに反論するつもりはないけれど、アミーリアがサー・グレヴィルと口論になったのは無理もないと思うわ！　彼はいまいましいほど独善的だった。あんな態度で求婚するなんて、断ってくれと頼んでいるようなものだわ！　わたしに関して言えば、彼女に比べれば傷は浅いと思うの。元々社交界で守るべき地位なんてないし。アミーリアの貧しい親類という立場だから、別に失うほどの評判もないのよ！」

「きみが自分をそんなふうに見ていても」ガイが静かに言った。「人はまた違う考え方をするだろう。

ぼくとしては……」彼はためらった。「つまり、考えてみてほしいんだが……手短に言って、きみがぼくと結婚してくれれば、大いにうれしいよ」

サラは愕然《がくぜん》としてガイを見つめた。「頭でもおかしくなったの？　それともこれはたちの悪い冗談？」

ガイの口元が引きつった。彼は明らかに癇癪《かんしゃく》を起こすまいと努めていた。「どちらでもない！　きみを今の窮地から救うには――」

「ありがとう！」サラも立ち上がって、ガイと向き合った。「取るに足りない身分だからといって、わたしは結婚を問題解決の手段にしようなんて考えたことはないの！」彼女は自分の怒りの激しさに驚いていた。「昨日あなたはわたしをふしだらな女と決めつけて、そういう扱いをした！　結婚を考えている男性のすることとは思えないようなことを！　それが今日になると、苦境から救うために結婚してやろうと言い出す！　感謝の涙を流してあなたの胸に飛び込まなくて、悪かったわね！」

ガイはたじろいだ。「確かにきみが願っていたような形とは違うかもしれないが――」

「違いますとも！　こんな話、聞きたくないわ！」

「だけどきみの名誉を守るために、ぼくはもうぼくたちは近々婚約するって、バースの人たちに言ってしまったんだ！」

サラはガイをしばしにらみつけてから、怒りを爆発させた。「おせっかいもいいかげんにして！　まったくなんて横暴で傲慢《ごうまん》で見当違いな――」

ガイが二歩で一気にサラとの距離をつめる。彼はサラの怒りをむしろおもしろがっているようだ。「きみのぼくに対する意見ならわかっているけれど、少しは正直になったらどうだい？　ぼくのことが少しは好きだって、正直に告白しろよ！」

サラは刺すような目でガイを見た。「まさか！

あなたみたいにうぬぼれ屋で高慢で……」

ガイがにやにやしているのに気づいて、サラは激怒した。彼はサラの両手を取った。「まあ、落ち着いて、ミス・シェリダン。この天気ではここにしばらくいることになりそうだから、ぼくの申し出について少しは考えてみてくれよ！」

サラの心臓が跳ね上がる。ガイの温かな指の感触が心をかき乱す。「考える必要はないわ！」

「じゃあ、こっちも紳士的にふるまってはいられないな！」ガイがサラを引き寄せた。鼓動がどんどん速くなっていくのを感じながら、サラは抵抗した。

「あなたが紳士的にふるまうほうが驚きだわ！」思いがけずかすれた声になってしまった。ガイが近くにいるせいで何もかもめちゃくちゃだ。急に部屋がなまめかしく暖かく感じられる。暖炉のそばの百合《ゆり》からは甘い香りが立ち上り、ガイの手の下でサラの肌はさらに敏感に……。

「不当な言いがかりだよ」ガイがサラの耳元でささやいた。「ぼくはとびきり紳士的にふるまってきただろう。残念ながら、きみのせいでさっきの話をもう一度説明しなきゃならなくなった」彼の唇が軽く髪に触れて、サラはおののいた。彼女はなんとかあとずさりしたかったが、体が言うことを聞かない。

「説明？」サラの声もささやきのようだ。

「そうとも。きみに知ってほしいんだ。ぼくが謝ったのは、あの夜の口論と、きみへの根拠のない非難についてだ」ガイはまっすぐサラの目を見つめた。「謝るつもりはないんだよ……そのあと起こったことについては」

サラの視線はいやおうなしに彼のしっかりした顎の線から口元へと引きつけられる。体中がほてってきて、彼女は無理に視線をそらし、部屋の隅の鉢植えの椰子《やし》をじっと見つめた。「それでもやはり、あなたは誤解に基づいて行動したと……」

「ある意味ではね……確かにぼくはとんだ見当違いをして、きみには……経験があるんだと思った。だが、ぼくの行動は初めてきみを見たときから求めていたことと、完全に一致しているんだよ、ミス・シェリダン……」

サラはこの場の濃密な空気と自分自身の胸に渦巻く感情に息苦しくなった。鼓動は早鐘のように打っている。ガイと距離を置かなくてはいけないことはわかっているのに、彼から離れることができない。また彼の魅力に屈してしまうなんて、そんな弱い女になるわけにはいかなかった。彼がサラの人格を中傷し、彼女を信頼していないことを明らかにしたうえ、彼女が拒絶するしかない傲慢な申し出でその罪を帳消しにしようとしただけに、なおさらだ。

ガイはサラの片手を放したものの、ふたりの体がほとんど触れ合いそうになるまで、さらに彼女を引き寄せた。

「きみも同じように感じていることを否定してごらん、ミス・シェリダン。できるものならね！」

「否定しますとも！」サラはガイの手を振りほどき、あとずさりした。彼に心をかき乱され、完全に混乱していた。「明日わたしがブランチランドへ発ったら、あなたはもうわたしのことなんて、いっさい心配する必要がなくなるわ。あなたには関係のないことなんだから！」

ガイの胸の内はその表情から読み取れなかった。彼は再びサラに触れようとはしなかったが、その声は彼女を釘《くぎ》づけにした。「はっきり言ってくれたね。だが、そうはいかない。これはもうぼくの問題で、今さら手を引くつもりはないよ。好きなだけ時間をかければいいが、結果は変わらない。きみはぼくと結婚するんだ！」

# 5

サラはガイを避け、アミーリアとグレヴィルは口をきこうとしないというのに、夕食は驚くほど楽しかった。伯爵夫妻が難なく主導権を握り、伯爵はアミーリアを魅了して、夫人は嫁いだ娘たちやその嫁ぎ先の話でサラを楽しませてくれた。ガイとグレヴィルは馬の話題に熱中し、料理はとびきりおいしく、食事は滞りなく進んだ。ただ食後、紳士たちがまた婦人たちに合流し、伯爵がサラの隣の席についたときに、微妙な話題が持ち上がった。サラのバースでの生活や子供のころの思い出、ウッダランの領地の発展などについて話していたときだった。サラが不用意にも跡継ぎの息子が戻ってきてうれしいでしょう、と伯爵に言ってしまったのだ。伯爵はほほえんだ。

「正直、もう二度とガイに会えないのかと思ったときもあったよ！　もうそろそろ地に足をつけて、身を固めてもらわないとな。わたしの若いころは大陸旅行で、昨今は戦争だが、いずれにせよ……」伯爵はサラに向かってきらりと目を輝かせた。「今や息子はその気だが、選んだレディが振り向かん！」

サラは赤くなった。「伯爵……」

伯爵は彼女が組んだ手を軽く叩《たた》いた。「老人が差し出がましい口をきいているのはわかっとるんだが、ジャック・シェリダンの娘が近いうちにウッダランの女主人におさまってくれたら、これ以上うれしいことはないと言わずにいられなくてね」

サラは目をそらした。「ありがとうございます。でも、残念ですが……いろいろ問題があって……」

「わかっているよ」伯爵はあっさりと言った。「だが、きみが思っているよりずっと簡単に問題は解決するかもしれない！　ただ、うちの腕白息子をあまり長く待たせないでくれ、頼むよ。遊び人に見えるかもしれないが、あれでなかなかしっかりしたところもあるんだ。間違いないよ。なにしろ、いいところは全部わたしから受け継いでいるわけだから！」

ウッダラン伯爵の書斎は南西に面していて、ローンボウリング場から整然とした花壇、鹿《しか》を放し飼いにした庭園、さらにその向こうにはメンディップ丘陵が見渡せる。しかし今夜は金襴《きんらん》の重いカーテンが引かれ、暖炉の両側に置かれたテーブルにそれぞれランプが灯《とも》されていた。グレヴィルとのビリヤードの一戦を終えたばかりのガイが書斎に入ると、父は肘掛け椅子のひとつに座り、すり切れた革張りの本を読んでいた。父は息子に酒の用意を促した。

「ブランデーでいいですか？」ガイはデカンターからふたつのカットグラスにたっぷりと酒を注《つ》いだ。父にグラスのひとつを手渡すとき、伯爵が片手を差し出すだけでも大儀そうなのに気づいた。伯爵は弱ったところをなんとか隠しているが、病が進んでいるのは見て取れた。

伯爵は鋭いまなざしをガイに向け、ぶっきらぼうに言った。「おまえが無事帰ってきたのを本当にうれしく思うよ。正直言ってこの四年のうちには何度か、おまえに弟がいたらと思ったこともあった」

ガイは笑った。彼は父の向かいに座り、火格子のほうへ脚を伸ばした。暖炉には薪《まき》が燃えていて部屋は暖かく居心地がよかった。「今はこうして戻ってきたんだし、もう旅に出るつもりはありません」

刺すような視線がガイをとらえた。「健康そうだな」伯爵は言った。「いろいろたいへんなこともあっただろうが」

「ええ。でも、二度とわが家に帰れないと思ったことはありませんでした」

「おまえは運がいい」伯爵は冷静に言った。「医者はこいつを口にしてはいかんと言うが」彼はいかにも楽しげにブランデーのグラスを口へ運んだ。「今となっては問題ないさ」

「むしろ体にいい場合もありますよ」

伯爵は息子に厳しい視線を向けた。「勘のいいおまえのことだ。わたしがもう長くないとはわかるだろう。いや……」とまどっているガイを父は手振りで制した。「否定するのは女たちや医者たちだけでいい。わたしは真実を知っているんだ。それもおまえにここへ戻ってきてほしいと思った理由のひとつだ」

「もちろん、ぼくにできることならなんでも……」

伯爵は少し震える手でグラスを置いた。「おまえに頼みたいことがあるんだ、ガイ。おまえがここに腰を落ち着け身を固める前に、特別に頼みたい。すぐに子供部屋も必要になるだろうな」伯爵はちらりとほほえんだ。「帰ったばかりのおまえを行かせるのは心苦しいが、ほかに選択の余地がないんだ」

ガイは当惑し、軽く肩をすくめた。「どんな頼みなのか言ってください。きっと引き受けますから」

「その前に」伯爵は傍らのテーブルに置いてあった手紙を手にした。「おまえとサラはどういうことでもめているのかな?」

ガイは父の視線を受け止めた。「すみませんが、その話はしたくありません。彼女と……ふたりの問題なので」

「なるほど」伯爵はゆっくりと言った。「それは彼女がブランチランドの館《やかた》へ戻ろうとしていることと何か関係があるのかな? 明日の彼女の行き先はあそこだろう?」

ガイはびくりとして、ブランデーを少しこぼした。ガイがまだ幼いころから、父は怖いほど息子の心を正確に読み取り、彼はときどき父には超能力でもあるのではないかといぶかしく思ったものだ。

「驚いたな。なぜ知っているんですか？　まさかミス・シェリダンが打ち明けるはずもないし――」

「サラが言ったんじゃない」伯爵はほほえんだ。「実際、おまえとのあいだにどんな問題があるのかも話してくれなかった。おまえは彼女と結婚したいと思っているんだろう」

ガイは父の洞察力の鋭さに苦笑した。「ええ。さっき父上はぼくが身を固めることを望んでいるとおっしゃったでしょう。ミス・シェリダンと再会してすぐ、ぼくもそう思うようになったんです。再会してまだ日も浅いんですが」彼は少し身じろぎした。

「放蕩者《ほうとう》らしからぬ考えですけれどね！」

「遅かれ早かれみんなそうなるものだ」父はあっさりと言った。「だが、おまえたちはけんかをした。ブランチランドのことでか？」

ガイはまた身じろぎした。「そんなところです。あんなところへ行くというので、彼女の人格も判断もまともじゃないと思ってしまった。それで彼女にひどいことを言ってしまい、それは本当に後悔しています。あとで考え直して、誤解していたかもしれないと気づき、謝ったんですが、彼女は依然、訪問を決心した理由をぼくには明かしてくれず――」

「わたしがその理由をある程度、明らかにすることができると思う」伯爵が意外なことを言い出した。「この手紙を読んでみるといい」

ガイは好奇心をそそられながら、差し出された手紙を受け取った。どんな手紙なのか見当もつかなかったが、見ると男性の筆跡で〝フランシス・シェリダン〟と署名がある。ブランチランド訪問は兄にかかわることだとサラが言っていたのを思い出して、ガイは眉をひそめた。「でも、フランクは……」

「そう、三年前に死んだ」伯爵がすぐにうなずいた。

「不思議なこともあるものだろう！　弁護士の添え状がついていた」彼はそれも息子に手渡した。ジュリアス・チャーチワードの添え状は手短に要点を突いていた。チャーチワードはフランク・シェリダンの手紙に説明を加える必要はないと確信していたが、妹のミス・サラ・シェリダンが伯爵と同じように手紙を受け取ったことは、言い添えておいたほうがいいと考えたのだ。ガイは眉をつり上げた。「なるほど、すべてがはっきりしている！」

伯爵は笑った。「手紙を読みなさい、ガイ」

ガイは椅子の背にもたれ、興味津々で手紙に目を通していった。

前略

こんなふうに墓場から手紙を差し上げ、あなたが奇妙だとお思いになるのは重々承知しております。しかし、どうしてもあなたにお願いしなくてはならないことがあるのです。わたしのためにではありません。わたしに対してあなたがどういう感情をお持ちかは、十分わかっておりますから。しかし、わが妹のために、そして実はあなたご自身の孫のためにお願いしたいのです。

ガイはふいに驚いた顔で、思わず目を上げたが、伯爵は曖昧《あいまい》な表情のままだ。「最後まで読んでしまいなさい」

この手紙を書いている時点でミス・メレディスは十五歳で、オックスフォードの私立学校に入っています。かわいくて行儀のいい娘で、これまで一度としてわたしにも養父母にも心配をかけたことはありません。このまま学校を卒業し、時期が来れば彼女にふさわしい立派な相手と結婚することでしょう。ただ、わたしはそれを確実にしておきたいのです。不幸にして、わたしにはそれができません。わたしは死んでいて、それはつまり、ミス・メレディスも彼女の養父母も、離れているとはいえ彼女が生まれて以来ずっとわが一族が与えてきた庇護《ひご》を失ったことを意味するからです。

わたしが思いついたことはただひとつでした。ドクター・メレディスとその妻に、彼らの娘が何か困ったときにはジュリアス・チャーチワードに連絡するよう指示したのです。彼らは善良な人間ですし、この手段に訴えるのは本当に困ったときだけだと言い聞かせてあります。彼らから連絡を受けたら、チャーチワードはサラに連絡し、彼女にその問題を伝えることになっています。

妹にわたしの私生児を助けることを頼むのは、ずいぶん考えました。これはきわめて異例の策です。当然、直接あなたにお願いすべきなのでしょうが、正直なところ、わたしにはそれはできませんでした。あなたはずっと以前にわたしに対する感情をはっきり表明されましたし、今でもわたしを許してくださっていないことはわかっているからです。

でも今、わたしはあなたに懇願します。名づけ子としてサラを愛してくださっているなら、どうぞ妹の友となってください。生来の善良さから妹は正しい行動をとるでしょうが、保護が必要になる場合もあるかもしれません。そして、わたしはミス・メレディスもあなたにゆだねます。父の過ちのために罪もない子供が苦しむことのないようにと願って。勝手な憶測をめぐらしたことをお許しください。あなたがわたしの願いを聞き入れてくだされば、その寛大なお心に永遠に感謝します。

フランシス・シェリダン

ガイはびっしりと文字で埋まった手紙を置き、再びブランデーのデカンターに手を伸ばした。

「わかりました」彼はゆっくりと言った。「ミス・シェリダンは、自分の私生児を助けてほしいという兄の依頼に応《こた》えるため、ブランチランドへ行くんですね」彼は父の皮肉っぽい視線を受け止めた。「この手紙の内容の詳細については、父上はなんと説明されるつもりです?」

伯爵は力なく肩をすくめた。「おまえはどう読んだ?」

ガイは目を細めた。「父上には孫がいて、どういう理由からかはわからないが、その子を正式に認めていないということです。驚いたなんてもんじゃないですよ。フランク・シェリダンが父親だとすると、いったい誰が……?」

「おまえには姉妹が三人いる、いや、いただろう、ガイ」

「ええ、でも……」ガイは信じられないといった口調でつぶやいた。「キャサリンがフランクの子供を産んだっていうんですか? だけど、亡くなったときはまだ十六で……熱病で亡くなったんだと――」

「産褥熱《さんじょくねつ》だ」伯爵は重々しく言った。彼は急に老け込み疲れた顔になった。「そんなこととは思ってもみなかっただろう、ガイ?」

「もちろんですよ!」ガイはグラスを置いた。頭がくらくらしていた。姉が死んだとき彼はまだ十二歳で、家族の悲劇がさらに大きな破局を秘めていたなどとは考えもしなかった。まだ信じられない。「本当に信じられないな」ガイはゆっくりと言った。「でも、なぜ……ふたりは結婚するわけにはいかなかったんですか? フランク・シェリダンは放縦《ほうしょう》な若者だったけれど、姉上にふさわしくない相手というわけじゃない。そうか、彼が姉上を捨てたんだ!」

伯爵はゆっくりと首を振った。「すべての悲劇の元は、キャサリンが死の間際まで誰にも相手を明かさず、わたしたちも誰ひとり推測できなかったことにあった。今になってみるとなぜ気づかなかったのかと思うが、実際そうだったんだ。確かにあの子が彼を好いているのは知っていた。フランクは誰でも惹《ひ》きつけてしまう魅力の持ち主だったからな。だが、まさかそれがあこがれ以上のものに発展しようとは！　なにしろあの子はまだ十六で、それは無邪気で……」伯爵は口ごもった。「わたしたちが事態に気づいたときには、フランクはまた軽はずみな外国への旅へ出ていた。彼が外国にいるあいだに赤ん坊が生まれ、キャサリンは亡くなったんだ」

ガイは暖炉の炎をじっと見つめた。「フランクが戻ってきてどうなったんですか？」

伯爵の顔は陰になっていた。「なんともすさまじい光景だったよ。想像はつくだろう。彼はそこに立って」伯爵は暖炉のほうを顎で示した。「顔面蒼白《そうはく》で震えていて、知らなかったと誓った。知っていたら結婚していたと。しかし、すべてはもう手遅れだった。わたしは彼を悪党、ごろつきとののしり、この館から叩き出すぞと脅した。それ以来、彼と口をきいたことはない。彼が死ぬまでずっとな！」

「それで、子供は？」

伯爵は目をそらした。「恥ずかしながら、わたしは父方の祖父ジャック・シェリダンにあの子をゆだね、彼がすべてを手配した。赤ん坊に罪はないとわかっていても、娘の命を奪ったことが許せなかったんだ。あの子がきちんと養われていることは知っていた。ジャックが面倒を見てやっていたからな。だが、わたしはそれ以上のことは知りたくもなかったんだ」伯爵は咳払《せきばら》いした。「わたしさえ許せばシャーロットは孫に手を差し伸べただろうが、当時のわたしは怒りにわれを忘れていてな。今でさえ、この手紙が届いたときには……」彼は手紙を軽く叩いた。

「どうすべきか心はふたつに引き裂かれた。こんな手紙は燃やしてしまって、さらに十七年、すっかり忘れていたい気もしたんだ！」

「なにがその気持ちを変えさせたんです？」

「ふたつある」伯爵はわびしげに言った。「まず、孫娘を助けるのはわたしの義務だと、はっきりシャーロットに言われた。ふたつ目はもちろん、サラがここに来たことだ」彼は息子と目を合わせた。「わたしがやらずにすまそうとしていることを彼女が兄の子供のためにしようとしていると気づいて、わたしは自分が恥ずかしくなった。それに……」初めて伯爵の声が和らいだ。「サラは兄とは正反対だ。善良で誠実で勇敢で。そんな彼女をひとりでブランチランドへやるわけにはいかないと思ったんだ！」

ガイは立ち上がり、暖炉にもう一本薪をくべた。薪に火がついてから彼はきいた。「サラはどの程度までこの話を知っていると思いますか？」

「ほとんど何も知らないだろう。ジャックは、彼自身も息子もこの件は絶対サラには明かさないと誓ったし、わたしも彼らがそういう形でキャサリンの名前を汚すとは思わない。だからこそ……」伯爵は急に切迫したようすで、身を乗り出した。「おまえはサラより先にミス・オリヴィア・メレディスを見つけなくてはならんのだ！」

ガイは顔をしかめた。「つまり亡き姉がこの話にかかわっていることを、サラには知られたくないと？」

「もちろんだ！　誰にも知られてはならん！　秘密を守らねば！」

ガイはゆっくりと首を振った。「なんだか納得がいかないな。もっとはっきり言ってくれませんか。父上はぼくに何をしろと言うんです？」

伯爵は激しくこぶしを振り下ろした。「その娘を見つけるんだ！　金で片をつけろ！　姿を消すよう説得しろ！　彼女が困っているのは金銭的な問題かもしれないから、あっさり説得に応じるかもしれん。とにかくおまえはどんなことをしても、一族の秘密を守るのだ！」

ガイは困惑した顔で父を見つめた。「奇妙なことを言いつけるんですね」彼は渋い声で言った。「父上がそんな行動をとるのは今まで見たことがない。本当にそれでいいんですか？　それに、結婚したいと思っている相手を夫婦の契りを結ぶ前にだますなんて、ぼくの将来にまで悪影響がありそうだ！」

「それでもおまえに頼むしかないんだよ、ガイ」伯爵は鋭い目で息子を見据えて言った。「そうしなくてはならんのだ。キャサリンの思い出を汚すわけにはいかん」

ふたりは深夜まで話し合ったが、ガイは父を説得して気持ちを変えさせることはできなかった。

翌朝もブランチランドへ出発するのは無理だった。昨日降った雨がひと晩のうちに道に深い轍《わだち》を残して凍りつき、馬車を走らせることができなかった。

「もう一日たてば完全に凍って固くなって、旅ができるわ」サラの部屋に出発は無理だと伝えに来た伯爵夫人は、明るい声で言った。「逆に溶ければ溶けたで出発できるし！　でも、とにかくわたしはあなたがもう一日いてくれるのがうれしいわ！」

サラは複雑な心境だった。目的地のすぐそばまで来て、足止めを食うのはつらい。それにぜひとも距離を置かなくてはと思っているガイと、また一日ともに過ごすことになる。そのうえ、これは自分自身にだけ認めていることだが、心の中でガイから逃げたいと思いながらも、彼はあまりに魅力的で逃げるなんて無理だと感じているのだ。

午前中はガイと顔を合わせずにすんだ。紳士たちは早朝から乗馬に出かけ、昼食まで戻ってこないからだ。レディ・ウッダランはアミーリアと意気投合し、彼女を連れて食料品貯蔵室を見に行った。サラはひとり残されることになっても、別に困らなかった。久しぶりにウッダラン卿《きょう》の図書室の膨大な蔵書を眺め、次に伯爵が海外旅行の際に集めたさまざまな宝石がおさめられたガラスケースに目を移した。子供時代のサラを魅了してやまなかった、鮮やかな藍色《あいいろ》の青金石《ラピス》、淡い緑のペリドット、深い琥珀《こはく》色に金を散らした虎眼《とらめ》石。

図書室の壁には一族の肖像画が飾られていて、サラは暖炉の上の家族全員が描かれた大きな絵の前で足を止めた。若き日のウッダラン伯爵夫妻が誇らしげな笑みを浮かべ、ふたりの足元には四人の子供たちが遊んでいる。ビロードのスーツ姿で緊張し照れているガイを見て、サラは少しほほえんだ。妹のエマとクララは床に座っていて、下のクララはまだよちよち歩きがやっとという年齢だ。いちばん年上の少女は恥ずかしそうに母の椅子の傍らに立っている。彼女はガイより何歳か年長だろうとサラは思った。まじめそうだけれど、微笑を浮かべている。サラは、彼女の名前を思い出そうとした。キャサリン。サラがまだ七歳のときに死んでしまったので、彼女についてははっきりとした記憶がなかった。

サラはレディ・エマとレディ・クララの社交界デビューのときの肖像画の前に移った。ふたりともブロンドに茶色の瞳で、息をのむほど愛らしい。ウッダラン家の人々の容貌《ようぼう》はとても特徴的だとサラは思った。姉妹との楽しい思い出がよみがえり、レディ・ウッダランの招待を受け入れて、娘たちが家族ともども帰ってくるクリスマスにこの館に戻ってきたら、どんなに愉快だろうと残念になる。

もちろん、サラへの申し出はそれだけではなかった。二十代初めのガイの肖像画が、それを思い出させた。その褐色の瞳のいたずらっぽいきらめきや、少し上げた顎に見られる無意識の傲慢《ごうまん》さを、画家は見事にとらえていた。ガイは目を見張るほどハンサムで、サラの胸はうずいた。

彼女は廊下へ出ると、後ろ手にそっと図書室のドアを閉めた。日が出てきたので昼食の前に散歩に行くことにした。マントを着て、ブーツをはき、彼女は朝の空気の中へ出ていった。

庭をひとめぐりして花壇を抜け、鱒《ます》のいる小川のそばの野原へと丘を下った。身を乗り出して澄んだ水に指をつけてみると、氷のように冷たかった。今日は外に出ていても危険はないだろう。東風が吹いて、レディ・ウッダランの予測どおり、道はしっかりと凍りつきそうだ。

「おはよう、ミス・シェリダン」サラが振り返ると、数メートル先の門にガイが寄りかかっていた。足音を忍ばせてやってきたに違いない。サラは彼が近づいてくるのにまったく気づかなかった。「子供のころのように、そりで坂を滑り降りたい？」

サラは笑った。「雪が足りないでしょう！　最後に滑ったときは一メートル半は積もっていたわ！」

「思い出した！」ガイは門を開け、サラのそばへやってきた。「ぼくは厨房《ちゅうぼう》からトレーを借りてきて、ちゃんとしたそりより、そっちのほうが速いのを発見したんだ！」

「それであなたは頭から雪だまりに突っ込んで、クララは兄さんが死んでしまったと思って叫び続けたわ！」

ふたりは一緒になって笑った。

「クリスマスにきみが戻ってきたときに、また滑ろう」館へと向かいながらガイが言った。「それまでには雪も積もっていそうだ。きっと急な寒さに見舞われると思うよ！」

「あなたのお母様もそうおっしゃっていたわ」サラは少し震えて両手を毛皮のマフに入れた。「でも、忘れないで。わたしはクリスマスに戻ってくるなんて約束はしていませんから！」

「そうだったね」ガイは残念そうにほほえんだ。「ぼくの勝手な希望を口にしてしまった！　でも、ブランチランドでの用が片づいたら、帰りにぜひしばらくこちらに滞在してほしいな」

「考えてみます」サラは慎重に言った。「もう戻らない？　ここは寒すぎるわ！」

「いいとも」ガイはサラと並んで丘を上っていった。「久しぶりに戻ったウッダランの印象はどう？　楽しい思い出はよみがえってきた？」

　サラは立ち止まった。ふたりは草地の真ん中に一本だけ立っている樫《かし》の巨木のそばに来ていた。ずっと昔の夏、サラはこの木によじ登り、そよ風に揺れる大きな枝に座った。クララとエマは怖くてそんな高いところまで登ってこられず、レディ・シェリダンはおてんばなわが子を叱《しか》った。

「ときには過去を思い返すことは間違いだわ」

　ガイはサラの腕に手をかけた。「でも、過去が未来にもなり得るとしたら？」

　サラの心は大きく揺れた。多くのものを取り戻し、楽しい思い出に満ちた場所に戻れたら……。でも、そこには本当に欲しいもの――ガイの愛は含まれていないのだ。彼の魅力とやさしさは危険だった。サラの心を引きつけ、忘れたい感情をかき立て、彼女を無防備にしてしまう。たいていの女性はもっと現実的で、これほどの好条件なら打算的な結婚に走るだろう。ここまで心を奪われていなかったら、サラもそうしたかもしれない。だが、ガイがほかの女性を腕に抱くことを考えただけで、気分が悪くなってしまう。彼の妻となりながら、実質的には彼をほかの女に奪われているなんて、とても耐えられない。

　サラはふいに踵《きびす》を返して歩き出した。

「きみに話しておかなければならないことがあるん

だ」しばらくして、ガイが言った。「きみのブランチランドへの旅にかかわることなんだが。ここで話す？　それとも館へ戻ってからのほうがいい？」

「歩きながら話すのがいいでしょう」

「またふたりきりになるのは気まずいから避けたい？」ガイはサラに皮肉な笑みを向けた。「怖がることはないよ、ミス・シェリダン！　さすがのぼくも、両親の館できみを誘惑するほど分別は失っていない。でも、きみがそう言うなら今話そう。冷たい空気は激しい情熱を冷ましてくれるしね！」

サラは怒りで赤くなった。「本当に話なんてあるの？」

「あるとも！」ガイは物憂げに伸びをして、両手を外套《がいとう》のポケットに入れた。サラは慌てて目をそらした。こんな間近で露骨に男らしさを見せつけるようなしぐさをされては、どぎまぎしてしまう。

「実はぼくもきみと一緒にブランチランドへ行くことになったんだ」憮然《ぶぜん》としたサラを見てガイはほほえんだ。「きみには悪いけど父の意向だからね。きみだって、うちの父を落胆させるのはいやだろう！」

「ご両親にわたしの行き先は言わないって、あなたは約束したはずでしょう」サラは不機嫌に言って、ガイに疑惑の目を向けた。「なんだかとても妙な話よね！　ちゃんと説明してくださる？」

「いいとも！」ガイは快く応じた。「きみは亡くなった兄上から、ある若いレディを助けてほしいという手紙を受け取ったはずだ。それでブランチランドを訪ねなくてはならなくなった。実は父も同じような手紙を受け取っていて、そこにはきみを全面的に支援してほしいと書いてあるんだ。残念ながら父は病でその務めが果たせないので、代わりにぼくに行ってほしいと言ってきたわけだ。だから、ぼくもきみと一緒にブランチランドへ行くよ！」彼は庭へと続く門を開けて、サラを通した。「きっときみはうれしくないだろうが――」

「もちろんよ！　最悪だわ！」

ガイの皮肉な笑みは深まった。「ありがとう、ミス・シェリダン！」

「いえ」サラは急いで訂正した。「ウッダラン卿が力になってくださるのは本当にうれしいのよ。でも、正直言って、その必要は――」

「ぼくに思いとどまらせようとしてもむだだよ」ガイはさらりと言った。「父は頑固だし、ぼくは父の意向に従わなくてはならない」

ふたりはしばらく黙って歩いた。冬の風は身を切るように冷たく、みぞれも混じってきた。

「義務じゃなく、あなたの意思で決められるとしたら……」サラが切り出した。

「答えは同じだ。ぼくはきみについていく」

サラは腹立たしげにため息をついた。「フランクはウッダラン卿にそんな役目を押しつけるべきじゃなかったわ！」

「同感だね。でも、兄上は妹を異例かつ不快な立場に追い込んだとも感じていたんだろう！　だから名づけ親に守ってやってほしいと頼んだ。ブランチランドがあんな悪名高い館になると知っていたら、兄上もきみにこんな役目は負わせなかったさ！」ガイは肩をすくめた。「実際、きみが引き受けたのは驚きだ！」

サラは風で飛ばされないようボンネットの縁を引っ張って目深にかぶり直した。「確かに奇妙に思えるでしょうね。正直に言えば、わたしだってしたくないわ！　でも、フランクの頼みだし、その子は好むと好まざるとにかかわらず、わたしの姪《めい》なわけで……」サラはガイがついてきてくれることを喜んでいいのかどうかわからなかった。フランクが意図したとおり、相手がウッダラン卿だったら彼女も喜んで支援を受けただろう。しかし、ガイとなれば話は別だ。兄のおかげで彼と距離を置くのが不可能になってしまった。

「サー・ラルフにはどう説明するつもりだい？」サラの表情豊かな顔に疑惑と不安が交錯するのを物憂げに眺めつつ、ガイが尋ねた。ふたりは館の玄関に近づいていた。「すべてを打ち明ける？」

サラは唇を噛《か》んだ。ガイにはサラの悩みの核心をつく才能があるようだ。彼女はサー・ラルフを信頼していいかどうかわからず、対処の仕方を決めかねていた。自分になんの準備もできていないことを悟り、彼女の心は沈んだ。バースを離れて以来、考えるのはガイのことばかりで、ミス・メレディスのことなどすっかり置き去りだった！「まだはっきりとは決めていないの……」われながら頼りない返事だった。「作戦を立てるのにもう少し時間がかかりそう……まったく、不用意もいいところね！」

ガイの唇がゆがんだ。「ねえ、土壇場になってからでも決心を変えるわけにはいかないかな？　ぼくだって正直気は進まないが、きみの友人として代理でブランチランドへ行ってもいいよ！」

サラの心は揺れた。この一件から手を引けるのはとても魅力的だった。だが、ここまでがんばってきたのに、今さら引き返すわけにはいかない。

「ありがとう。お心づかいはうれしいわ。でも、やはり自分で行かなくちゃいけないと思うの」

「本当に強情だな！」ガイはふいに立ち止まり、サラの両手を握った。「強情で、わからず屋で、スキャンダルになるというのにひるまず……」

「お願いだから黙って！」サラは怒りに赤くなった。マフを落としたのに、ガイに手を握られ、拾うこともできない。「放して！　誰かに見られるわ！」

ガイは肩をすくめた。「たぶんね！　ぼくは平気だけど！」

「まあ！」サラはなんとかガイの手を振りほどこうとするが、彼は放さない。「あなたこそ傲慢で横暴とするが、彼は放さない。「あなたこそ傲慢で横暴で――」

「それはもう聞いたよ、ミス・シェリダン！」ガイはほほえんでサラを見下ろしている。その瞳のいたずらっぽい輝きにサラはいつもどきどきしてしまう。

「一緒にブランチランドへ行くのなら、ちゃんと礼儀正しい態度をとってくれるんでしょうね！」

「それはなさそうだな。最悪の事態に備えておくほうがいいよ！」ガイはサラの手を返し、てのひらにキスした。「忘れないで」彼は愛撫《あいぶ》するように言った。「ぼくはなんとしてもきみに結婚を承諾させるつもりだからね！」

サラはガイの両手を振りほどいた。自分が激しく震えているのがわかっていた。こんなふうに彼に振り回されるなんて我慢ならない。「ばかげた冗談はいいかげんにして！　お互い、あなたが本気じゃないことはわかっているんだから！」

「ぼくはこれ以上ないくらい本気さ、ミス・シェリダン！　保証するよ。昨日も言ったけれど、きみは時間をかけてその事実に慣れるといい」彼は笑った。「ぼくを拒もうとしても無理だからね！」

サラが辛辣《しんらつ》な言葉を返そうと息を吸い込んだとき、玄関のドアが開いて執事が現れた。彼は木のドアに劣らず無表情だった。「若旦那《わかだんな》様、ミス・シェリダン、昼食の用意ができました」彼は礼儀正しくお辞儀をし、そのまま体をかがめてマフを拾い上げた。「どうぞ、ミス・シェリダン」

しかし、執事の前には誰もいなかった。サラはものすごい目つきでガイをにらみつけ、歩き去ったあとだった。ガイはまだにやにやしながら、憤然としたサラの後ろ姿を見送っていた。

昼食後、みぞれは淡雪に変わり、糖衣《アイシング》のようにミーリアが驚嘆の声をあげた。彼女はサラと並んで図書室から、連なる丘を眺めていた。「こんな天気が続いたら、しばらくここに滞在しなきゃならないかも！」

サラはやるせない顔をした。「ブランチランドまで十キロもないのよ、ミリー！　最悪の場合、わたしは明日歩いていくわ！」

アミーリアの表情が曇った。「あなたはここにいたくないの？　こんなに居心地がよくて――」

「もちろん、わたしだってここにいるほうがいいわよ！」サラがむっとして言った。「ブランチランドがいいわけないでしょう。でも、手紙が届いてからもう一週間もたっていて……」サラは口ごもった。アミーリアは手紙の内容を知らない。彼女はサラに探るような目を向けた。

「じゃあ、急ぎの用なのね？　知らなかったわ」

「ごめんなさい」サラはしおらしい顔をした。「わたしが言ってなかったから……」

アミーリアはサラの手を取った。「あなたが話す気になったときに教えてくれればいいわ」彼女は鋭い目でサラを見た。「レンショー卿もわたしたちについてくるのね？」

サラは頬が赤くなるのを感じた。「そう聞いているわ。わたしが頼んだわけじゃないのよ！」

アミーリアは眉をつり上げた。「じゃあ、彼が自分の意思で……」

「違うわ！」つい激しい口調になってしまい、サラは気持ちを静めようとした。「つまり彼の話だと、フランクがウッダラン卿にわたしを助けてほしいという手紙を出していたんですって。あいにく、伯爵は体調が悪くてわたしたちに同行するのは無理なので……」彼女は肩をすくめた。

「それで代わりにレンショー卿が来るわけね！」ア

ミーリアは顔をしかめた。「それは本当なの、サラ？　わたしにはなんだかうさんくさく思えるわ！」

今度はサラが眉をつり上げる番だった。「どういう意味？　もちろん本当よ！」

「なんだかちょっと妙じゃない。どこがどうとは言えないけれど……」

「でも、本当に違いないわ。ガイ、いえ、レンショー卿は、わたしがブランチランドを訪れる目的を知っていた。フランクからの手紙がなければわからないことよ」

アミーリアは軽く肩をすくめた。「じゃあ、そうなんでしょう。わたしの勝手な勘ぐりだったのね！」彼女は書き物机に歩み寄った。「さて、こんなお天気じゃ外出もできないから、手紙でも書くことにするわ」

「わたしは本を読むわ」サラは書棚から一冊の本を選んだ。彼女は暖かな暖炉のそばの肘掛け椅子に座り、しばらくのあいだ部屋にはそっと本のページをめくる音と、アミーリアがペンを走らせる音だけが響いていた。しかし、サラはほとんど気持ちを集中させることができなかった。アミーリアの言葉によって胸に疑惑が芽生えたが、何が引っかかっているのかが今ひとつはっきりしない。まあいい。明日はついにブランチランドに着いて、オリヴィア・メレディスの謎《なぞ》が明かされるのだから。

夕食の時間は昨夜と同じく楽しく過ぎ、食後はゲームやカードに興じて、やっとお開きになった。レディ・ウッダランとアミーリアは階段を上りながらおしゃべりしていて、ふたりの少し後ろにいたサラはたまたま下の廊下で親子が話している声を耳にした。

「じゃあ、おまえも行くことは、彼女に話したんだな」寝室へ向かうため、ろうそくに火をつけながら、ウッダラン卿が言った。

「はい」ガイはやや渋い口調だ。

「よけいなことは言ってないな？」

「はい。父上のご意向どおりに」

「よかった」伯爵はほっとしたようだった。「じゃあ、頼んだぞ、ガイ。ミス・メレディスを見つけて、絶対にサラには――」

　そのときガイが目を上げ、サラは階段の上の暗がりに身をひそめた。彼女は心臓をどきどきさせながら、今の話はなんだったのだろうと考えた。ガイが話したことは真実だった。ある程度までは。伯爵自身がわたしについてブランチランドへ行くことを望んだのだが、それは単にわたしを助けるためではなかった！　彼には彼の理由があってオリヴィアを捜していて、わたしにそれを伏せ……。

「サラ！」アミーリアが少しじれったそうに呼んだ。「どこにいるの？　おやすみなさいを言いたいのよ！」

　アミーリアが大きなあくびをしているあいだに、サラは急いで歩み寄り、彼女の頬にキスした。「おやすみなさい！」

　しかし、ウッダラン家とオリヴィア・メレディスとのあいだにどんな関係があるのか、それ以上に、なぜそのことを自分に隠しておかなくてはならないのかが気になって、サラは一時間以上も寝つけなかった。しかし、考えてもなんの光明も差さず、ついに彼女は眠りに落ちた。夢の中で、彼女はブランチランドの公園でブロンドの少女を追っていたが、追いつきそうになった瞬間、少女は消えてしまった。

# 6

ブランチランド館は三方を高い松の林に囲まれた丘の上に立っていた。馬車が館《やかた》に近づくと、誰の目にもそれがこの上なく優雅な建物であることがわかった。ピンクがかった石造りの館の屋根には小さな金色のドームがあり、かつてはシェリダン卿《きょう》がそこに望遠鏡を設置して天体観測を行っていた。朝の日差しの中、まぶしい雪景色の野原を背景にして、館はとても美しかった。

再び館を目にしただけで、サラの瞳に涙があふれそうになった。彼女は唇を噛《か》み、激しくまばたきしてなんとか涙をこらえた。「この館がどれほど美しいかを、わたしは忘れかけていたわ……」

馬車はブランチランド村を抜け、丘の麓《ふもと》を突っ切って、館の門へと続く坂を上り始めた。とても静かだった。霜が日差しにきらめくだけで、静まり返った景色の中に動くものはない。サラは体が震えそうになるのを抑えた。

ガイがこちらを見ているのはわかっていた。彼のやさしいまなざしに、思わず泣きそうになってしまう。アミーリアが対立をしばし忘れ、グレヴィルのほうに身を乗り出して話しかけると、ガイはサラに身を寄せ、手袋をした手にそっと触れた。つかの間の接触が、彼女を慰めるのと同時に混乱させた。

今朝はすべてが順調に進んだ。一行は伯爵夫妻に見送られ、クリスマスにはぜひまた来るようにとの招待を受けて、早朝ウッダランを出発した。伯爵は幸運を祈ってガイと握手し、サラはガイのブランチランドでの秘密の使命の手がかりを得られないかとふたりの顔を見比べたが、何も読み取れなかった。

疑惑は彼女を悩ませ心をかき乱したが、ガイが打ち明けてくれる気になるか、こちらからあえて問いただすかしないかぎり、どうしようもなかった。

到着の直前になって、サラは複雑な思いに襲われた。かつてのわが家を再び見ただけでも感情的になっているうえに、いったい今館がどうなっているかが不安でならない。ラルフは修復不能なほど館をめちゃくちゃにしてしまったのだろうか。彼がサラたち一行を雪の戸外へと締め出したら？　もっと恐ろしいことに、彼が忌まわしい饗宴《きょうえん》にふけっていたら？　確かめる方法はひとつ……。

馬車が前庭に止まったとき、あたりは不吉なまでの静けさに包まれていた。館のすべての窓は鎧戸《よろいど》で閉ざされ、何かが動く気配はいっさいない。

「たぶん誰もいないのよ」アミーリアが期待をこめて言った。「まるで空き家みたいだもの。やっぱりウッダランへ戻って――」

「三十分前に出てきたばかりじゃないの！」サラはきっぱりと言った。彼女は前に進み出て、玄関の呼び鈴を激しく鳴らした。呼び鈴の響きが静まると、再び静寂が戻ってきた。馬がじれったそうに砂利を踏みつけ、サラはびくりとした。神経がぴりぴりしていたが、それは彼女ひとりではなかった。グレヴィルは渋い顔でガイととまどった視線を交わしている。アミーリアは震えて、おずおずと周囲を見回していた。まるでそばの灌木《かんぼく》のあいだから、好色な怪物でも飛び出してくるのではないかと怯《おび》えているようだ。

「やはり誰もいないのよ！　もう行きましょう、サラ！」

サラは取っ手を回した。鍵《かぎ》はかかっておらず、静かな朝に蝶番《ちょうつがい》のきしむ音をたてながらドアが開いた。

アミーリアは小さな悲鳴をあげた。「なんて不気味《ぶきみ》な……」

味なの！　わたしは中へは入らないわ！」

「じゃあ、寒い外で待っていて！」サラはぶっきらぼうに言い返した。なんだか勇気が出てきた。「紳士方は？　わたしと一緒にいらっしゃる？」

グレヴィルとガイはサラに続いて中へ入り、アミーリアも明らかにひとり残されるのはいやだったらしく、少し遅れて館へ入った。館の中はほとんど戸外と変わらぬ寒さだった。自分が吐く息が白くなるのが見えた。

すべての窓の鎧戸が閉ざされているので、玄関広間はひどく暗かった。サラに見えるのは天井の華麗なシャンデリアにかかる蜘蛛《くも》の巣と、タイル張りの床に積もったほこりだけだ。空気はすえたにおいがした。ごみと腐敗のにおいだった。サラは激しく震えた。「訪問客を歓迎しているという感じは……」

「なんとも陰気だね」ガイが同意した。彼は奥へと進み、いくつかのドアを開けてみた。「失礼します！　誰かいませんか？」

彼の声は高い天井に奇妙に響いたが、答えは返ってこない。アミーリアは金切り声で言った。「いったいなんなの！　おぞましい！」

玄関広間のわきの台座に置かれた抱き合う恋人たちの卑猥《ひわい》な彫刻に、アミーリアは見入っていた。からみ合った手足と思わせぶりな表情がなんとも淫《みだ》らだ。サラは慌てて目をそらした。

「ここであなたを不快にするものがそれだけだとしたら運がいいよ、レディ・アミーリア」グレヴィルが冷ややかに言った。「あなたは自分の意思でここへ来たんだから、すましたせりふを吐くのはよしてほしいな！」

アミーリアは即座にいきり立った。「そういう紳士らしくない態度はやめて――」

サラは両手で耳をふさいだ。こんなときにまたアミーリアたちの口論を聞かされるのはうんざりだ。

そして明らかに、そう感じたのは彼女ひとりではなかった。

「いいかげんにしろ！」階段の上からとどろく声に、全員がいっせいに振り返った。小さすぎるベストとズボンを身につけ、奇妙なナイトキャップをはげかかった頭にのせた大男が、一同を見下ろしている。彼は頭を抱え、うなり声をあげた。「ちょっと金切り声をあげるのはやめてもらえませんか！　口やかましい女には耐えられん！」

彼がサー・ラルフ・コウヴェルに違いなかったが、魅力的な外見とは言いがたかった。刺繍《ししゅう》入りのベストは大きな腹の上で突っ張っていて、黒く太い眉の下から小さな青い目が疑わしげにこちらを見ている。癇癪《かんしゃく》持ちらしい赤ら顔で、声は窓ガラスが震えるほど大きい。彼は問答無用で自分たちを追い出すつもりだろうかと、サラは急に不安になった。

そのとき奇跡のように、ラルフが驚くほどやさしい笑顔になった。彼はサラに向かって両腕を広げ、急いで階段を下りてきた。「サラじゃないか！　いやいや、すっかり変わってしまったね！　会えてうれしいよ！」彼は驚いているサラをしっかり抱きしめた。「ブランチランドできみにまた会えるなんて思ってもみなかった。でも、元はきみの家なんだ。大歓迎だよ！」

サラは大きく安堵《あんど》のため息をつき、なんとかうまく答えようとした。ブランチランドへ来た理由をどう説明するかなど、まったく考えていなかった。ラルフが彼女の来訪をいやがるぐらいはまだましで、たぶん敵意をむき出しにしてくるのではないかと思っていたのだ。こんな気さくな応対はまったく予想外だった。ふと気がつくと、ガイがおもしろそうにこちらを見て、吹き出しそうになるのをこらえている。サラが言葉を失っているのを見て取って、彼は一歩前に出て片手を差し出した。

「こんにちは、サー・ラルフ。ぼくはガイ・レンショーです。数年前にロンドンでお会いしていると思うのですが、勝手にお宅に侵入して申し訳ない」

「とんでもない！」ラルフはガイの手を取り、大きく上下させた。「サラは親類なんだからいつでも歓迎するし、彼女の友人はわたしにとっても大切な客人だ！」彼はいかにも楽しげに、せっせと窓の鎧戸を開けていった。「やあ、気持ちがいいなあ！　どんどん開けてやれ！」

ラルフの笑顔はグレヴィルとアミーリアにも向けられた。ふたりはサラに劣らず驚いている。

「グレヴィル・ベイナム！」ラルフは顔を輝かせた。「去年バースのクラブで会ったのを覚えているよ！　それでこちらは……」

グレヴィルは初めて少しうろたえた顔になり、咳《せき》払《ばら》いした。「サー・ラルフ、わたしの婚約者のレディ・アミーリア・フェントンを紹介します」

今度はアミーリアもグレヴィルに逆らわず、軽くお辞儀をした。彼女はかなり当惑しているようすだ。

ラルフは快活にほほえんだ。「ようこそ、ようこそ！　もう少しやさしい口調でしゃべっていただけると、もっとうれしいんだが！　今朝は頭が痛くて……」彼は眉間《みけん》に少し皺《しわ》を寄せてサラを振り返った。「サラ、さっきも言ったと思うが、本当によく来てくれたね！　ただひとつ小さな問題が……」ラルフは困ったようすで両手をこすり合わせた。赤ら顔がさらに赤くなる。まるで運悪くいたずらの現場を見つかった少年のようだ。彼は口ごもりながら続けた。

「つまり……きみは知らないかもしれないが……わたしはここでしょっちゅうちょっとしたパーティーを開いていて……〝わが饗宴〟と呼んでいるんだが――」

「それなら知っています」サラは笑い出しそうになるのを抑えて言った。ラルフはこの微妙な問題をどう切り出してくるつもりだろう。ただ、彼を嫌いになるのはとても難しそうだった。まるで育ちすぎた子犬みたいに人なつっこい人柄のようだ。

「それはよかった」ラルフはうれしそうだった。「うちのパーティーは世間で評判になってるんじゃないかと思っていたんでね。いやあ、よかった！ ただ……」彼は急にまた問題を思い出したようだった。「上流の若いレディにふさわしいパーティーかどうか！ そこには紳士と淑女……いや……」最後はしどろもどろになった。

「貞操観念の怪しい淑女ですか？」ガイが助け船を出した。

「ああ、高級娼婦《しょうふ》のことね！」サラはきっぱりと言った。「その件もいろいろ耳にしていますわ！」

ラルフは息をのんだ。「本当に？」彼は少し立ち直って続けた。「でも、わかっていないんじゃないかな……パーティーでは仮面劇だとか冬至を祝う異教徒の儀式だとか――」

「別に気にしません」恐怖に引きつっているアミーリアとおもしろがっているガイを無視して、サラは楽しげに言った。「あなたが快く迎え入れてくださるなら、喜んで参加させていただきますわ！」

ラルフはまた顔をしかめた。二日酔いの頭では目の前のパズルを解くのは無理なようだ。「ブランチランドの評判を知りながらやってくるなんて、なんとも妙な話だね」とまどいを隠さず、やっと彼は言った。「わたしがとやかく言うのもなんだけれど、若いレディのすることじゃないよ！ おそらく、きみの評判はめちゃくちゃになってしまうだろうし！もう少し慎重になるべきじゃないかな！」

サラはしおらしくお辞儀をした。「おっしゃるとおりですわ、サー・ラルフ。母はいつもわたしにはしとやかさがないと言っていました。驚かせてしまったのならごめんなさい！」

今度はラルフが言葉を失う番だった。「きみは長居をするわけではないよね……」彼は期待をこめて言った。

「ええ、もちろん！」サラは快活な笑顔でうなずいた。「兄からこの近くでちょっとした用を頼まれて来ただけなんです。すぐに片づくと思いますわ！それにあなたのお邪魔はしません！　わたしがここにいるのに誰も気づかないくらい、おとなしくしていますから！」

ガイが笑い声をあげ、咳払いでごまかした。

「そういうことなら……」ラルフは変わり者の親類の娘をどう扱っていいものか、少し困っているようだった。「部屋が必要だね。それに簡単な食事も……」それを考えただけでうんざりというように、彼は肩を落とした。「マーヴェルを呼ぼう。マーヴェルはわたしの雑用係なんだ」彼は柱時計に目をやった。「起きているといいが……失礼するよ。レディを迎える格好じゃない……。客間で待っていてくれたら、コーヒーを用意させるよ！　じゃあまたあとで……」大声で召使いたちを呼びながら、彼は足早に去っていった。

「なんて変な人かしら」アミーリアはサラに続いて客間へと向かいながら、再び彫刻のほうへ不審の目を向けた。「でも、無害な人みたいじゃないの！たぶんブランチランドの饗宴の噂《うわさ》は大げさなんじゃないかしら！」

サラも同意したいところだったが、ガイとグレヴィルが皮肉な視線を交わすのを見てしまった。それはどんな言葉よりも雄弁に、これからさらに面倒なことが起こるぞと告げていた。

「ああ、もううんざり！」しばらくして、アミーリアがいまいましげに言った。彼女がサラのベッドに身を投げ出すと、ほこりがどっと舞い上がった。

「わかるわ、ミリー」サラはくしゃみをして、ベッドの上にかけられた裸の妖精《ようせい》たちが小川で戯れるけばけばしい絵から目をそらした。「でも、ここがどういうところかはわかっていたはずでしょう」

アミーリアは呆気《あっけ》にとられた。「違うわ。絵のことじゃなく、ほこりよ！　カーテンは汚いし、わたしの部屋なんてもう一年も掃除していないわよ！　昼食がすんだらすぐ、家政婦と話さなきゃ！」

「昼食にありつけたら幸運だと思うわ」サラは皮肉っぽく言った。トランクを開けて荷物を整理しようと思ったのだが、やめておいた。服を並べられるきれいな場所がどこにもないのだ。「サー・ラルフの客が昼食までに起きてくるかどうかも疑問だし、ここにはもう家政婦もいないんだと思う！　兄が亡くなったあと、ミセス・ランバートはやめてしまったに違いないわ。サー・ラルフに召使いたちが去っていくのを止められるとも思えないし……」

「まともな召使いがいないのは確かね！」アミーリアはベッドの頭部に指をすべらせ、ほこりをすくい上げた。「見てよ、サラ！　自分の館がこんな状態だったら、わたしは召使いたちにたっぷり小言を言うわ！　それにあのコーヒーのまずさ！」

「それでもここはやはり美しいけれど」サラは少し悲しげに言った。彼女は窓辺に立ち、サマセットの丘の連なりを見渡した。館を囲む林の向こうには村へさらにその先へと、野原が広がっている。ここからの景色は人を世界の頂点にいる気分にさせた。

「そうね」アミーリアが少し和らいだ口調で言った。「本当にすてきな館なのに、こんなに荒れ放題にするなんて犯罪よ」彼女の表情が明るくなった。「あなたが謎《なぞ》の探索に出かけているあいだ、わたしは何をしていればいいんだろうって考えていたんだけど、答えが見つかったわ！　わたしが指揮をとって、ブランチランドをきれいにする！」

アミーリアが新品のほうきみたいに館を駆けめぐる姿を想像し、サラは内心あきれた。ラルフはそんな話を聞いたら縮み上がるのではないだろうか。

「すべて解決したら、この謎の用件がなんだったのか、話してくれるわよね?」アミーリアは少し切なそうにきいた。「内々のことだとわかっているけれど、わたし、秘密は大嫌いなの!」

「もちろん話すわ!」サラは彼女の手に触れた。「打ち明けられなくてごめんなさい。自分のことじゃないだけに、話すわけにいかなくて!」

「サー・ラルフはさして興味があるようでもなかったわね」アミーリアが考え深げに言った。「あなたがここに来た理由を追及しようとしないのが、驚きだったわ!」

「彼はすごく困惑していたから」サラは笑った。「かわいそうなサー・ラルフ。きっとわたしたちがせっかくの饗宴に水を差すと思っているのね!」

「なら、そうしてやりましょう!」アミーリアも立ち上がった。「サラ、わたしはレンショー卿がわたしたちについてきた目的を考えていたの。伯爵の命令だって言っていたけれど、彼があなたのそばにいたいのもあると思わない? 彼は追いかけるのにとても熱心なようよ。追いかけているものがひとつかふたつかは知らないけれど」

サラは自分の頬が真っ赤になっているのがわかっていた。アミーリアにガイに求婚されたことを打ち明けるのと、昨夜立ち聞きしたことを話して気をそらすのと、どちらがましだろう。昨夜の話にはさらにいろいろ説明を加える必要がある。それにアミーリアが本当に興味があるのはロマンティックな話だ。

「確かに……レンショー卿からある申し出があったけれど、あなたが思っているようなこととは違うの!」

アミーリアは明らかに驚いたようすだ。「ある申し出? でも、わたしが思っていることとは違う? わたしがいったいどう思っていると考えてるの?」

「いえ、つまり、全然ロマンティックなことじゃなくて……」サラは話をややこしくしてしまったのに気づいて、なんとか説明しようとした。「つまり、レンショー卿は彼の名前でわたしを守ることを申し出たの。グレヴィルがあなたに申し出たのと同じように! これでわかったでしょう?」

「なるほどね!」アミーリアは納得した顔をした。

「紳士方はどうも騎士道精神過剰のようね」彼女は辛辣《しんらつ》な口調でつけ加えた。「それで、あなたの答えは?」

「それには及びませんって言ってやったわ! ぶしつけだったかもしれないけど、彼のそういうやり方って高飛車で傲慢《ごうまん》で——」

「じゃあ、彼は舞踏会の夜の一件のせいで求婚したんじゃないのね?」アミーリアは言葉を選んで尋ねた。「彼が無垢《むく》な女性にひどい扱いをしたと気づいたのなら——」

サラはまた真っ赤になった。「違うわ! 確かに……その件は口にしたけど……」彼女はためらった。「自分が言ったことは後悔しているけれど、したことは後悔していないって!」

「まあ、少なくとも正直ではあるわね!」アミーリアは笑った。「なぜあなたは承諾しなかったの、サラ? あなたは彼に思いを寄せているんだし——」

「そんなことないわ!」サラはむきになって言い返した。そして、それをおもしろがっているアミーリアと目が合うと、少し恥ずかしげにつけ加えた。「確かに彼はとても魅力的だし、以前はわたしも少し惹《ひ》かれていたわ。でも、そんな気持ちはすっかり消えたの。彼を拒む理由なんて一ダースもあるわ! 彼はあまりに強引だし、自分の魅力を過信してる! 誰よりもあなたならわかってくれるでしょう。あなただってグレヴィルの高慢な態度に腹を立てたんだから！」

サラのねらいどおりに気をそらされて、アミーリアは唇をとがらせた。「まったくよ！　みんなの前でわたしと婚約したと宣言するなんて、本当に我慢ならないわ！　元はそんな人じゃなかったのに！」

「そうね」サラは考え深げにアミーリアを見つめた。「でも、妙だわ。あなたはずっとグレヴィルは礼儀正しすぎるって非難してたじゃない。なんだか、彼が何をしてもあなたには気に入らないみたい！」

今度はアミーリアが混乱して目をそらす番だった。

「確かに彼はふだんはとても感じのいい紳士よ！　感じがよすぎて退屈な人って思っていたの！」

「でも、結局なんだかんだ言っても、あなたは今度の彼の独善的な態度を、むしろ魅力的だと感じてるんでしょう」サラが鋭く指摘した。「彼を自分のものにしたいと思うなら、ぐずぐずしてちゃだめよ。ここのパーティーに出る女性たちの何人かも、きっと彼を魅力的だと思うでしょうから！」

昼食はサラの予想どおり、ひどいものだった。食事の席に出たのはサラとアミーリアだけで、紳士たちは乗馬に出かけたらしく、ラルフの客たちは依然姿を見せなかった。

「ふたりはきっと、ウッダランまで戻ってまともな食事をしているのよ！」アミーリアが恨めしげに言った。「まったく頭に来るわ！　無理やり一緒に来たかと思えば、さっさと姿を消すなんて！」

数回ベルを鳴らしてやっと、だらしのない姿のメイドが現れたが、彼女は食事をと言われて驚いているようすだった。長いあいだ待たされたあげく、やっとメイドが戻ってきたと思えば、彼女は干からびたパンとくさいチーズの皿を乱暴にテーブルに置き、さっさと出ていった。

「なんなの、いったい！」アミーリアは怒りに頬を赤くした。「一刻も早く、わたしがすべて取り仕切らなきゃ」

サラはパンをひと口かじり、チーズを少々なんとかのみ込むと、マントを取りに行った。ガイがいないのを幸いに、すぐさまオリヴィアを捜しに行くことにしたのだ。彼につきまとわれるのはいやだったし、彼を出し抜くことができれば願ったりかなったりだ。運がよければ即座にオリヴィアを見つけ、このいやな状況から抜け出すことができるだろう。

日差しで雪が解け、ブランチランド村への道はぬかるんでいた。張り出した木々の裸の枝からは、ぽたぽたと水滴が落ちている。サラは寒さにマントの中で身を縮め、注意深く進んでいった。子供のころ、歩き慣れた道なので、さまざまな思い出の場所を通り過ぎていくのが楽しい。かくれんぼをしたうろのある木、雄牛に追いかけられて逃げ込んだ畑の垣根の踏み越し段、古く荒れ果てた門番小屋……。サラは数々の思い出にため息をつき、泥が深いところではスカートをたくし上げて、村の大通りへと向かっていった。

彼女はただちに変化に気づいた。ブランチランド村は一本の大通りの両側に家が並ぶだけの小さな村だったが、いつも活気に満ちていた。それが今では、家の半分は空き家か荒れ放題で、地面には雑草が生い茂り、壁が通りに崩れ落ちている。鉄を叩《たた》く音が響いてくる鍛冶屋《かじや》以外は、人の気配がまるでなかった。

医者の家は村で唯一の大きな家で、道から少し入ったところに位置し、家の前には短い車回しがあって、きちんと手入れをした庭が建物を囲んでいた。サラは呼び鈴を鳴らしたが、応答はなかった。オリヴィア・メレディスが家にいるとは思わなかったが、母親か召使いからでも何か情報が得られるのではないかと期待していたのだ。しかし、家にはブランチランド館そっくりに固く閉ざされた雰囲気があって、その静寂からは何かを警戒している気配が感じられた。サラは忍び足で灌木のあいだを抜け、家の裏へ回って流し場の窓から中をのぞいてみたが、人の気配はなかった。そのとき、何かが彼女の背後で動いた。窓ガラスに映った影に驚いて彼女が振り返ると、庭仕事用の鍬《くわ》を威圧的に振りかざした老人が、すぐ後ろに立っていた。

「誰もいねえんだから、帰ったほうが――」

「わたしはミセス・メレディスを捜しているの」のぞき見をしているところを見つかってばつの悪いサラは、わざと横柄に言った。「彼女はすぐに戻ってくるのかしら?」

「いや」老人はそれだけ言うと、サラを脅すように鍬を振った。「帰ったほうが身のためだ!」

サラは老人の威圧的な口調と鋭いまなざしに眉をつり上げた。彼の敵意にむしろ、彼女は一歩も引かない気になった。「ミス・メレディスは? 彼女は家にいるの?」

「いや」老人はまた言った。「昨今は有力者が大勢ミス・メレディスを捜しておるようじゃ!」老人は身じろぎした。「さあさあ、巡査を呼ばれたらあんたも困るじゃろう――」

「ぜひ呼んでもらいたいわ」サラは憮然《ぶぜん》として言った。「そしたら巡査に、あなたがこの村を訪れた者にどんなにひどい態度をとったか話してやるわ! わたしの父の時代にはそんな口のきき方をする人はいなかったのに! どうしてここはこんなに不親切な土地になってしまったの?」

老人はゆっくりと鍬を下ろし、ぼさぼさの白髪越しにサラを見つめた。「あんたは誰なんです?」彼は一歩前に出た。「まさか、ミス・サラが戻っていらしたのか!」

サラも同時に気がついた。「トム！　ごめんなさい！　あなただとわからなくて！　あれからもう十五年――」

「十四年半です」老人は言った。「わしがブランチランドを離れてからね。そしてまた戻ってきて二年。お互い気づかないのも無理はねえや！」

サラは庭の仕切り壁に腰を下ろし、トムも座るよう手で示した。トム・ブルックスはサラが幼いころ、ブランチランド館の厩番頭《うまやばん》だったが、彼女が九歳のときに兄とデヴォンで宿屋をやるといって去っていった。どうやらその商売はうまくいかなかったらしい。「宿はどうなったの、トム？」サラは同情を込めて言った。彼が全財産をその事業につぎ込んだのを知っていたのだ。

「地元の者は競争を好まなくてね」トムは陰気に言った。「いやなことばかり起こって。それで結局故郷へ戻ってきたんです。お屋敷へ行ってみたが、サー・ラルフはたとえ以前仕えていた者でも雇ってくれねえ。どのみちもう馬もいねえし」彼は道に唾《つば》を吐いた。「失礼しました。とにかくお屋敷は変わっちまった。誰も手入れをしねえし、誰もあそこじゃ働きたがらねえ。あんなことをやってるんじゃね！　驚きますな、まったく！」彼は首を振った。

「村も同じようね。すっかりさびれちゃって！　見違えたわ！　学校はどうなったの？」

「閉鎖です。いつだったかは忘れたが。人が集まらなくて……」

「ミセス・メレディスは？　彼女も村を離れたの？　ご主人が数年前に亡くなったのは知っているけど、娘さんとずっとここに住んでいるんじゃないの？」

トムは真っ青な瞳でじっとサラを見つめた。彼は単純な田舎者のふりをしているが、もっとずっと鋭いのではないかとサラは感じた。「ミセス・メレディスはラストンベリーの近くに住む妹さんのところへ行っています。いつ戻るかは知りません」

「じゃあ、娘さんは?」サラは追及した。トムにはまだサラに話していないことがある気がした。「たくさんの人が彼女を捜しているって言ったわね」

「ええ」トムは口にくわえていた草を捨て、背筋を伸ばした。「有力者が何人か。全員紳士です。ミス・オリヴィアのことを尋ねるのはいつも紳士だ。最初はお屋敷に来ている若い紳士、次にサー・ラルフの友だちだという貴族……」彼はまた唾を吐きかけてやめた。「そして今日はロンドンふうの服装の立派な紳士が……」

サラの体を震えが走った。「ロンドンから来た紳士?」

「いや、ロンドンふうの服装にロンドンふうの物腰じゃが……」トムはためらった。「ミセス・アンスロップがウッダランの人だと言っとりました。彼女の娘が今向こうで働いているから間違いない。こちらのお屋敷ではもう仕事もないのでね!」

サラは顔をしかめた。ガイはすでに村を回っていたのだ! 乗馬に行くと言ってわたしを欺き、実際はオリヴィアを捜していたとは。サラは目を細めた。やはり昨夜胸に抱いた疑惑は正しかった。ウッダラン卿親子は、何か秘密の目的があって動いている!

サラは立ち上がり、スカートのほこりを払った。ぐずぐずしていてはガイに先を越されてしまう!

「わしに少々金をくれて」トムはふんと鼻を鳴らした。「このことは誰にも言うなと念を押していきやした。だが、あなたのことだから……」

サラはほほえんだ。「ありがとう、トム。ミス・メレディスはきっととってもきれいなのね。そんなにみんなが追いかけ回すんだもの。子供のころもかわいかったけれど――」

「ええ、立派なレディです! それに、あなたと同じようにみんなに認められている。しかし、なんで結婚なさらんのですか、ミス・サラ？」

「わたしって好みがうるさすぎるみたい」サラがそう答えると老人は初めて笑った。「ミス・メレディスがいないなら、わたしはもう館に戻らないと。でもね、トム」サラは急に思いついて立ち止まった。「もし彼女を見かけたら、わたしが捜していると伝えて」彼女はまっすぐ老人を見つめた。「助けが必要なことがあったら、わたしがいつでも力になるからって。実はわたしはそのためにここへ来たの！」

老人は帽子に手を触れ、挨拶《あいさつ》した。「確かに伝えますよ、ミス・サラ。もし彼女に会ったら」

「ありがとう。じゃあ、ごきげんよう、トム！」

老人は灌木のあいだを抜けていくサラの後ろ姿をじっと見つめていた。そして、彼女が行ってしまっても、庭仕事には戻らなかった。

大通りに戻ったサラはしばしためらったが、結局ブランチランドへ戻ること以外思いつかなかった。オリヴィアの居所について何か手がかりが見つかると思っていたのでがっかりしたが、これ以上情報が得られるとも思えなかった。だが、考えようによっては、いろいろ情報を得たとも言える。サラは思いをめぐらしながら、ゆっくりと村の通りを進んでいった。オリヴィアが美人で、彼女の行方を捜している者が何人もいることがわかった。それが彼女の抱えている問題の元だろうか？　館の客の紳士のひとりに目をつけられたら、田舎医者の娘は困ってしまうかもしれない。庇護《ひご》してくれる男性の親戚《しんせき》もいないとなればなおさらだ。トムは館にいる若い紳士と貴族がオリヴィアのことを尋ねたと言っていた。ふたりはラルフの客に違いないから、あとで顔を合わせることになるだろう。

それから、ガイがオリヴィアのことを尋ね歩いていること、そして口封じの金を払っていることもわかった。ちょうどそのとき、サラの思いに答えるように、見覚えのある鹿毛《かげ》の雄馬が鍛冶屋の前につながれているのが目に入った。そしてほどなく、ガイの長身の体が通りに現れた。彼は振り返って鍛冶屋に挨拶し、いくらかの金を鍛冶屋の手へ滑り込ませた。鍛冶屋は急いでその金をエプロンのポケットにしまった。サラはガイを避けるべきかどうか迷ったがすでに遅く、彼に見つかってしまった。

「ミス・シェリダン！　午後の散歩かな？」

「こんにちは、レンショー卿」胸に疑惑を抱いているだけに、どうしても冷ややかな口調になってしまう。ガイはおもしろそうに眉をつり上げた。

「おやおや、またしてもぼくが何か気に障るようなことをしたのかな？」彼は手綱を腕にかけ、サラの傍らへ来た。「調査の成果はあった？」

「いいえ」サラはまっすぐガイを見つめた。「あなたは？」

「なるほど」苦い笑みがガイの口元に浮かんだ。

「成果があったようじゃないか！　たとえば、ぼくが独自の調査をしていることを知ったとか！」

「そのとおり！　お金で買えるものは多いけれど」サラはわざと甘い口調で言った。「長年の忠誠心は金銭に勝りますの！」

「そのようだ！」ガイはわびしげだった。こちらを見下ろすまなざしに、サラは心臓がどきりとした。

「なぜきみがそういう忠誠心に恵まれるかはわかるよ、ミス・シェリダン！　じゃあ、ぼくのことは信用してないだろうね」

「ええ」実際彼を信用していないことに、サラは驚きうろたえていた。

ガイは笑った。「しかたないな。でも、きみを傷つけるようなことは絶対にしないと誓うよ、サラ！」

「そういう問題じゃないでしょう」名前で、しかも愛撫《あいぶ》するような口調で呼ばれ、気持ちを集中できなくなっていることを無視して、サラは反論した。

「あなたはわたしの質問に答えてないわ！　なぜミス・メレディスのことを尋ね歩いているの？」

ガイは肩をすくめた。「きみの仕事を少しでも楽にしようとしてさ！　ぼくが先に彼女を見つけたら、きみはもう調べる必要もないし、みんな家へ帰れる！　それだけのことだよ！」

沈黙が訪れた。サラはガイの言葉を信じられず、彼の二枚舌に傷つき、むなしくなった。打ち明ける機会を与えたのに、彼はあえてそれを拒んでいる……。

「何を考えているの、ミス・シェリダン？」ガイは軽い口調で言った。

「いえ……」サラは混乱し、目をそらした。「なんでもないわ！　ただ、父がいたころに比べると、村はすっかり変わってしまったなと思って」

ガイはそれ以上問いつめようとはしなかったが、彼が自分の言葉を信じていない気がして、サラは気まずかった。互いに相手が何かを隠していることに勘づきながら、ふたりは館までずっと、ブランチランドについて当たり障りのない話を続けていた。

ふたりが戻ってきたとき、ブランチランド館の玄関は以前とは違うにおいがしていた。蜜蝋《みつろう》とさわやかな花の香りが入り混じったようなにおいだ。サラは立ち止まり、目を見張った。テラコッタと黒のタイルの床はぴかぴかだし、白い大理石の柱にはもう蜘蛛の巣はなく、明かりの下で柔らかく輝いている。

ガイはひゅうっと口笛を吹いた。「なんて目覚ましい変身ぶりだ！　しかもこんなにすばやく！　あなたのお手柄ですね、レディ・アミーリア？」

アミーリアは袖《そで》を肘までまくり上げ、古ぼけたエプロンをつけて階段のそばに立っていた。彼女の隣には、小柄なメイドが雑巾《ぞうきん》を握りしめ、怯えた顔で控えている。アミーリアはほほえんだ。

「よくやったわ、メアリー」彼女はガイとサラのほうへ向き直った。「まだいくつかの部屋に手をつけただけなんだけど、メアリーにはふたり妹がいるから、明日手伝いに連れてきてくれるんですって！　かなりきれいになったでしょう」

「花はどうしたの？」冬だというのにアミーリアはどこでこんな華やかな花を見つけてきたのだろうと思い、サラが尋ねた。

アミーリアの顔が輝いた。「あなたのお父様の温室の花なのよ、サラ！　もちろん、温室も荒れ果てていたんだけど、メアリーの話ではトムって老人がときどき手入れに来てくれるようになって――」

階段から誰かが下りてくる足音がした。目を上げたアミーリアは不快そうに唇を結び、まるで魔法使いの老婆《ろうば》のように無言でメイドに立ち去るよう促した。サラは眉をつり上げた。

「おや、おや、どういうことだろう？」

やけに愛想のいい声だった。階段の踊り場に立つ男性を見上げたサラは、この人物はどこか不健全で信用ならないと思った。長身で痩《や》せていて、全身黒ずくめの服装に片眼鏡をかけ、金の鎖が首のあたりまで垂れている。年は四十ぐらいだろうが、抜け目ないと同時に疲れたそのまなざしからすると、いろいろな人生経験を積んでいるようだ。彼はラルフの客に違いなく、ひょっとしたらオリヴィアを追いかけている男のひとりかもしれなかった。

「あなたがミス・シェリダンでしょう！」男は肉食獣を思わせる微笑を浮かべた。そのとがった顎は肉食鳥のくちばしのようだ。彼は階段の下まで来て、お辞儀をした。「到着されたことは聞いていました。お会いできて光栄だ！　エドワード・アラダイスと申します」

アラダイスはサラの手を取り、自分の唇に押し当てた。彼の唇は濡《ぬ》れていた。黒い抜け目のない目が、彼女の全身を見回し値踏みした。「この館にいると、純粋無垢な方との出会いがうれしくて！」

サラは傍らでガイが身をこわばらせるのを感じた。その表情はまるで石に彫ったようだ。彼は侮辱と受け取られそうなほど軽いお辞儀をした。「どうも、アラダイス」

「レンショー！」アラダイスはガイの冷ややかな口調に気づいていないようだった。「また会えてうれしいよ」彼はちらりとサラを見た。「最後にロンドンで会ったときには、例の色っぽいオペラ歌手とつき合ってたんだよな！　趣味がよくなったようで喜ばしいことだ！」

ガイは唇を噛みしめた。「ミス・シェリダンは父の名づけ子で、ぼくは彼女が内々の用件を片づけるのを手伝うため、ここへ一緒に来てるんだ」彼はこわばった声で言った。「彼女は用がすんだら即刻ここを発《た》つはずだ！」

「そうだろうね！」アラダイスはわざとらしく身震いした。「ここは不潔だし、料理もひどい！　実はわたしも発つつもりだったんだが、ミス・シェリダンが来たことでなんだかおもしろくなってきたんでね！」

ガイが一歩前に出た。彼の全身が、放つ直前の矢のように張りつめているのをサラは感じた。

「ぼくの言葉が聞こえなかったようだな、アラダイス……」

アラダイスはしばしたじろいだのち、声をあげて笑った。「聞こえたとも、レンショー。高潔無垢なミス・シェリダンに手出しは無用ってことだろう。きみもわたしもな！」彼は踵《きびす》を返し、わざと挑発的にゆっくりと歩み去った。「残念だ！　とはいえ、この館にはほかにもいろいろ楽しみはあるさ！」

ガイの顔には殺意にも似た激怒の表情が浮かんでいた。彼はアラダイスのほうへ一歩踏み出したが、サラが腕に手をかけて止めた。

「やめて！　そんな価値もない相手よ！」

サラは一瞬、怒りのあまりガイには自分の言葉が聞こえていないのではないかと思ったが、やがて彼は表情を和らげ、つかの間サラの手に手を重ねた。

「許してほしい。きみにあんな言葉は聞かせたくなかった」

「なんでもないわ」サラは少し震える声で言った。「ブランチランドにとどまれば、もっといやなことも聞かなくてはならないでしょう！」

「確かに……」ガイの表情は暗かった。「ただ、アラダイスには用心してほしい。やつは……とことん腐った男で、絶対にかかわってはいけない相手だ！」

だからアミーリアは急いでメイドを立ち去らせたのか。夕食のための着替えに部屋へ戻ったサラは、オリヴィアの行方を尋ねた男のひとりはアラダイスだろうかと、思いをめぐらさずにはいられなかった。彼のいやに気取った声と慇懃無礼《いんぎんぶれい》な態度を思い出し、ぞっとした。しかも、アラダイスはまだ、サラたちが出会ったラルフのひとり目の客にすぎない。いったいほかにどんな人がいるのやらと、彼女は不安になった。

アミーリアの影響力はまだ料理にまでは及ばず、夕食ではまずい料理を唯一ワインの質が救っていた。ラルフの客がここへ来た理由はふたつしかない、とすぐにサラは悟った。ブランチランドのワインセラーと、たぶんラルフが饗宴で提供する娯楽だ。どちらもサラにはわざわざ出かけてくるほどの理由とは思えなかったが、客たちは彼女とはまったく違うタイプの人間だった。

パーティーの出席者はなんとも奇妙な寄せ集めで、唯一共通の関心事が饗宴なのははっきりしていた。ラルフ自身はミセス・エライザ・フィスクにご執心のようだ。彼女の夫も食事の席にいたが、ほとんど眠っているようだった。夫人はどう見ても太りすぎで若々しさも失っていたが、ラルフは明らかに豊満なタイプが好みらしい。

そのほかにふたり、年齢も身分も貞操観念も怪しい女性がいた。レディ・ティルニーはいそいそとアラダイスからグレヴィル・ベイナムへと関心を移し、均整の取れた体つきでブロンドのレディ・アン・ウォルターは思わせぶりな視線を抜け目なくガイに注いでいた。アラダイスはレディ・ティルニーの心変わりにさして落胆したようすもなく、サラの隣の席についてしきりに彼女をもてはやした。サラはそんな彼の態度に胸が悪くなり、ますます警戒心をつのらせた。アミーリアは目下、まだひとり立ちしたばかりのような若い男性を魅了するのに忙しく、彼はすっかりアミーリアに眩惑《げんわく》されているようすだった。

「若きジャスティン・レベイターは」サラの視線を追って、アラダイスが言った。「息子を溺愛《できあい》する母と、怠惰な管財人と、常識を越えるほど莫大《ばくだい》な財産の持ち主だ。だから、ここにいるわけです！　若者が悪い仲間となじむのを見ているのはショックですな！」意地悪くゆがんだアラダイスの口元は、むしろ彼が無垢な者の堕落を楽しんでいることを示唆していた。「ひょっとしたらレディ・アミーリアが彼を救ってくれるかもしれない。彼女は高潔な女性なんでしょう？」

サラは答えようともしなかった。この悪名高い面面の中にいて、すでに神経が消耗していたからだ。彼らの態度があからさまに淫らなわけではないが、会話の底には何かいやな感じのもの、無視しがたい当てこすりが漂っていて、部屋の空気をひどくよどませていた。そのうえ、まだみんな、興奮を抑えているが、うわべの礼儀正しさがはがれ落ち、彼らの好色さが顔を出すのは時間の問題だという気配があった。

サラはスープを口に運んだが、スープは石のように冷たく、ほとんど塩の味しかしなかった。飲み込むのも無理だ。ふと何かに引きつけられるように目を上げると、一連の裸体画が部屋一面に飾られていた。どこに目を向けても最悪の趣味の卑猥な絵が待ち受けている。ぎょっとするほど下品な戯画まで額に入れて飾ってあった。サラは頬が真っ赤になるのを感じ、慌てて目をそらした。

アラダイスは不快感に苦しむサラをおもしろそうに眺めている。彼はサラの体にからみつくような視線を注ぎ、それは慎み深いハイネックのイブニングドレスにきちんと束ねた髪、地味なショールをたどっていった。そして、満面の笑みを浮かべた。

「あなたはどんな言葉より雄弁に感想を語っていますよ、ミス・シェリダン！　あなたのような品行方正の見本のような女性が、どうしてまたこんな悪の巣窟《そうくつ》へ足を踏み入れたのです？　実際はどうであれ、あなたの評判は回復不能になるでしょうに！」サラはぶしつけな質問に目を細めた。

「わたしは内々の用があってブランチランドへ来たんです」

「なるほど！　謎めいた用件ですな！」アラダイスは椅子の背にもたれ、黒い目を光らせて憶測をめぐらした。「あなたが自分からこの館へ来るということは、差し迫った問題に違いない！　サー・ラルフの饗宴の噂を耳にしたことがないんですか？　裸の乱痴気騒ぎや雪の中の戯れを」

黒装束の卑屈な感じの従僕がサラの手つかずのスープの皿を下げ、湯気の立つ羊肉の皿を置いた。

「雪の中で戯れる？」サラはわざと何食わぬ顔で言

った。「それは寒いんじゃないかしら？　風邪をひかないように気をつけないと！」

アラダイスは一瞬呆気にとられたが、サラの機知に感心してほほえんだ。「当意即妙のお答えですな、ミス・シェリダン！　あなたはなまじっかなことではうろたえない方のようだ！　あなたの実際的な考え方は黒魔術への反駁《はんばく》ですか？」

サラは驚いて目を上げた。「黒魔術ですって？　サー・ラルフだってまさか、そんなばかげたことにうつつを抜かしてはいないでしょう！」

アラダイスはいかにも狡猾《こうかつ》そうな笑みを浮かべた。「森の中に小さな神殿があって――」

「あら！」サラは明るくほほえんで、アラダイスの言葉を遮った。「小さな洞穴のことでしょう！　子供のころ、よくあそこで遊んだわ！　岩のあいだから泉がわいていて……本当にすてきな場所！」

アラダイスは気を悪くしたようだった。お世辞も思わせぶりな言葉もこんなふうにぴしゃりとはね返されてしまうことに、彼は慣れていなかった。そこでいったんはあきらめて羊肉に向かった。ミスター・フィスクは皿に突っ伏して寝ているように見えた。テーブルの端ではラルフがミセス・フィスクにいやらしい手つきで羊肉を食べさせていて、サラは少し吐き気がしてきた。目を上げて彼女の視線に気づいたラルフは、きまり悪そうにフォークを置いた。

彼の隣では、レディ・ティルニーがグレヴィルのグラスにワインのお代わりを注《つ》ぎ、身を乗り出して豊かな胸の谷間を見せつけながら、彼の手の甲を指でなぞっている。アミーリアもそれを見ているのを、サラは知っていた。その反動で、アミーリアは若いレベイター卿相手に少し不自然にはしゃいでいるのだ。レベイター卿は少なくとも紳士らしく節度ある態度は保っていて、どんどん無遠慮になっていく周囲の空気に、ある種当惑の表情を浮かべていた。

こんな自堕落な雰囲気の中で、ガイもグレヴィルも驚くほどくつろいだようすなのが、サラは悲しかった。ガイの評判は重々承知のうえなので驚きはしないが、この胸の重苦しさは脂っぽい羊肉のせいではない。いくら無視しろと自分に言い聞かせても、彼のふるまいはサラの心をかき乱した。

暖炉では薪《まき》が勢いよく燃えて、部屋はどんどん暖かくなっていく。サラはこっそり扇であおいで、ほかの客たちの顔も赤くなっているのに気づいた。ひとりガイだけが涼しい顔で、洗練された正装には一分のすきもない。彼は放縦《ほうしょう》なパーティーのただ中などではなく、ロンドンのどこかの邸宅の客間にでもいるようだ。見ていると、レディ・アン・ウォルターは自らの優位を強調するように、その白い手をガイの肩にかけ、いかにもなれなれしく彼のブロンドの髪を撫《な》でたので、サラはかたずをのんだ。

「レディ・アンとレンショー卿はきっと以前から知り合いだったんでしょう」アラダイスがサラの耳元にささやいた。「あなたは恋人を奪われてしまうかもしれませんよ、ミス・シェリダン」

レディ・アンが何か耳元でささやいて、ガイが笑っている。サラの目は彼のたくましい首、襟にかかるカールしたブロンドの髪、唇からこぼれる真っ白な歯に釘《くぎ》づけになった。レディ・アンも飢えた目で彼を見ている。サラは胸に渦巻く激しい嫉妬《しっと》心に、たまらず目をそらした。

「大きな誤解があるようですわ」アラダイスがじっとこちらを見ているのに気づいて、サラは冷ややかに言った。「レンショー卿はお父様の代理でわたしについていらしただけです。彼はわたしの恋人などではありません」

アラダイスは納得していない顔だ。「そうなんですか？　レンショー卿も同じように思っているかどうか、確かめてみるとおもしろそうだ。彼と同じ手口で報復してやれば……」

サラは一瞬心を動かされたが、そんなことをすればアラダイスの思うつぼだとわかっている。それに、ガイが何をしようと関心はないと今言ったばかりなのに、実はその逆だと証明するようなことはできない。それでも、その考えは一瞬魅力的に思えた。ガイを嫉妬させる……本当にそんなことができたら！

かすかな微笑がサラの口元に浮かんだそのとき、ガイが目を上げ、まっすぐ彼女を見つめた。サラの微笑と、アラダイスが彼女に身を寄せ腕に手をかけているのを見ると、ガイの瞳から楽しげな輝きが消えた。サラは彼の強烈な視線に、椅子に釘づけにされたように感じた。そして、彼の視線に怒りを読み取ったのは自分の勘違いだろうかと考えた。アラダイスが静かな笑い声をあげ、魔法は解けた。サラは頬を赤く染めながら視線をそらした。

「その調子ですよ、ミス・シェリダン。それでいいんだ！」

「こんな話、うんざりですわ！」サラはぴしゃりと言った。「話題を変えていただけません？」

「いいですとも」アラダイスはささやいた。「お望みとあらば、天気の話でもしますか！」

羊肉はサラの皿で固まっていた。従僕がラズベリー・ムースを持ってきた。客たちのあいだから感嘆のつぶやきがもれたが、それはデザートに対してではなかった。故シェリダン卿の残した最上のデザートワインがテーブルを回っていたのだ。忍び笑いと慎みのないふるまいはますますひどくなっていった。

サラはアミーリアの凍りついた視線に気づいた。レディ・ティルニーが挑発的に目を輝かせ、デザートに突っ込んだ指をなめるよう、グレヴィルの前に差し出しているのだ。ミセス・フィスクはさらに独創的にムースを活用していて、豊満な胸の上にボウルを置くと、そこへスプーンを突っ込むようラルフに促していた。ミスター・フィスクは暖炉の前でいびきをかいている。サラはどんどん体が熱くなっていく気がした。どこへ目をやっても、淫らな光景ばかりだ。

「サー・ラルフ……」アミーリアの氷のような声が高まる喧騒《けんそう》を引き裂いた。「レディは下がる時間だと思いますけれど」

ラルフは叱《しか》られた猫のように飛び上がり、ミセス・フィスクの胸からボウルを落としてしまった。

「レディ・アミーリア！　もちろんですとも！　どうぞ、お引き取りください！　ご婦人方は……」彼はやるせない目でレディ・アン・ウォルターとレディ・ティルニーを見た。「客間で待っていてくれるかな」

レディ・ティルニーはくすくす笑いながら、グレヴィルの頬を指でなぞった。「ばかを言わないで、ラルフ！　わたしたちだってポートワインが飲みたいし……」

レディ・アンはフルーツのボウルからガイにぶどうを食べさせている。彼女がガイの口にぶどうを放《ほう》り込むのを見ると、サラは文字どおり吐き気がした。

「わたしは」アミーリアはとげとげしい口調で指摘した。「レディは下がる時間だと言ったんです」

アミーリアは尊大に立ち上がり、ガイもグレヴィルも立とうとしないので眉をつり上げた。レベイター卿は慌てて彼女の椅子を引き、アラダイスは腕を差し出してサラをドアまで導いた。サラが最後に見た食堂の光景は、レディ・ティルニーを膝にのせたグレヴィルとレディ・アンのブロンドに指をからめるガイの姿だった。そして、彼女の面前でドアはしっかりと閉ざされ、その向こうで笑い声がどっとわき上がった。

階段を上るアミーリアが木の葉のように震えているのにサラは気づいたが、それが怒りのせいなのか

悲嘆のためなのかはわからない。サラ自身も同じく
らい打ちのめされていた。サラ自身も同じくでは、ひどく不快な思いをするだろうと覚悟してい
た。だが、現実に直面してみると、思った以上にお
ぞましく、その場にいるだけで苦痛だった。サラは
心の底では、ガイとグレヴィルが紳士らしくふるま
って、自分とアミーリアをラルフの饗宴の過酷な現
実から守ってくれるのではないかと期待していた。
ところが彼らはむしろ進んで場の雰囲気に溶け込ん
でいたではないか。サラはこんなにも孤独を感じた
ことはなかった。父が亡くなったときは、少なくと
もフランクが慰めてくれた。その兄も亡くなったと
きは、アミーリアの友情が支えになった。今、アミ
ーリアとサラはまったくなじみようのない環境の中
で、頼る人もいないのだ。
部屋のドアを閉めるとすぐ、アミーリアはベッド
に身を投げ出して、怒りの涙にくれた。
「よくもあんなことを！　わたしに愛を告白してお
きながら、下品な娼婦とあんなふうにいちゃつくな
んて！　あんな人、大嫌い！」
サラはアミーリアの傍らに腰かけ、彼女の肩をそ
っと撫でた。「ミリー！　泣かないで！　グレヴィ
ルはきっと、あなたを嫉妬させようと——」
アミーリアの顔は怒った猫のようだった。「嫉妬
ですって！　ひざまずいて頼んだって、もう相手に
してやるもんですか！　あのいやらしい売春婦が彼
の体中に……ぞっとするわ！　さっきの料理よりも
っと吐き気がしそう！」
「確かにまずかったわね」サラは弱々しい微笑を浮
かべてうなずいた。「あの羊肉ときたら——」
「羊肉なんてどうでもいいわ！　あの女が彼と何を
していたか見てた？　彼は実際にあの女の指をなめ
たのよ！　わたし絶対に……」アミーリアは言葉を
切り、怒りにむせび泣くと、激しく枕《まくら》を叩いた。

「でも、ガイの態度だって同じくらいひどいわよ。彼が放蕩者《ほうとう》だという評判は知っていたけれど、その証拠を目撃したくはなかった！　アラダイス卿が彼とレディ・アンは――」

「アラダイス！」アミーリアはぞっとしたように鼻を鳴らした。「彼は残り全員を合わせたより邪悪よ！　どうか用心して、サラ！」

「その必要はないわ。わたしたちもうこんなところにいないもの。とても耐えられない！　朝日が出たらすぐ発ちましょう！」

アミーリアは枕を叩くのをやめてサラを見た。

「発つ？　でも、まだ用は済んでないんでしょう！」

「もうそんなこと、どうでもいいわ。チャーチワードがわたしの代わりにやってくれるでしょう。わたしたちがここまで耐えたことを思うと――」

「でも、今行くわけにはいかないわ！」アミーリアはすっかり心変わりして立ち上がり、部屋を歩き回り始めた。「そんなことをしたら、階下《した》の浅ましい動物どもが、自分たちがわたしたちを追い出したんだと思うわ！　やつらに勝利を与えるなんて、わたし、耐えられない！」

アミーリアの言葉を証明するように、外の廊下を走る足音がして、忍び笑いと怒鳴り声がそれに続いた。ラルフが――サラは彼であってくれと切に願った――好色さを発揮し始めたのだ。

「りす狩りごっこをしましょう！」女の声が叫んだ。「グレヴィル、あなたはわたしと一緒にここへ隠れて……」

廊下に並ぶドアのひとつが閉じた。サラは不快そうに鼻に皺を寄せた。「あきれた、やっぱりあんな人たちと一緒には――」

「ああ、レンショー卿」外でとろけるような女の声がささやいた。「あなたが狩人《かりゅうど》なら、わたし簡単につかまっちゃう……」

サラは発作的に笑い声をあげそうになった。悪趣味なメロドラマそのままの展開に、口に手を当てて笑いをこらえなくてはならなかった。アミーリアは枕に顔をうずめて肩を震わせていたが、今度は泣いているのではなく笑っているようだ。ドアの外の怒鳴り声やささやき声、忍び笑いがやむと、アミーリアは頭を上げて言った。「ああ、サラ、わたしたちどうするの？」

サラはアミーリアの視線を受け止めた。自分でも驚いたことに、彼女は今や恐れるのではなく怒っていた。「逃げたりはしないわ！　あんないやらしい人たちに負けるなんて耐えられない！　ねえ、アミーリア、復讐《ふくしゅう》の味はとびきり甘美だっていうじゃない。わたしに考えがあるのよ……」

## 7

サラがアミーリアの部屋を出て、暗い踊り場を自分の部屋へと向かったのは、だいぶあとになってからだった。疲労感はあったが、アミーリアといろいろ計画を練った興奮はまだおさまっていなかった。ラルフの客たちのばかげた行動を笑いたい気持ちはもう失《う》せていたが、サラ自身とアミーリアをとらえた復讐《ふくしゅう》の炎は今もめらめらと燃えている。いくら疲れていても、このまま眠れそうにないとサラは思った。

部屋へ戻る代わりに、彼女は忍び足で階段を下り、気持ちを静めてくれる本を探そうと図書室へ向かった。今は廊下も暗く、享楽がなおも続いているとしても、それは二階の閉ざされたドアの向こうでだろう。サラはおずおずと図書室のドアを開け、中が真っ暗なのでほっとした。

ラルフはブランチランドを相続したときにシェリダン卿《きょう》の蔵書の多くを売ってしまったが、古い樫《かし》材の本棚には、ほこりまみれでかびくさいもののまだ何冊かは残っていた。サラは小さな木製の脚立に上り、かつてのお気に入りの本を二冊選んだ。彼女がブランチランドを離れた日以来、誰もそれらの本には触れていないようだった。彼女は古い肘掛け椅子に丸くなってゆっくりとページをめくり、再発見を楽しみながら、静けさの中でくつろいだ。

すると、突然ドアが開き、ろうそくの光が差し込んだ。サラは驚いて、手から本を落としてしまった。戸口の人影が誰なのか、しばらくわからなかったが、やがてガイがろうそくの光の輪の中に進み出た。サラは深いため息をついた。アラダイスではなかったが、たぶん同じくらい危険だ。館《やかた》の明かりも落とされた時間にうろうろしているのは、大きな間違いだったのだ。

「こんばんは。眠れないの？」サラはしっかりした声で言えたのが誇らしかった。いかにも無関心に響いたのが、さらにうれしい。彼女は本を拾って立ち上がり、気のないそぶりでガイを見た。

ガイはいつの間にか上着を脱ぎ、麻のシャツが上質の素材の下の引き締まった筋肉を際立たせていた。幅の広いタイ《クラヴァット》も外していて、少ししどけない姿がなんともまた魅力的だ。重要なのは、とサラは厳しく自分に言い聞かせた。彼の服装が乱れているのは、サラが考えたくもないふるまいの結果に違いないという点だ。ブロンドの髪も、たぶん女性の手でくしゃくしゃにされていて、褐色の瞳にはひどく不穏な光があった。

「ぼくはまだ寝るつもりはないんだ」ガイはさらり

と言った。「ほかにいろいろやることがあってね。だけど、ミス・シェリダン、きみは何時間も前に部屋へ引き取ったんじゃなかったかな」

さっきまで放蕩《ほうとう》にふけっていたことを平気で口にするガイに、サラは怒りがこみ上げてきて、ちらりと冷ややかな笑みを浮かべた。「あなたが気づいていたとは意外だわ！　ずいぶん……お忙しそうだったから！」

ガイの口元にもゆがんだ笑みが浮かんだ。揺らめくろうそくの炎が彼をさらに長身に見せ、その肌を赤銅色に光らせた。「気づいていたとも。アラダイス卿がやけに親切で、きみも彼のお世辞にまんざらでもないようすだったのもね！」

サラは平然と肩をすくめた。「なかなかおもしろい方ね」

「なるほど。きみはぼくの忠告など気に留める必要はないと思っているわけか？」

「あなたの判断は当てにならないと思っているわ」サラは冷たく言った。「つき合う相手を見ればわかるでしょう」

「なるほど」ガイは繰り返した。彼はサラに触れられる距離まで近づいてきた。「じゃあ、きみはぼくのつき合う相手が気に入らないわけだね？」

「わたしはあなたに対して意見などないわ」サラは仕掛けられた罠《わな》をきっちり避けた。「ただ、上流階級のレディなら誰でも、他人の色事を目の前で見せつけられたくはない、ということを除いてはね！」

ガイはサラの顎を持ち上げ、無理に視線を合わせた。「その件に関して個人的な感情はないと？　ぼくがきみに意見を持つ権利を与えたとしても？」

サラがガイの視線をしごく冷静に受け止めるのには、かなり努力が必要だった。「わたしがあなたの求婚を断ったのは覚えているでしょう」彼女はしっかりと言った。「そのときにあなたの行動に意見を述べる特権も放棄したんです」

ガイの瞳に稲妻のように鮮やかに何かの感情がよぎったが、すぐまた無表情に戻った。「確かに、覚えている」彼の指がサラの頬をかすめ、衝撃が彼女の体を走った。彼の感触に全身が反応しているのに、意識を集中し続けるのはとても難しい。彼に無関心でいるのはなおさらだ。「きみの気持ちを変えることは可能かな、ミス・シェリダン？」

「それは無理でしょうね。でも、わたしの見たところ、あなたは別に嘆くこともないわ！」サラは本を盾のように胸に抱え、あとずさりした。こんな会話を始めなければよかったと後悔していた。しかし、彼の強い視線に浮かぶ嘲笑《ちょうしょう》の色を見れば、ガイが簡単には引き下がらないのがわかる。「失礼するわ。疲れたから、もう部屋へ戻らないと」

「もう少しだけ」ガイはさらに挑発的な口調になっていた。「眠れないからここで本を読んでいたんじゃなかったのかい？」

「それはさっきまでのことよ」サラは用心して一歩わきへ踏み出した。ガイが物憂げに動いて、ドアへの道をふさぐ。

「それで今は都合よく疲れてきたわけか？　ぼくの好奇心を満たすべく、なぜぼくの求婚が気に食わないのかを教えてくれないかな？」

サラは危険な状況に追い込まれたことに気づいて顔をしかめた。疲れて神経が消耗しているときに、こんな話はしたくなかった。ガイがどれだけ自分の良識を突き崩す力を持っているかを十分承知しているだけに、彼女はひどく無防備な気分だった。「そういう話はまたの機会にしましょう」少しかすれた声で言った。「もう遅いし――」

サラは言葉を切った。ガイが本を取り上げ、ゆっくりと傍らのテーブルに置いたのだ。彼はサラをじっと見つめていた。彼女にはこれから何が起こるの行くとき、ガイが彼女にたっぷりと時間を与えていることもわかった。逃げる時間、なんでもいいから言いわけをする時間、手遅れになる前に立ち去る時間……。しかし、サラは動かなかった。息が苦しく、ただそこに立って、自分を見ているガイを見つめることしかできなかった。彼の喉のくぼみが脈打っているのを見て、その肌に唇を押し当てたいという、自分でも驚くほど激しい衝動に駆られ……無理やり目をそらした。しかしまた、今度はがっしりした顎の線や唇の曲線を目でなぞってしまう。どちらが先に動いたのかはわからなかった。ガイの両腕がサラの体に回されると、こうなるのが当然だと感じられて、彼女はとまどった。アミーリアの舞踏会のときよりも甘くやさしいキスから、サラはつかの間体を引いた。

「あなたは相手を間違えて――」

「間違えるものか！」サラはガイの微笑を感じ、切ない気持ちでいっぱいになった。「きみをほかの誰かと間違えることなど決してないよ、サラ。それに、二度とアラダイスなんかに触れさせるものか……」

ガイの唇が再びサラの唇に重なり、良識の最後のひとかけらが彼女の心から押し流されて、サラは彼の腕の中で従順になった。彼はとてもやさしかったが、やさしさの下に熱く流れるものがある。サラは自分の中の緊張が解けていくのを感じた。忘れることはたやすい。自分が彼を信頼していないことも、わずか一時間前にはたぶん、彼がレディ・アンを抱いていたことも……。突然、鋭く激しい嫉妬《しっと》がナイフのようにサラを貫いた。彼女はあとずさりし、ガイはすぐに腕をほどいた。ほの暗い図書室の中では、彼の表情を読み取るのは不可能だった。

「行かないと」自分の声が震えているのをサラは意識していた。「おやすみなさい」

ガイは止めようとはしなかったが、階段を上っていく自分の後ろ姿を彼が戸口から見ているのが、サラにはわかっていた。なぜかそれが、彼女を泣きたい気持ちにさせた。

翌朝はさらに雪が降り、すでに固く凍っている地面に吹きだまりを作った。サラがマントを着てブーツをはき散歩に出かけたとき、人の気配はまったくなかった。どうせ用意はしていないだろうと、彼女は朝食を待たないことにした。アミーリアが計画を実行すれば食事もよくなるだろうが、今はまた干からびたパンと冷たいコーヒーの食事をする気にはなれない。

館のそばに幾何学式庭園があるが、今は色彩もなく、裸の枝を雪が氷の彫刻に変えているだけだ。サラは凍った地面を踏みながら薔薇《ばら》園を抜け、庭園に入った。館から少し離れた場所で振り返り、林に囲まれて高貴にそびえ立つブランチランド館の優美な外観を眺めた。ため息が出た。すべては目の前の景色と同様、偽りなのだろうか。ブランチランド館は十年前とまったく同じに見えるけれど、彼女の子供時代の幸せな日々は永遠に戻ってこない。ラルフが館を許しがたい場所に変えてしまったのに、外からみればまるで同じで……。

サラはあまり憂鬱《ゆううつ》にならないうちに館に背を向けた。失ったわが家のこともガイのことも考えたくなかった。でも、彼のことはどうしても考えずにいられない。直感は彼を信じよと告げていたが、同時に彼は何かを隠しているという思いもある。たぶん彼も景色と同様、偽りだらけなのだろう。

林に入ると、サラの足の下で枯れ葉が音をたてた。冬の冷たい風から守られたこの場所に、アラダイスが昨夜話していた小さな洞穴がある。ここは昔からサラのお気に入りの場所のひとつだった。

彼女は洞穴の入り口に立ち、背筋を伸ばして周囲を見回した。記憶のままだ。かすかな光が内側に張った貝殻に反射して、洞穴の中は鈍く光っている。一角には自然の泉が石の上にやさしくわき出ていて、水たまりを作っていた。とても穏やかで、アラダイスが黒魔術などと言っていたのがばからしく思える。サラは水たまりのそばの石のベンチに座り、氷のように冷たい水に指を浸してみた。

入り口に人影がよぎりサラはびくりとしたが、それが誰かわかるとすぐに安心した。ひょっとしたらアラダイスの話のせいで、思った以上に怯《おび》えていたのかもしれない。「トム！　驚くじゃない！」

「すみません、ミス・サラ！」トムはおずおずと帽子に触れた。「こちらへ歩いていかれるのを見かけたんで、人目につかないところへ来るまで待って声をかけたんです」彼は背後を振り返り、その用心ぶりにサラはまた少し怖くなった。「ミス・メレディスから、これをあなたにと」

トムはポケットを探って、茶色の紙にくるまれた小さな包みを取り出した。サラはけげんそうにそれを見た。「でも、手紙はないの、トム？」

庭師は気づまりなようすだ。「知りません。わしが受け取ったのはこれだけです。友だちの友だちから……わかるでしょう」

「オリヴィアは……彼女は今どこにいるの？」

庭師は困った顔をした。「確かなところはどうだか！　いろいろ可能性があって……」

トムの言いたいことを理解し、サラはほほえんだ。「わかったわ。これ以上はきかない！」彼女は小さな包みをマントのポケットに入れた。「ありがとう、トム。わたしがあなたに会いたいときは――」

「温室にいますよ。レディ・アミーリアのために花を見つけなきゃならないんで」

サラはほほえんだ。「十二月にはたいへんな仕事よね！　アミーリアは暴君だと思うわ！　とにかく、ありがとう、トム」

庭師は両手で帽子を握りしめた。「楽しい仕事ですよ」

サラはトムの足音が洞穴から遠ざかってから、もう一度包みを取り出した。寒さで指が少しこわばっていたが、なんとか茶色の紙をはがし、中身をてのひらに落とした。

ロケットだった。

サラは驚きの声をあげた。金に施された模様はすり減って滑らかだったので、よほど古いものだろう。かちりと音をたてて留め金が開くと、中には肖像画があった。彼女はそれを日差しにかざしてみた。

左側には栗色《くりいろ》の巻き毛に輝く茶色の瞳のレディがにっこりほほえんでいた。彼女はなんだか楽しそうな人で、画家がとらえたいかにも幸せそうなその表情に、サラの顔にも微笑が広がった。それに、どこか見覚えのある顔だった。次に右側の肖像画を見て

……サラは危うく石の床にロケットを落としそうになった。金の縁取りの中からガイがこちらを見つめていたからだ。豊かなブロンドの髪はここでは古風に束ねて結んである。印象的な褐色の瞳、高い頬骨にきりりとした口元。絵に描かれたまなざしはサラの驚きをあざ笑っているかのようだ。

サラは再び、もうひとつの肖像を見てみた。レディは大きく胸の開いたドレス姿で、ひと筋の巻き毛が喉のくぼみのあたりにかかっている。ドレスはほとんど描かれていない。しかし、ガイの絵には幅広い肩にぴったりと合った濃緑色のコートが描かれていて……。その瞬間サラはひらめいた。ロケットは古く肖像画も年代物で、少なくとも五十年は前のものだろう。絵の紳士はガイの祖父に違いない。

そう思って改めて見てみると、共通点より違いのほうがはっきりしてきた。絵の紳士はガイと同じように、無意識のうちにやや尊大に顎を上げているが、

ガイのような生来のユーモアは感じられない。眉はもっと太くて、どこかよそよそしい雰囲気があり、褐色の目は伏し目がちだ。サラは少し震えた。洞穴の中はだんだん寒くなってきていたし、絵の男性がガイでないとわかって少し安心したものの、新たな疑問もわき上がってきた。彼女はぎこちなく立ち上がり、洞穴の入り口へと向かった。

すると、サラの足に小さな紙切れが当たった。最初にロケットを開いたときに、落ちたのに気づかなかったのだ。サラはかがんでその紙片を拾い上げた。

ミス・S
今夜十二時にフォリー塔で会ってください。
Oより

サラは鼻に皺《しわ》を寄せた。ミス・メレディスはどうも芝居がかったことが好きなようだ。そうでもなければ、わざわざ真夜中に廃墟《はいきょ》の塔で会おうなどと言うだろうか。しかも真冬に！　サラはまたも震えて、外の淡い日差しのほうへと向かった。

日差しの中に出ると、サラはそのままずっと館から遠ざかる方向へ歩き、ロケットの意味を考えた。オリヴィアは単に伝言を書いた紙片を隠すためにロケットをよこしたのだろうか、それとも、ロケットをよこしたことも暗号化した伝言のひとつなのだろうか。さらに重要なのは、どういう経路でそれが彼女のものになったかだ。まさか偶然とは思えない。それなら彼女とウッダラン伯爵家とのあいだにどういうつながりがあるのだろう。サラは再び、肖像画の嘲笑的なまなざしと尊大に上げた顎を思い出した。こういう装身具がオリヴィアの持ち物の中にあるというなら、ガイがこの件で暗躍しているのはさらに確実になったと言える。サラは立ち聞きした伯爵と息子の会話を思い出した。確か、先にオリヴィアを見つけることが重要だと言っていて、実際ガイは金まで使って調べ歩いている……。サラはますますややこしくなった謎《なぞ》を解こうとした。

　オリヴィアがフランクの娘であることは間違いない。なにしろ、兄が自らそう言っているのだから。しかし、オリヴィアはウッダラン伯爵家とも何かつながりがあるらしい。ガイがフランクはウッダラン卿にも助けを求める手紙を出したと言っていたのを思い出し、サラは眉をひそめた。それはたぶん本当で、兄が助けを求めた理由は最初思ったよりもっと複雑なようだ。単にサラが伯爵の名づけ子だからではないのだ。ウッダラン卿自身、何かオリヴィアとつながりがあるに違いない。答えの出ない疑問に、サラは頭を振った。ガイに直接きくこともできたが、なんとなくそれはためらわれた。ガイの秘密主義の行動が、ふたりのあいだに壁を作っていた。

「ミス・シェリダン！」

　物思いにふけっていたサラはびくりとした。彼女は漫然と森の中を歩き回っているうちに、凍った湖が朝の日差しに輝いている、ブランチランドの南側へ戻っていた。彼女のほうへ向かってくるのは、大きなぶちの猟犬を従えたガイ・レンショーだった。

　サラはなんだか後ろめたくて赤くなった。気まずいのは昨夜の一件のせいなのか、ガイへの疑惑のせいなのかよくわからなかったが、冷たい冬の日の下で彼と対面するのは容易ではなかった。彼女は最初に頭に浮かんだことを口にした。「驚いた。その犬はどこで？」

　ガイは笑った。彼はいつものようにさりげなく優雅で、ロケットの中の紳士にそっくりだ。それがサラをますます気まずい気分にさせた。

「こいつがぼくを主人に選んでくれたと思ってるんだ！　こいつはサー・ラルフのペットなんだけれど、実に気がやさしいんだよ！」

走っていき興奮したようすで葦《あし》の中を嗅《か》ぎ回っている犬を、サラは疑わしそうな目で眺めた。「運動ができてとってもうれしそう！　サー・ラルフが長い散歩を好むとは思えないもの！」

ガイが傍らに来てあからさまな賞賛の視線を向けるので、サラはまた昨夜の図書館での出来事を思い出さずにはいられなかった。頬が真っ赤になったのを、朝の冷たい空気のせいにできたらと思う。彼女は館へ向かう足を速めた。三十メートルほど先にフォリー塔が立っている。周囲の美しい田園風景を見渡せる位置にシェリダン家が建てた小さな塔だ。たちまちまた、オリヴィアのことがサラの心を占めた。

「今日の午後はみんなでスケートができるかもしれない」ガイが言った。「氷は十分安全な厚さがあるようだしね。子供のころ、ここでスケートをしたことは？」

サラはオリヴィアとロケットの謎を心から追いやって、適当に答えた。「スケート？　ええ、すごく楽しかったわ！　もう何年もやっていないけれど、こつは忘れてないと思うわ」

「何かほかのことを考えていたみたいだね」ガイが鋭く指摘し、サラに探るような視線を向けた。「きみの心を占めていたのは、ひょっとしてミス・メレディスのこと？　今日はどんなふうに調べを進めるか、何か策でもあるのかな？」

サラは内心ガイの勘のよさを呪《のろ》った。「何も考えてないの」彼女はガイから目をそらし、嘘《うそ》を言った。「昨日はほとんど進展がなかったから、次に何をすればいいのかわからなくて。あなたはどう？」彼女はガイをまっすぐ見つめられる程度には気持ちを立て直した。「その方面で何か策がある？」

ガイはあっさりと肩をすくめた。「いや。だけど、きみがエスコートしてほしいというなら、喜んで――」

「いえ、いいの」サラの答えは早すぎた。「そこまでしてもらうわけにはいかないわ。つまり、わたしがまた調べに行く気になった場合だけど……」

「なるほど」ガイはしどろもどろになっているサラにさらりと助け船を出し、再び鋭い視線を彼女に向けた。「じゃあ、もし気が変わったら――」

「いえ、変わらないわ！」サラは急いで言った。

「今日はとても疲れていて、遠出する気にはなれないわ！」ロケットと紙片がポケットから飛び出してきそうで、サラは動揺を隠そうと顔を背けた。

「昨夜遅く図書室へ行ったからだね！」ガイはからかうような口調に戻った。「きみは無事自分のベッドまで戻ったと、ぼくは信じているが」

サラは頬が赤くなるのを感じた。「もちろんよ！　わたしは暗くなってからのブランチランドだって怖くないわ！　ここで育ったんですもの！　さて、失礼していいかしら。寒くなってきたから、家の中に入りたいの」

ガイは軽くお辞儀をした。「じゃあ、あとでまた。運がよければ、きみの親戚《しんせき》がコーヒーをいれて、朝食の用意をしてくれているよ。ぼくが館を出るときに、準備しているようだったから」

うれしそうに駆け回る犬を従え、ガイの長身の後ろ姿がまた湖のほうへ引き返していくのを、サラは見送った。ミス・メレディスを捜すつもりはないと言った彼の言葉を、サラは信じていなかった。喉の奥になんだかかたまりがあって、それがこらえた涙のように感じられ、固いロケットの縁が彼女の指に食い込んだ。ため息をつき、サラはテラスへと階段を上っていった。自分も嘘をついたのだから、ガイと同じだ。悲しいのは彼を信じていないのに、彼に嘘をつくのが耐えられないほどつらいせいだった。

サラが館に帰ってみると、朝食室にコーヒーと焼きたてのパンが用意されているだけでなく、メイドの一団がアミーリアの厳しい監督のもと、食堂を掃除していた。

「あんな汚い部屋で食事をするなんて二度といやだと思ったのよ」彼女は挨拶《あいさつ》代わりにサラに言った。「午後には寝室に取りかかれるんじゃないかと期待しているの。蚤《のみ》やら何やらがいそうだし……」

家具を移動させる音がうるさくて会話を続けられなくなり、アミーリアは言葉を切った。音が静まると彼女はいたずらっぽくつけ加えた。「レディ・ティルニーとレディ・アンは居間にいるわ。顔を合わせたくないでしょう！　ふたりとも朝からうるさいから、すごく怒ってるの！」彼女はくすりと笑った。「レディ・ティルニーは日光の中で見るとすごい厚塗りだし、レディ・アンも寝不足でひどい顔よ！　お肌の回復にいいからわたしの薔薇の花びらのクリームを塗ればって言ってあげたのに、ふたりとも断ったのよ！」

サラは吹き出しそうになるのをこらえた。「アミーリア――」

「あら、まだ始めたばかりよ」サラの無言の問いかけを完全に理解して、アミーリアは言った。彼女の瞳は輝いている。「わたしがその気になったら、際限なく事件が起こるんだから！」

「グレヴィルは？　今日、彼とは会ったの？」

アミーリアはまさに天使のような微笑を浮かべた。「かわいそうなグレヴィル！　今朝はきっと頭痛がしてるわよ。わたしが生卵とトマトエキスと甘草のスープを作ってあげたから！」

「まあ、アミーリアったら！」サラは笑い出した。「わたし、彼に同情してしまいそう！　サー・ラルフは館のこの変化をどう思っているの？」

「それはもう大感激よ！」アミーリアは楽しげに言った。「わたしのことを活力に満ちあふれたすばらしい女性だと言って、なんでもわたしの望みどおりにしていいって! だから……」彼女ははたきを手に取り、せっせとほこりを払い始めた。

「ワインセラーの鍵《かぎ》がなくなったと知ったら、彼も喜んではいられないかもね」サラが言った。

「そうね」アミーリアがにっこりする。「でも、そのときにはもう手遅れなのよね」


じりじりするほど怠惰な一日だった。ラルフの客たちはみんな、早くから起こされて疲れきっていて午後のスケートなんて考えるのもいやだと言い、図書室で何時間かラルフが大切にしているフランスのエロティックな石版画のコレクションを眺めて過ごした。サラは湖まで行ってみたが、氷が薄すぎて滑るのは危険だった。その後、本格的に雪が降り出して、鉛色の空から大粒の雪片が落ちてきたので、サラも本を持って部屋へ下がった。そして、階下から聞こえてくる下品な笑い声や会話をなんとか無視しようとした。

ガイは午後になるといつの間にか姿を消し、夕食まで現れなかった。サラはほかのことを考えようとしたが、彼の行方が気になってしかたなかった。そして、オリヴィアとの密会が心に重くのしかかっていた。真夜中までがとても長く感じられた。


夕食の料理は昨夜とはまるで違っていた。ほどなくそれは、アミーリアがコックに簡単だが栄養価の高い献立を教えたためだとわかった。まずはおいしい野菜スープが、次に鱒《ます》の白ワインソースがけが出た。最初はおずおずと料理を口に運んだ客の全員が、目を輝かせた。ミスター・フィスクまでが目を覚まし、感嘆の声をあげた。「これはうまい!」

ミセス・フィスクは食事のあいだ中夫が起きていることが気に入らないようすだったが、ワインが出ないことに気づいたほかの客の不満はそれどころではなかった。最初、冷たい水の入った大きな水差しが運ばれてきたときは、誰も何も言わなかったが、食事が進んでも有名なブランチランドのワインが出てこないので、レディ・ティルニーは我慢できなくなった。

「清教徒にでもなったの、ラルフ？」彼女はまつげをぱちぱちさせながら、すまして尋ねた。「それとも、わたしたち全員を改宗させるつもり？」

ラルフは困った顔だ。「レディ・アミーリアが……」彼は口ごもった。魔法のようにこんなおいしい料理を出してくれたアミーリアに、非難めいたことは言えないのだ。アミーリアのしわざだと知っているサラは、次の展開を楽しみに待った。

ジャスティン・レベイターと話していたアミーリアは、周囲の答えを待つ空気に顔を上げた。「ワイン？　尋ねずにいてくださるといいと思っていたのに」彼女は申し訳なさそうに目を伏せた。「今日掃除をしているあいだにセラーの鍵がなくなってしまったの。メイドたちが館中を捜してくれたんだけれど、見つからなくて……」

非難の声があがったが、それは主に女性たちからだった。「ワインなし？　ひどいわ！　どうやって生き延びればいいの！　サー・ラルフ、なんとかしてくださいな！」

ガイはサラを見て眉をつり上げたが、彼女は何食わぬ顔のままでいた。秘密をもらすつもりはない。

「このおいしいソースには、絶対ワインが入っていると思うけれど」グレヴィルがテーブルの向かいのアミーリアに、挑むような視線を向けた。

アミーリアはため息をついた。「ええ、でもそれは昨日のワインの残りなの。それに、ワインを飲みすぎると味覚が鈍るでしょう。そう思いません、レベイター卿？」

ジャスティン・レベイターはアミーリアの言うことにならなんでも同意しそうなようすだ。レディ・ティルニーがふんと鼻を鳴らした。「おいしいワインのためなら、味覚なんて鈍ってもいいわ！」

「そのとおりよ！」アミーリアは愛想よく言った。

「あなたの味覚はもう鈍っているようね、レディ・ティルニー」

グレヴィルが笑いをこらえているのにサラは気づいた。

「極上のシャンパンのお風呂に入れてくれるって言ったでしょう、ラルフ」ミセス・フィスクがテーブルの端からだだっ子のように文句を言った。「それも趣向のひとつだって！」

「つまらん浪費じゃ！」彼女の夫がうなった。夫人は夫をにらみつけた。

「あなたはこの件に関して何かご存じじゃないのかな、ミス・シェリダン？」アラダイス卿が狡猾《こうかつ》な微笑を浮かべて尋ねた。「親戚同士、信頼が厚いようだから！」

サラはにこやかにほほえんだ。「もちろん、鍵がなくなったことは知っていました。でも、代わりにこのおいしいわき水があるでしょう！　飲んでごらんになりました、アラダイス卿？　例の洞穴の泉の水で、とっても体にいいんですよ！」

アラダイスはぞっとしたように鼻に皺を寄せた。

「いや、遠慮しておきますよ、ミス・シェリダン！水は農民が飲むものだ！」

「じゃあ、きっとひどく喉が渇いてしまいますわね」サラは料理を口に運んだ。

しばらく気まずい沈黙が続いた。

「明日はぜひともバースへワインを注文して！」レディ・ティルニーが金切り声をあげた。「こんなの絶対耐えられないわ！」

「道の状態がひどいから、ワイン商がこちらへ着くまでに数日はかかるんじゃないかしら」アミーリアは明るくほほえんだ。

「レンショー卿があなた方を気の毒に思って、ウッダランから取り寄せてくださるかも！」ちらりとガイを見て、サラが言った。「わたしはこの泉の水があれば何日でも平気ですけど！」

「それが体にいいなんて思えないわ！」レディ・アンが身震いした。「いろいろな有害物質が溶け込んでいるかもしれないでしょう。むしろ体に悪いんじゃないかしら！」

「でも、お肌にはとてもいいようよ」アミーリアがすかさず指摘した。

レディ・アンは怒りで赤くなった。

それぞれが食事に戻り沈黙が続くと、館のパーティーの空気がどこか変わったとサラは感じた。単にワインだけの問題ではなく、食堂には憂鬱と言ってもいい雰囲気が立ち込めていた。せっせと料理を平らげているアミーリアは気づいていないようだが、昨夜はあんなに思わせぶりだったアラダイスさえ、今夜は天気についての陳腐な話題に終始している。食事が終わると、ポートワインも出ないので、ラルフと客たちはカードのホイストに興じるべく早々に食堂を出ていった。彼らに残された数少ない悪徳のひとつだ、とサラは思った。


その夜、真夜中の十五分前に、サラはマントを着てブーツをはき、こっそり部屋を出た。夕食後はどうにも落ち着かず、ただ時計ばかりを眺めて時を過ごしていた。

客間のドアの下からはまだ光がもれている。サラは足音を忍ばせて廊下を進み、なるべく音をたてないようにして玄関のドアを開けた。雪はやみ、空は晴れ渡って明るい白い月が出ていた。不気味だが美しい光景だ。サラはためらった。雪にくっきりと足跡が残り、誰かの目についてしまう。彼女は今夜は誰も外に出てこないこと、そして、朝までにまた雪が降ることを願うしかなかった。

月影を選び、できるだけ木の下に入って姿を隠すようにしながら、サラは足早に進んでいった。とても静かな夜だったが、ときどき木の枝から雪がどさりと落ちて、サラを驚かせた。昼間ガイにブランチランドに怖いものなどないと言ったが、今はとにかく不安で、オリヴィアがさびれた塔などではなく、どこかの暖かな客間での密会を設定してくれていたらと思った。とにかく密会はできるだけ早く切り上げて、後日、日中にまた会うことにしたほうがいいだろう。オリヴィアが極端な状況に追い込まれていて、すぐに助けが必要というのならまた別だけれど。サラは立ち止まって少し考えた。フォリー塔で何が待っているのかまったく見当もつかず、ひどく無防備な気分だった。

深く雪の積もった林の中の空き地を横切ったとき、背後で何かもがくような音がして、サラはさっと振り返った。木陰に潜む人影はないようだが、第六感が彼女にひとりではないと告げていた。そして、叫び声をあげようかどうか迷っているあいだに、影の中から人の姿が現れ、急いでこちらに近づいてきた。サラは悲鳴を押し殺し、怒りの混じったため息をついた。

「アミーリア、いったいここで何をしているの?」

「あなたが館を出ていくのに気づいたから、あとをつけてきたの」彼女は息を切らして言った。「あなたこそ、ここで何をしているの?」

「わたしのことはどうでもいいの!」サラはアミーリアの腕をつかんで揺さぶった。「どうしてこんなばかなことをするの、ミリー? 道に迷ったり、転んでどこか危険な――」

「だから、あなただってひとりでうろうろしてちゃだめじゃないの！」彼女は負けじと言い返した。

「どこへ行くの、サラ？」

「フォリー塔へミス・メレディスに会いに行くの」

サラは憮然《ぶぜん》として言った。遠くでブランチランド教会の鐘の音がかすかに聞こえた。「今は説明している暇はないわ、遅れてしまうから！　あなたも一緒に来たほうがいいわね！」

「ミス・メレディスって誰？」林の中、サラのあとを小走りで追いながら、アミーリアが尋ねた。「それにどうして真夜中に会うことにしたの？」

サラは思わずほほえんだ。連れがいると驚くほど元気が出てきた。「ミス・メレディスはわたしの姪《めい》で、わたしがブランチランドに来た理由なの。なぜ彼女と――」

「姪！」こんなときでもゴシップに飛びつくアミーリアの性格に、サラはあきれた。「つまり、彼女はフランクの娘ってこと？　でも、フランクに子供なんて――」

「シェリダン家の系譜をおさらいしている場合じゃないの」サラが怒った。彼女は木の根につまずき、転びそうになった。「まったくこんなのばかげているわ！　若い娘の芝居がかった行為もいいかげんにしてほしいわ！」

ふたりは林を抜けて丘の頂上に着いた。目の前には塔が暗くそびえ立っている。アミーリアはサラのマントにしがみついた。「サラ、本当に大丈夫なの？　なぜ昼間に会わないの？　なんだか気味が悪いわ！」

「ばかなこと言わないで！」ふたりのうちどちらかがしっかりしていなければ、ふたりとも恐怖で逃げ出してしまうと、サラにはわかっていた。「わたしたちは十七の女の子に会うのよ。怪物じゃないわ！　一緒にいたくないなら、あなたひとりで帰って！」

アミーリアは震えた。「ひとりで林を抜けるなんていや。それでその娘《こ》はどこにいるの？　ここには誰もいないじゃない！」

　サラは塔のドアを押し開け、中をのぞいた。真っ暗だ。フォリー塔はサラの曾祖父《そうそふ》が建てたもので、晴れた日には最上階から三つの州と海が見渡せるが、今夜は自分の鼻の先も見えない。

「オリヴィア？」ささやくようなかすれた声になった。サラは咳払《せきばら》いし、もう一度呼びかけようと息を吸った。しかし、言葉は出なかった。何か柔らかいものが頭にかぶせられ、サラはがっちりと押さえつけられた。傍らでアミーリアが悲鳴をあげ、誰かがサラを塔の石の床に激しく押し倒して、地獄のような恐ろしいことが始まりそうだった。

　サラが錯覚だったのかと思うくらい、混乱はたちまちのうちにおさまった。数秒のうちにアミーリアの悲鳴は消え、サラの口をふさぐ布はどけられた。なんとか起き上がったサラは、気がつくとやさしい腕にしっかりと抱かれていた。床に手さげランプが置いてあり、光の輪を放っている。グレヴィルがランプの背後に立ち、アミーリアはひざまずいて恐怖に引きつった表情でサラの顔をのぞき込んでいた。サラはつい吹き出しそうになった。

「サラ、けがはない？　あんなに乱暴に倒されたから、骨でも折ったんじゃないかと思ったわ！」

　サラが慎重にそっと体を動かすと、彼女を抱いていた腕がほんの少しゆるんだ。振り返らなくても、サラは自分を抱いているのがガイだとわかっていた。彼の腕の感触はなじみ深く、体のぬくもりは安心感を与えてくれたが、いつまでもそうしているわけにはいかなかった。

「わたしならなんともないわ」サラは少し震える声で言って、グレヴィルが差し出してくれた手につかまり、立ち上がった。「でも、いったい何が起こったの？　誰かがわたしを襲ったでしょう。きっとどこかへさらわれてしまうんだと思ったわ！」

「ぼくたちの到着が遅れたら、おそらくそうなっていただろうね！」ガイが冷ややかに言った。彼はまだサラの肘を支えていた。彼もグレヴィルも黒いマント姿で、ふたりのブーツから床に雪が落ちていた。

「誰かが塔から駆け出してくるのとレディ・アミーリアの悲鳴が聞こえたのが同時だったが、人の姿は暗くてよく見えなかった。きみたちを救うのが先だと思ったから、追わなかったんだ。ぼくたちがたまたま通りかかったのが幸運だったよ」

サラも確かにそう思ったが、疑惑も残った。なぜガイとグレヴィルは、サラがオリヴィアと会う約束をしたちょうどその時間に、林の中を歩き回っていたのだろう。そして、今オリヴィアはどこにいるのだろう。サラ以外にも誰かが、明らかにこの密会を知っていたのだ。とにかく、今夜の行動についてはいっさい口をつぐんでいたほうがいい。答えにくい質問をされるのを察して、サラはガイの鋭い視線を避け、マントの汚れを払った。

「ふたりともありがとう」彼女は用心深く言った。「きっと密猟者を驚かせてしまったのね！　けががもなくてよかったわ」

「不思議なのは、なぜきみたちがこんな夜遅くに散歩なんかしていたのかってことだ」ガイが激しい口調で言った。「頭でもおかしくなったのか？」

サラはガイをにらみつけた。彼がわざと挑発して答えを引き出そうとしているのに気づき、彼女は口まで出かかった反撃の言葉をぐっとのみ込んだ。

「レディ・アミーリアが答えてくれるだろう」グレヴィルがさらりと言って、光の中に進み出た。「いつも彼女のあとに従っているようだから。それとも、その逆なのかな？」

サラとアミーリアはさっと目配せした。アミーリアは何食わぬ顔で肩をすくめた。「たいしたことじゃないわ！　サラが眠れなくて、わたしもまだベッドに入っていなかったから、ふたりでちょっと散歩に出ることにしたの。月明かりの下で見る雪はそれはきれいでしょう！」

「暗い塔の中からではどうかな！」グレヴィルが渋い顔で言った。「次は、塔のてっぺんへ上って景色を見るつもりだったなんて言い出すんだろう！　ばからしいにもほどがある！」

アミーリアは反抗的に唇を結び、ランプを手にした。「寒い中、ここに立っていてもしかたないでしょう！　かわいそうに、サラは早くベッドに入りたいのよ！」

「とにかく、それで不眠症は治るわけだ」ガイが皮肉っぽく眉をつり上げた。「しつこい持病がね、ミス・シェリダン！　レディ・アミーリアの話に何かつけ加えることはないのか？　なんとも創意に欠ける言いわけだけどね！」

サラはガイと目を合わさなかった。「アミーリアの言ったとおりよ。わたしたち、外の空気を吸ったら気持ちがいいと思ったの！」

「口からでまかせはやめるんだ、ミス・シェリダン」ガイはばかにしたように言い返した。「月明かりの景色だの、夜の新鮮な空気だの！　こんな見え透いた言いわけは聞いたことがないよ！」

サラは男たちを見た。ガイは断固とした表情で彼女の前に立ちはだかっている。グレヴィルは入り口のそばにいて、ふたりとも真実を知るまではここからサラたちを出さないという構えに見える。ランプの揺れる炎が塔の丸天井へと巨大な影を映し出し、この場に非現実的な趣を与えていた。サラはガイに挑戦的な視線を向けた。「わかったわ！　わたしの話が気に入らないなら、自分で別の説明を考えたらいかが！」

ふたりの視線がぶつかった。サラは開き直り、ガイは考え込んでいる。

「真夜中の密会というのがいちばん真実らしく思えるな、ミス・シェリダン！」

サラは目を細めた。ガイはとことん真実を追及するつもりだろうか。彼にも自分同様隠し事があるのはわかっているが、彼のサラの嘘を見抜く目はすこぶる鋭い。彼女がやっかいな状況に追い込まれたことは間違いなかった。

「夜、こっそり人と会う習慣はわたしにはありません」サラはぴしゃりと言った。「ブランチランドの空気があなたの判断に影響しているのは確かね！」

「きみがひそかに館を抜け出して、アラダイスに会おうとしていたとは言ってないさ」ガイが愉快そうに言った。「親戚同伴だからね！　もっとも、彼の趣味からすると……」

サラは真っ赤になり、アミーリアが代わって反撃に出た。「よくもそんな失礼なことを！　そこまで言うのなら、あなた方が都合よくここへやってきたことはどう説明するの？」彼女はグレヴィルに鋭い視線を投げた。「サー・グレヴィルが説明してくださるのかしら？　サー・ラルフが今夜森の中で淫《みだ》らなパーティーでも開いているわけ？」

グレヴィルは笑い出した。アミーリアがこの無礼な反応に激怒したのを見て、サラは彼女がランプを持っていて、彼に殴りかかっていけなくてよかったと思った。いったんアミーリアの怒りに火がついたら、もう止められない。

「そもそもどういう権利でわたしたちに質問なさるの、サー・グレヴィル？」アミーリアは激しく問いただした。「たとえわたしたちが森の中でひと晩中踊っていようと、あなたたちには関係のないことでしょう！　よけいなお世話だわ！」

グレヴィルはアミーリアを嘲《あざけ》るように軽くお辞

儀をした。「ミス・シェリダンに悪い見本を示すんじゃないかと心配で、ついあなたの行動を問いただしたんだ！　年上の女性として、あなたも少しは責任ある行動を……」

「よくもそんなひどいことを！」アミーリアが文字どおり爆発するのではないかとサラは思った。ランプが危険なほど揺れていたので、彼女の手から取ったものの、果たしてそれでよかったのかどうかわからない。アミーリアがグレヴィルを平手打ちしようと振り上げた腕を、彼は難なくつかんで、彼女を入り口のほうへ向かせた。

「楽しい思いがけない出会いだったけどね、レディ・アミーリア、さっきあなたが言ったように、そろそろ館へ戻ったほうがよさそうだ。ミス・シェリダン、足元を照らしてもらえるかな？」

「ぼくがやろう」ガイがランプを持った。「きみのどこか怪しい方向感覚に振り回されたくないからね、ミス・シェリダン！」

声をひそめながらもグレヴィルと激しく言い合っているアミーリアに劣らず、サラもむしゃくしゃしてきた。しかし、彼女が辛辣《しんらつ》な返事をする前に、木立のあいだからよろめくように人影が現れ、塔の入り口の光の輪の中へ入ってきた。

「レンショー？」信じられないといった声だった。

「ベイナム？　いったいどうして……」こちらへやってくるのはレベイター卿で、サラとアミーリアに気づくと彼は急に赤くなった。「ご婦人方！　失礼しました！　ぼくは……」

レベイター卿が何を考えていたのか、サラにははっきりとわかった。どんなふるまいも異様とは見なされないブランチランドだけに、彼はきっと何か新しい趣向の娯楽にでくわしたと思ったのだ。

「こんばんは、レベイター」ガイがぶっきらぼうに言った。「きみも不眠症かな？」

「いや……」レベイターはなんだかどぎまぎしている。「寝る前にちょっと散歩を……こちらのほうに明かりが見えた気がしたし……」

「わたしたち館へ戻るところなんです」言葉につまったレベイター卿にサラが助け船を出した。「あなたも一緒にいらっしゃいます？」

雪を踏み分けて戻る道では、誰も口をきかなかった。明らかに気まずい雰囲気だ、とサラは思った。レベイター卿がいるので、ガイもグレヴィルも答えに窮するような質問はしてこないが、ふたりがそう簡単にあきらめないのはわかっている。館へ戻ると、ガイたちにさらなる質問の機会を与えないよう、サラもアミーリアも大急ぎでブーツとマントを脱いだ。

階段を上るサラの心は、未解決の問題でいっぱいだった。ロケットの疑問に、ガイとグレヴィルが塔にいた理由、オリヴィアがいなかったわけ、謎の襲撃者が加わって……。それに、レベイター卿は真夜中に林の中をうろついて何をしていたのか？　何もかも、ますますややこしくなってきた。

サラは自分の寝室のドアを開け、ろうそくをベッドのサイドテーブルに置いた。部屋の隅で何かが動いたのが目に入り、彼女はあえぎ声を押し殺してさっと振り返った。

壁際の椅子にほっそりした若い娘が座り、大きな茶色の瞳で不安そうにサラを見つめていた。サラがあとずさりすると、娘は慌てて言った。「ミス・シエリダンですね？　こんなふうに勝手にお部屋に入ってすみません。でも、これがわたしにとって唯一のチャンスだったんです。わたしがオリヴィア・メレディスです。お目にかかれて光栄です！」

# 8

ミス・オリヴィア・メレディスは驚くほどロケットの二枚の肖像画と現レンショー子爵に似ていた。サラは彼女を見つめ、今や彼女とウッダラン家の関係に疑問の余地はないと思った。特徴的な豊かなブロンドの髪をオリヴィアは長い三つ編みにし、深い茶色の瞳が髪の色と対照的だ。顔の輪郭は肖像画のレディと同じ卵形だったが、目鼻立ちはシェリダン家の血筋を感じさせ、サラはその融合に奇妙な感覚を覚えた。彼女とガイに子供ができたときの見本を示されたような気がしたのだ。

サラはついじろじろオリヴィアを見ていたことに気づいた。肘掛け椅子に身を縮めた彼女は、さっきよりいっそう不安そうな目になっている。「ごめんなさい、ミス・メレディス」サラは慌てて言った。「あなたがあんまり……」彼女は口ごもった。ふいにオリヴィアが両親のことをいっさい知らない可能性もあることを思い出したのだ。

「驚かせたのならすみません」少女はすかさず言った。「あなたとこっそり会う方法をほかに思いつけなくて！　これはトムの提案なんです。トム・ブルックスをご存じでしょう。わたし、彼の家にかくまわれているんです」

「そうだったの。じゃあ、フォリー塔での密会は……」

「あれは完全な罠《わな》だったんです！　わたしが塔にいると噂《うわさ》を流せば、アラダイス卿《きょう》が館《やかた》を離れ、わたしはここであなたと会っても安全だとトムが考えて！」

「そうだったの！」サラは渋い顔で繰り返した。

「トムにすばらしい作戦だってほめてあげないと！　わたしたちみんなに雪の中で気をもませて、彼はさぞかし満足だったでしょう！」

　オリヴィアは笑い声を響かせ、慌てて口を手で押さえた。「ごめんなさい、ミス・シェリダン！　でも、なんとしてもアラダイス卿の裏をかかなくてはならなかったんです！」

　暖炉の炎が消えて、オリヴィアが少し身震いしたが、それが寒さのせいなのか、アラダイスのことを思い出してなのか、サラにはわからなかった。彼女は暖炉の火をかき立て、かがみ込んで姪《めい》を見た。

「アラダイス卿があなたがミスター・チャーチワードへ手紙を書いた原因なの？　どうしたらあなたを助けられるのか、教えてちょうだい。でも、その前に、おなかがすいたり、喉が渇いたりしていない？　いつでも厨房《ちゆうぼう》から何か届けさせるから――」

　オリヴィアは首を振った。「いえ、ミセス・ブルックスがきちんと食べさせてくれていますから。おやすみ前に長居をするつもりはありません。ただ、とにかくわたしの苦境を知っていただきたくて……」

「わかったわ」サラはオリヴィアの向かいの椅子に座った。オリヴィアは頬を赤く染めてうなだれ、もじもじとスカートのひだをいじっていた。

「トムはあなたがわたしを助けに来てくださったと言っていました」彼女は一気に言った。「ミスター・チャーチワードに手紙を書いたとき、あなたがご自分でここへ来てくださるよう、彼が頼んだなんて思ってもみなくて……」彼女はとまどい、言葉を切った。ますます頬が赤くなっている。「お話ししておくべきだと思うんですが、母――いえ、養母が」オリヴィアは几帳面《きちようめん》に訂正した。「わたしにあなたの一族とのつながりを話してくれたのは数年前のことなんです。わたしはあなたに名乗るつもりなんて本当になかったんですが、ほかに頼れる人がいなくて！」

サラは心配そうな顔の姪にほほえみかけた。「あなたが名乗ってはいけないとか、歓迎されないとか、そんなことはないのよ、ミス・メレディス！　今はわたしがあなたの叔母だとわかったんだし、わたしはあなたを見つけられてとてもうれしいわ！」

オリヴィアは少し臆病《おくびょう》そうにほほえみ返した。「ありがとうございます。正直言って、別にまた家族がいるというのは奇妙な感じだし、残念でもあります」彼女の表情が曇った。「お兄様、つまり……わたしの父と会う機会がなくて」

「そうね」サラはフランクについて、真実でしかもオリヴィアが喜ぶようなことを言わなくてはと、頭をひねった。「わたしはフランクが大好きだった。とっても……おもしろくて魅力的な人だったの。兄はきっとあなたを好きになったと思うわ、オリヴィア。オリヴィアと呼んでもいいかしら？」

「ええ、どうぞ！」オリヴィアは少しうれしそうな顔をした。

「じゃあ、あなたもわたしをサラと呼んでね。〝叔母様〟なんて呼ばれるのはいやだから！　なんだか急に年寄りになってしまったみたいで！」

オリヴィアはくすくす笑った。「あなたがわたしより何歳も年上だなんて信じられませんわ、ミス、いえ、サラ！　なんだかお姉様ができたみたい！」

「うれしいわ！　もっとお互いのことをいろいろ知りたいけれど、まずはどうしたらあなたを助けられるかを教えてもらわないとね。ミスター・チャーチワードへのあなたの手紙は、あなたが重大な危機にあって、緊急の助けを必要としていることを示唆していた。わたしはもうアラダイス卿に会っているから、だいたいの予想は……」オリヴィアはまたたちまち苦悩に凍りついた。サラは身を乗り出し、反射的に姪の手に触れた。「まさか、そんなにひどいことじゃ――」

「ごめんなさい」オリヴィアは慌てて言った。「つまらないことなんですけれど、相談する相手もいなくて。ああ、全然説明になってないわ――」

「最初から話していって」サラが助言して、椅子に深く座り直した。「あなたは最近までオックスフォードの学校にいたのよね」

「ええ！　数カ月前にブランチランドに戻ってきたばかりです。母はわたしがここで何をしたらいいのか心配していたんです。要はきちんとした方と結婚させたいんですけれど、このあたりには社交界と言えるほどのものもないでしょう。最近まで、母はわたしを社交シーズンにバースへ行かせられたらと思っていたようなんですが、資金が足りなくて。父の投資があまり賢明でなかったうえに、母が病気になって……」オリヴィアはかわいらしく肩をすくめた。

「残ったお金は薬代に消えてしまいました。でも、わたしは不満はありませんでした。なんとかなると思ってましたから。学校のときの友人の家族が仕事を見つけてあげようと申し出てくれたんです。家庭教師でもコンパニオンでもなんでもいいから、わたしは働くつもりでした！　ところが……」オリヴィアは言葉を切り、暖炉のほうへ目を向けた。「ちょうどそのころ、アラダイス卿がブランチランドに現れたんです」

サラにはミセス・メレディスの、娘への期待と不安が想像できた。シェリダン卿からもらった金を不運な投資で減らしてしまい、財産の喪失とともにオリヴィアの将来の見込みもしぼんで、困難が訪れた。サラ自身経験してきたことだ。財産のない者には苦労がつきものだった。ただ、サラは幸運にも社交界での地位を保証してくれる家名と、いつでも助けてくれる裕福な親戚《しんせき》に恵まれていた。オリヴィアにはそのどちらもなかったのに、それでも彼女はシェリダン家の負い目にすがろうとはしなかった。アラダイスがブランチランドに現れるまでは……。

「最初村で出会ったときは、彼は本当に親切でした」オリヴィアは続けた。「その後うちに訪ねてくるようになって、母はもう有頂天だったんです。わたしが伯爵をつかまえたかもしれないと思って！　でも、わたしは彼が好きじゃなかったし、結婚を申し込まれるとも思いませんでした！」

サラは無垢《むく》で清らかなもので口直しをするというアラダイスの好みを思い出し、彼にとってオリヴィアはさぞ魅力的だろうと思った。彼女は若く美しいだけでなく、少しもすれたところがなかった。

「そしてある日、母が留守のときに彼がやってきて……わたしは最初会うのを断ったんですが、彼は強引に家に入ってきたんです。そして……」オリヴィアは目を上げ、サラと目が合うと赤くなってまた目をそらした。「手短に言えば、何不自由ない生活をさせるから、わたしに愛人になれと！　信じてください、サラ、わたしはいっさい心を動かされませんでした」

「信じるわ」サラは心から言った。見るからに純粋無垢なオリヴィアのことだ、アラダイスの申し出にひたすら嫌悪感を抱いたに違いない。「でも、アラダイス卿は簡単には引き下がらなかったのね？」

「そうなんです！　彼に何日もつきまとわれて、わたしは怖くて家から出られなくなりました。そしてある日、彼は家へやってきて、勝ち誇ったように、この家をサー・ラルフから借り上げたから、わたしが彼の言いなりにならなかったら、母とわたしを家から追い出すと言ったんです！」

サラはため息をついた。財産のあるものにとってはごく簡単なことなのだ。アラダイスはろくに家賃も知らないだろうが、それが彼が目的を達成するのに強硬な手段となる。元々体も丈夫でないミセス・メレディスは心配で気が気ではなかっただろう。

「それでどうしたの、オリヴィア？」

オリヴィアは少し体を起こした。「まっすぐここへ会いに――」

「サー・ラルフに？」

「いえ……」オリヴィアは少し当惑したようすだった。「レベイター卿にです！」

サラは一瞬聞き間違えたかと思った。レベイターの突然の登場に驚いたのだ。しかし、考えてみれば、オリヴィアのような若くて愛らしい娘には下劣な求愛者だけでなく、歓迎できる崇拝者もいて当然だろう。さっき突然レベイターが塔に現れたわけもこれでわかった。彼もオリヴィアが塔にいるという噂を耳にして、彼女を捜しに来たのだろう。

「じゃあ、あなたはすでにレベイター卿とは知り合いなのね？」サラは慎重に尋ねた。

「ええ！」さっきまで暗い顔をしていたオリヴィアが、今はきらきらと瞳を輝かせている。「レベイター卿はわたしの学校時代の友人のお兄様で、彼とは最初、友人の家で出会ったんです。でも、わたしの境遇が変わってしまって、もう二度と会うこともないと思っていました。だから、ある日彼がブランチランド村を馬で駆け抜けていくのを見たときは、どんなにうれしかったか！」

サラは眉をつり上げた。オリヴィアの初々しい喜びの表情を見ていると急に、まさに年老いた叔母の気分になった。

「もちろん」オリヴィアは赤くなってつけ加えた。「彼がこの館に滞在していることを考えると、少しがっかりしました。サー・ラルフのパーティーについては恐ろしい評判が流れていますから！　でも、レベイター卿は本当に紳士の見本のような人なので、わたしにはどうしても彼が……」若い娘らしく、彼女は言葉を濁した。

「だから窮地に追い込まれて、自然と彼に頼ろうとしたのね」サラが話の先を促した。

「そうなんです！　でも運悪く、ちょうどその朝、彼はデヴォンを訪ねるためにブランチランドを発《た》っていて、しかも、館の近くまで来たところで、わたしはアラダイス卿に会ってしまったんです。彼が何をするかわからなくてわたしは怖くてたまらず、走って逃げ出しました。それで、トムがわたしを見つけて、それから先はもうご存じですね！」

オリヴィアの失踪《しっそう》に至るまでの事情は一気に語られたので、サラには少々急ぎ足に感じられた。「わたしののみ込みが悪いのかもしれないけど、もう少し詳しく説明してもらってもいいかしら？」

「もちろんです！」オリヴィアは快く言った。「どんなことがお知りになりたいのかしら」

「まず、あなたがミスター・チャーチワードに手紙を書いたいきさつは？」

「アラダイス卿がわたしにつきまとい始めるとすぐ、母に勧められたんです。でも、わたしはレベイター卿に頼るのが先だと思って！」

「なるほど。それで、あなたがアラダイス卿から走って逃げたときに、トムがあなたを助けて――」

「ええ。わたしが温室に隠れているところを、彼が見つけたんです！」

「わかったわ。それ以来彼があなたをかくまってくれたのね」

「いい提案だと思ったんです」オリヴィアが説明した。「アラダイス卿はあらゆるところを捜し回りましたが、召使いのことまでは考えませんでした。それに、トムはここで働いているので、アラダイス卿を見張っていて彼がわたしに接近しないようにすることができたんです」

「わかったわ」サラは繰り返した。「レベイター卿がここへ戻ってきてから、助けを求めに行こうとしたことはなかったの？」

オリヴィアの瞳がまた輝いた。「わたしはそうしたかったんですけど、トムと奥さんに止められたんです。ふたりはレベイター卿もアラダイス卿みたいな悪い人間かもしれないと恐れていたんです。わたしにはそんなことはないとわかっていましたが、いきなり訪ねていってすがるのもはしたないと思って！　それに、そのころにはもうミスター・チャーチワードに手紙を出していたので、返事を待つのがいいとトムに忠告されたんです。あなたがわたしを助けに来てくださったとわかって、トムはもうなんの心配もないと言いました。もしアラダイス卿が何かしようとしたら、あなたがレディ・アミーリアに頼んで懲らしめてくれると。その方はそんなに怖い方なんですか？」

「怖いわよ！」サラはトムがアミーリアのことをどんなふうに言ったのだろうと、おかしくて唇をぴくぴくさせながら答えた。「でも、彼女はきっとあなたを好きになるわよ、オリヴィア！　彼女だってあなたの親類なんですもの！」

オリヴィアはサラの言葉にとても驚いたようすで、また不安そうでもあった。「レディ・アミーリアもあなたのような方だといいんですけど。ぜひお会いしたいから！　それで、わたしたち、これからどうすればいいんでしょう、サラ？」

サラは椅子の背にもたれた。「あなたはわたしたちと一緒にバースへ戻るのがいいと思うわ。もちろんお母様も一緒にね。明日の朝、アミーリアに話してみるわ。あなたに後ろ盾になる友人がいるとわかれば、アラダイス卿も手出しはできないでしょう。そしてバースに着いたら、あなたの家の借家権のことをミスター・チャーチワードに相談しましょう。あなたの財産の投資の件も、アミーリアの法律顧問にきいてみればいいわ。そして、いろいろ計画を立てましょう！　こんな感じでどう？」

オリヴィアの瞳が輝きを取り戻した。「ああ、本当にいいんですか？　あなたってなんて親切な方！　もう最高です！」

「それにもちろん」サラはきらりと目を光らせて言った。「レベイター卿にはあなたの居場所を教えてあげましょうね。訪ねていらっしゃるかもしれないから！　じゃあ、明日さっそく出発できる？」

オリヴィアの表情が少し曇った。「母はまだ一日、二日は旅は無理だと思います。こんないい知らせを聞いたらきっと元気が出るでしょうけれど。ごめんなさい、サラ！」

サラは落胆をのみ込んだ。彼女の直感はできるだけ早く姪をブランチランドから遠ざけたほうがいいと告げていたが、ミセス・メレディスを置いていくわけにはいかない。そうなるとさしあたりオリヴィアをどうするかが問題だ。アラダイスがサラの計画をつぶすため、どんな手を使ってくるかわからない。サラは彼を甘く見てはいなかった。とにかく、彼に姪の居場所を知られてはならない。時間が経てば経つほど危険は高まる。

「トムはこのままあなたをかくまっていてくれるかしら？」サラは慎重に尋ねた。「これまでそれでうまくいっていたんだし、ここから十分離れるまでは警戒していないと。アラダイス卿に居場所を知られるようなことになったら――」

「絶対にだめです！」オリヴィアはおののいた。「トムはもうしばらくはかくまってくれるでしょう。すぐに出発できなくて申し訳ないですが、母もじきに回復すると思いますから」

廊下の大時計が一時を打った。オリヴィアがあくびをし、サラもかなり疲労を感じた。サラは立ち上がった。「もうあなたを帰してあげないと。ずいぶん疲れたようすだもの！　でも、その前に返さなきゃいけないものがあったわ！」サラはマントのポケットを探るとロケットを取り出し、姪に手渡した。「これは必要でしょう。とってもすてきだもの。これがどうしてあなたの手元にあるか知っているの、オリヴィア？」

オリヴィアは眉をひそめた。「それは……わたしが物心ついたときからすでに持っていて、だから、父からの贈り物かと……」彼女は判然としないようすでサラを見た。「じゃあ、違うんですか？　でも、わたしはとてもよく似ているでしょう……その肖像画の男性に！」

サラはためらった。オリヴィアがロケットはシェリダン家からの贈り物だと思い込んだのも理解できる。しかし、サラにはそれが自分の一族に伝わるものでないことはわかっていた。ウッダラン家の風貌《ふうぼう》と姪がそっくりなのは偶然かもしれない。サラは大きく深呼吸した。「わたしはロケットはあなたのお母様からの贈り物かと思っていたの」

オリヴィアの顔がふいに真っ赤になった。「いえ、それはないと思います！　実の母が誰かは知りませんが、たぶん召使いか何かで……」彼女はいったん言葉を切り、痛々しい口調で言った。「あなたがご存じだといいんですけれど！」

サラは躊躇《ちゅうちょ》なくオリヴィアに歩み寄り、抱きしめた。「誰があなたに母親は召使いだなんて言ったのか知らないけれど、たとえそうだとしても、そんなの問題じゃないわ！　あなたの父親はわたしの兄なんだから、あなたはシェリダン家の一員よ！　ただ、ロケットの肖像画を見た今、あなたの母親が誰かも、わたしが突き止められるかもしれない。辛抱強く待っていて。できるだけのことはするから！」

オリヴィアは強くサラを抱き返した。「あなたと会えただけで十分です、サラ！　十分どころか、自分の幸運が信じられないくらい！」

サラは胸にこみ上げてくるものをぐっとこらえ、オリヴィアを放した。「わたしも家族ができてうれしいわ！　さて、今度はあなたをこの館から消すのに、トムはどんな巧みな策略を用意しているの？」

オリヴィアはマントに身を包んだ。「召使い用のドアまで行ったら、彼が待っていてくれるんです！」彼女の目は再び興奮に輝いた。「なんだかドラマチックでしょう？」

「とっても」サラはうなずきながら、もう少々平穏無事なほうが好みだと感じるのは年のせいだろうかと考えた。「でも、まさか表階段を下りるんじゃないでしょうね？　なんだかトムにはがっかりだわ。もっと独創的な作戦があるのかと思ったのに」サラはドアへと歩み寄った。「わたしが先に行って誰もいないか確かめるわ。これから数日はしっかり隠れていてね、オリヴィア。わたしと連絡を取りたいときはトムに伝言を頼んで。お母様が旅ができるくらい回復されたらすぐ、バースへ行きましょう！」彼女は姪の頬にキスした。「じゃあ、気をつけて。また近いうちに会いましょうね。相談することがたくさんあるから！」

サラは姪が足早に階段を下り、闇《やみ》の中へのみ込まれていくのを見送った。召使い用のドアが静かに閉まる音を聞いてから、彼女は自分の部屋へ戻った。オリヴィアの明るい存在がないと、部屋はとても静かに感じられた。サラはため息をついた。考えることはたくさんあったが、今は疲れすぎていてとても無理だ。服を着替えてベッドに入ると、彼女はたちまち眠りに落ちた。

サラは寝坊をして、朝食のトレーを持ってきてくれたアミーリアがドアをノックする音で、目を覚ました。

「部屋にこもっていて賢明だったわ！」アミーリアはサラに陽気に挨拶《あいさつ》した。「グレヴィルは昨夜の突飛な行動はなんだって、もうわたしを質問攻めにしているし、レンショー卿なんて礼儀も無視してここへ乗り込んで、説明を要求しそうな勢いだった！」

サラが不安な顔をした。「あら、わたしは何も話してないわよ。でも、不眠症って言いわけはちょっとわざとらしかったし……」アミーリアはベッドの端にトレーを置いた。「わたしだってどうなっているのか知りたいわ！　この焼きたてのパンを味見してみて！」彼女はトレーをサラのほうへ押した。「わたしが料理人にパンの焼き方を教えて、これが初めての試みなの。悪くないと思うんだけれど！」

サラは起き上がり、トレーを引き寄せた。ロールパンにバターと蜂蜜《はちみつ》が添えてあり、チョコレートのカップからとてもおいしそうなにおいがしている。

「じゃあ、何が知りたい？」パンをほおばりながらサラが尋ねた。

「何もかもよ！」アミーリアは少し怒った顔だ。「あなたには知られざる姪がいて、昨夜彼女とフォリー塔で会うことになっていたんでしょう！　まずはそこから話して！」

サラは朝食をとりながら、チャーチワードの訪問から昨夜オリヴィアがこの部屋で待っていてびっくりしたことまで、姪にまつわるすべてをゆっくりと語って聞かせた。ただ、ガイの行動に対する疑惑と、オリヴィアがウッダラン家の人々にそっくりなことだけは伏せておいた。それはアミーリアにさえまだ打ち明けられない身内の問題に思えたのだ。一方でサラは、できるだけ早くガイと話し合わなくてはならないとも感じ始めていた。彼女が話し終えると、アミーリアは大きなため息をついた。

「本当にいやな男ね、アラダイスって！　すぐにミス・メレディスをここから逃がすわけにはいかないの、サラ？」

サラはゆっくりと首を振った。「そうできればと思うけど、ミセス・メレディスは見知らぬ他人に娘をゆだねたりはしないでしょう！　いやでも数日間、辛抱強く待つしかないわ！」

アミーリアは立ち上がり、トレーを手にした。

「わたしには成し遂げるべき仕事があるから、時間をつぶすのに困らないわ！　今日は寝室の掃除を終えてしまいたいと思っているの」彼女は周囲を見回し、鼻に皺《しわ》を寄せた。「こんなほこりの中で息ができるのが不思議よ、サラ！」

アミーリアが行ってしまうと、サラは次に何をすべきかを考えつつ、ゆっくりと服を着替えた。じれったいけれど、ガイにはオリヴィアのことは何も言わないほうがいいだろう。サラが彼女に会ったことを知る人間は、少なければ少ないほどいい。隠し事はいやだったが、アラダイスにオリヴィアの居場所を知られる危険を冒すよりはましだ。最終的にはもちろん、ガイに話さなくてはならない。オリヴィアを見た人はひと目で、彼女がウッダラン家の血を引いていることに気づくだろうから、そうなる前にサラは真実を知る必要があった。ガイとの対決を思うと、彼女の心は重かった。

サラは強いられた待ち時間を館の中でぐずぐす過ごすのはやめることにした。雪の降り積もった明るい朝だった。彼女が湖まで歩いていくと、湖岸の荒れ果てた東屋《あずまや》にトム・ブルックスがいた。「おはようございます、ミス・サラ」彼は陽気に挨拶した。

「すべて順調ですか？」彼はスケート靴を磨いていて、鋼鉄の刃をぴかぴかに研ぎ上げている。

「わたしのほうはすべて順調よ」サラはほほえんで答えた。「あなたの最近増えた家族はどう？」

トムがいたずらっぽい顔をした。「うれしいことに、今朝は少しいいようです！　そう長くはかからんと——」ガイ・レンショーが入ってきたので、トムは言葉を切った。「おはようございます、旦那《だんな》様！　すぐにでき上がりますから！」

サラは赤くなって、小屋の薄暗い奥のほうへと少し下がった。こういう反応をしてしまうのは罪の意識か気後れのせいなのか、よくわからない。嘆かわしいことだが、単にガイが現れるといつもこうなってしまうのかもしれなかった。彼はサラに気づくとさっと眉をつり上げた。「ミス・シェリダン！　きみもスケートに行くのかな？」

「とっても楽しそうですこと！」サラはすまして言った。「こんないい天気の日に家の中にいるなんてもったいないわ！」彼女はトムのほうに向き直った。「レンショー卿の靴が仕上がったら、わたしのスケート靴も磨いてもらえるかしら、トム？　古いけどまだはけると思うの！」

「そのあいだに一緒にそり遊びをしよう」ガイが誘った。「トムが手入れをしてくれたから、館の向こうのゆるやかな丘で試してみたいんだよ！」

ガイはトムに礼を言ってそりを抱えると、サラが先に東屋から出られるようわきへどいた。太陽が雪にまぶしく反射して、サラは少しまばたきした。

「十歳の子供ならそり遊びもいいでしょうけど——」

「きみの年齢のレディにははしたない？」ガイはにやりとした。「情けないな、ミス・シェリダン！　もっと勇気のある人だと思っていたのに！」

「そういうことじゃないわ！」サラはためらった。実を言えば、小さなそりに並んで乗る親密感や滑降の爽快《そうかい》感を思うと胸がときめくが、それをガイに打ち明けるわけにはいかない。「きっと楽しいでしょうけれど——」

「レディのやることじゃないと！」ガイはがっかりしたふりをして首を振った。「きみが常識や慣習にがんじがらめになっているのを見るのは悲しいな。危険を冒してみようよ、ミス・シェリダン！」彼はからかうような視線をサラに向けた。「別のときには進んでそうしたんだから！」

ガイが昨夜のことを言っているに違いないと察して、サラは急に不安になり、足元がふらついた。彼がその件について問いただしてくるのは時間の問題だ。彼女はそれが怖かった。嘘《うそ》をつかなくてはならない、少なくともいくつかの事実を伏せておかなくてはならないのは、彼女の性格上つらかった。

しかし、今のところガイはサラを質問攻めにするつもりはないようだ。ふたりはブランチランド村のほうへと下っていくなだらかな丘の上へ来た。ガイがそりを置き、そっと押してみる。磨かれた刃は雪の上を滑らかにすべった。

「ほら！　いい感じだよ！　なんだ、乗らないのか……」ガイは肩をすくめ、長身を折りたたむようにして小さなそりに乗り込むと、丘を下っていった。

サラはいつの間にか笑いながら、すべっていく彼の姿を眺めていた。下まで行くとガイは立ち上がり、上着についた雪を払ってそりを抱え、どこかの客間へでも入っていくように平然と丘を登ってくる。彼がほとんど息も切らさず傍らへ戻ってきたときも、サラはまだ笑っていた。

「ものすごく楽しそうね。少し危険かもしれないけれど！　ロンドンのご婦人たちが今のあなたを見たら、洗練された紳士のイメージが完全に崩れてしまうわね！」

「きみは誰にも言わないと信じてるよ！」ガイのブロンドの髪はそよ風に乱れ、瞳は笑みに輝いている。「ぼくの弱みはがっちりきみが握ってるんだ。さあ、きみだって本当はすべりたいんだろう！」

「そうねえ……」確かに楽しそうだ。サラは周囲を見回した。ブランチランド館は丘のあいだに隠れて見えず、村ははるか彼方だ。

「誰にも見られないよ」ガイが彼女の心を読んで言った。「それに社交界のばかげた規範なんてどうでもいいじゃないか。楽しいことなら……」

「あなたの言葉にはとても説得力があるわ」サラは期待に目を輝かせた。やんちゃな子供のように向こう見ずな気分になって、胸がわくわくしていた。

「ぼくが舵《かじ》を取るから」ガイが続けた。「きみは前に座って景色を眺めるといい！」

サラは少しあとずさりした。「でも、その小さなそりにふたりは無理だわ！　きっとすごく……」

「すごく楽しいさ！」ガイはいたずらっぽくほほえんだ。彼の褐色の瞳がサラに挑んでくる。「さあ、ミス・シェリダン、乗るのか？　乗らないのか？」

ガイはそりに乗り込み、片手を差し出してサラが前に乗るのに手を貸した。乗ってみると意外と余裕があり、ドレスのスカートをたくし込んでほとんどお行儀よく座ることができて、はしたなく見えないかという心配はなくなった。それで気分がよくなってきたところへ、ガイが腕を回してきた。「いったい何を――」

「こうしないと舵が取れないだろう」ガイは何食わぬ顔で言った。「それ以外にねらいがあると疑うなんてひどいよ！」

サラはためらった。今さらそりを降りるわけにもいかないが、ガイとのあいだにかろうじて保っていた距離はなくなってしまう。結局、彼が腰に腕を回すのを許したものの、サラはなるべく前のめりになって彼から離れようとした。ガイは笑った。「本当に慎み深いね、ミス・シェリダン！　でも、ほとんど効果はないよ。ぼくがちゃんと舵を取れるように、もう少しそばに来て。ぼくを誘惑しようとしたなんて責めないから！」

サラが少しだけガイに近づくと、彼の外套《がいとう》が彼女の髪をかすめ、突然彼女はもっと彼に身をすり寄せたいという衝動に襲われ愕然《がくぜん》とした。さわやかな空気とガイのレモンのコロンの香りが混じり合い、サラを酔わせた。彼女が自分の体の奇妙な反応に驚いて体を引こうとした瞬間、そりは丘を下り出した。

　サラは息をのんだ。どんどん速度が増して、氷のように冷たい風が頬を切った。叫び声をあげたくなるほどの高揚感が彼女を包んでいた。とんでもないことをしているという思いが、さらに興奮を高める。ところが突然、丘の麓《ふもと》が目の前に迫ってきてそりは横すべりし、雪だまりにはまってひっくり返った。息を切らし、しばし呆然《ぼうぜん》として、サラはじっとあおむけになったまま裸の木の枝越しに見える空を眺めていた。

「サラ?」頬に触れるガイの指は氷のように冷たく、サラをのぞき込む表情はいかにも心配そうだ。「けがをしたのか?」

　サラは震える息をついた。「してないと思うわ」

　ガイの外套が雪まみれになっているのに気づいて、彼女の口元がほころんだ。彼女は片手でガイの乱れた髪についた雪を払った。ガイがその手を握る。彼の目から不安の色が消え、心を乱す濃密なまなざしに変わった。

「サラ、まつげに雪がついているよ……」

　サラが目を閉じるとガイは身をかがめ、彼女の顔の雪を払った。そしてほどなく、彼が唇を重ねてくると、サラは雪とまったく同じように溶けていく気がした。おののきが彼女の全身を包んだが、それはふいに雪だまりに落ちたこととはなんの関係もなかった。彼女の指がひげで少しざらざらしたガイの頬に触れ、髪にからみついた。

　ふたりとも自分たちの体勢の心地悪さなど、少しも気づいていなかった。今やサラにはガイがかなり自分を抑えてキスしていることがわかっていた。すると逆に彼の抑制を失わせたくなった。彼女はガイの下で身もだえし、彼を引き寄せ、自ら体を押しつけた。ガイの唇からあえぎ声がもれ、彼は頭を上げて、あらわな欲望に光る目で彼女を見下ろした。

「サラ……」

サラは自分がこの容赦ない情熱をかき立てたことに高揚し、自らキスを返した。木の枝からどさりと雪が落ち、首筋に冷たいひとかけらが転がり込んでやっと、彼女は現実に引き戻された。

「いやだわ!」サラは起き上がり、マントから雪を落とそうともがいた。ガイはそんな彼女の姿を苦笑しながら眺めている。

「今度はもっと快適な場所を選ばないとね!」

サラは赤くなった。「今度があるなんて思わないで!」

ガイはサラに問いかけるような視線を向け、彼女の手を引いて楽々と立ち上がらせると、片腕でしっかりと彼女を抱きかかえた。サラはもがいた。

「放して!」

「さっきは全然逃げなかったくせに!」

「まあ!」サラは怒りにさらに赤くなった。「あなたって本当に——」

「わかってるよ」ガイはサラの唇に強くキスしてから彼女を放した。「ほら! 雪を落とすのを手伝ってあげよう。きみはまるで雪の中を転げ回っていたみたいに見えるよ!」

サラはガイに刺すような視線を向けた。「すぐに館まで連れて帰ってもらいたいわ!」

「いいとも。サー・ラルフの客全員が、ぼくと同じ結論に達してもいいならね」ガイは愉快そうに言った。「もう一度すべろうって言っても断られるんだろうな!」彼はサラにほほえみかけた。「でも、楽しかったって認めろよ!」

サラの口元もついほころんだ。「確かに……ものすごくおもしろかったわ！」

ふたりは並木道を館へと引き返した。「きみはそれでもまだ、ぼくとの結婚を拒むんだね」ガイは思いをめぐらしながら言った。「まれに見る頑固な性格の持ち主だな、ミス・シェリダン！」

サラはガイを見た。「わたしがおもしろかったって言ったのはそりのことよ！」

「じゃあ、あとの部分は？」

ガイの瞳の輝きがサラの心をかき乱す。彼女は目をそらした。「強く……肉体的に惹《ひ》かれ合うことは、結婚の確かな基盤にはならないわ！」

ガイはうなずいた。「意外にも、ぼくも同感なんだ。少なくとも、それはよき結婚の重要な要素のひとつでしかないと思う！　人生に対する姿勢が同じだとか、共通の趣味を楽しめるとかいったことは、そんなに刺激的には響かなくても、重要な価値を持つと思うね」

サラはため息をついた。またしてもガイは愛を口にしなかった。やはりサラが彼を拒絶したのは正しかったのだ。彼女はむなしい落胆に襲われた。

「わたしは夫にもっと別のものも求めるわ」思ったより熱い口調になってしまった。「正直さとか信頼とか――」

ガイの目がぱっと輝いた。「よくぞ言ってくれた、ミス・シェリダン！　じゃあ、きみは昨夜フォリー塔で何をしていたんだい？」

墓穴を掘ったサラは立ち止まった。ガイがこっそりオリヴィアを捜していたことばかり考えていて、自分の行動をすっかり忘れていたのだ。彼女は唇を噛《か》んだ。

「そこまで言うからには、自分もその点は曲げないんだろうね」

サラは自分の大きな誤算を悟った。ガイはふだんはとても愛想がいい。だから、一見穏やかな外見の下に鋼鉄の意志を秘めているのを忘れてしまう。しかし、目下の彼はひたすら手ごわかった。「わたしはミス・メレディスに会うためにフォリー塔へ行ったの」サラは率直に言った。

「なるほど」ガイは両手を外套のポケットに突っ込んだ。彼の表情は測りがたかった。「じゃあ、昨夜のきみのくだらない言いわけはなんのために？」

サラは挑発にはのらなかった。「アミーリアにもすべてを説明していたわけじゃなかったし……」彼女はちらりとガイを見た。「サー・グレヴィルも事情を知らないでしょう。あそこですべてを打ち明けても意味がないと思ったの！」

ガイはその点についてはそれ以上追及しなかった。

「ミス・メレディスはどうやって連絡を取ってきた？」

「伝言をよこしたの」

「どうやってきみのところに届いた？」

サラはガイが憎らしかった。「トムが持ってきたのよ」彼女はしぶしぶ言った。「そこに真夜中にフォリー塔で会いたいとあったから、出かけていったの」

「だが、彼女はそこにはいなかった」ガイの詮索《せんさく》は容赦ない。ただ、まだ嘘をつかなくてはならないような質問はないことが、サラの唯一の救いだった。

「あなたも見ていたようにね」サラは無表情で言った。「ミス・メレディスはいなかったけど、代わりに誰かがいた」

「ああ」ガイは木立のカーテン越しにブランチランドの景色を眺めた。遠くにフォリー塔も見える。「奇妙なことにぼくもミス・メレディスが塔にいるって噂を聞いてね。それは嘘だったわけだが。きみを襲った謎《なぞ》の人物もその噂を聞いたのかな」

「きっとそうでしょうね」サラは慎重に言った。「でも、それが誰なのかはきみは知らない」

「知らないわ」

「でも、推測はついて……」

サラは眉をひそめた。「これは尋問か何かなの！　目的は何？」

「きみの誠実さを試しているのさ」ガイはあっさり認めた。「一見率直に見えるけど、きみは何かを隠しているに違いないと思うんだ！」

サラは赤くなり、それが後ろめたさではなく怒りのせいだと受け取られることを願った。「あなたの質問には十分誠実に答えているでしょう」

「嘘じゃないけれど、省略の罪だな」ガイがつぶやいた。「きみはその伝言と噂は故意に流された嘘だと思う？」

サラは慎重に言葉を選んだ。「あそこで起こったことを考えると、きっとそうだと思うわ」

「じゃあ、レベイター卿の役割は？　昨夜は林がやけに込み合っていたが」

ブランチランドの玄関前の車回しの近くまで来て、サラはほっとした。「レベイター卿は不眠症だって言ってたじゃない」

ガイは笑った。「聞いたよ！　大はやりだね！　それできみはまた姪を捜すつもり？」

「いいえ。彼女から連絡してくるのを待つわ。もう失礼していいかしら。濡《ぬ》れた服を着替えたいから」

ガイは軽くお辞儀をした。「どうぞ。きみはなんとか嘘をつかずに切り抜けたが、とは言ってもね……」安堵《あんど》と罪の意識の混じり合った思いを抱えたサラを残して、ガイはゲーム室へ向かっていった。

彼がどこまで勘づいているかはわからないが、またすべてを話すよう圧力をかけてくるのは時間の問題だ。しかし、隠し事をしているのは彼も同じで、自分がオリヴィアを捜している目的についてはまだひと言ももらしていないのだ。

誰かに見られる前に服を着替えようと、サラは急いで部屋に戻った。

いで階段を上った。廊下の奥でメイドの一団がほこりを払ったり床を磨いたりしていて、指示を出し作業を促すアミーリアの声が響いていた。サラはひどい姿を彼女に指摘される前に部屋に飛び込み、昼食の鐘が鳴るまで出てこなかった。

午後になると、アミーリアはみんなの説得でしばし掃除の手を休め、サラやガイ、グレヴィル、ジャスティン・レベイターたちと一緒に湖へスケートに出かけた。ほかの客たちはぞっとした顔で断ったのだが、意外にもラルフだけは一緒に来た。氷の厚さはラルフがのしのしと湖面に進み出たときに証明され、しかも彼は驚くほど軽やかにスケートを操って、アミーリアと優美なスケーターズ・ワルツまで披露した。

サラはガイと十分距離を取り、彼にふたりきりで話す機会を与えないようにした。彼はサラに避けているる理由はわかっているぞと嘲《あざけ》るような視線を投げかけ、彼女を落ち着かない気持ちにさせた。

館へ帰る途中、温室のそばでたき火が燃えていて、アミーリアがわきにそれ、トムとひと言ふた言、言葉を交わした。彼は古い本や紙らしきものをせっせとたき火にくべている。グレヴィルと話し込んでいたラルフはたき火など目に入らないようすだったが、風にあおられたページの断片がちょうど彼の前に落ちてきた。彼は半ば上の空でそれを拾い上げ、ぼんやり眺めていたが、突然言葉を失い、立ち尽くした。

「わたしの石版画が！　本が！」

たき火の中で、一冊の本が縮み上がり、ページが丸まって茶色く変色していくのを、みんなが見つめた。近くの灰の山が消失した書物の数々の無言の証拠だった。最後の一冊が炎にのまれながら開いて、中のいかがわしい戯画が見えた。ラルフはむせび泣き、今にも素手で灰をかき分けかねないようすだった。

　アミーリアが慰めるように彼の肩に手をかけた。「ごめんなさいね、サー・ラルフ。木食い虫がわいてひどいにおいがしたのよ。図書室がいけないんだと思うわ。排水に問題があるんじゃないかと……」

　サラはラルフの引きつった顔を見て、今度はアミーリアもさすがにやりすぎではないか、とひそかに思った。ラルフと客たちはもはや、図書室で卑猥《ひわい》な絵を見て楽しい夕べを過ごすことはできなくなってしまった。

「自分で本をより分けたということかな、レディ・アミーリア？」グレヴィルが好奇のまなざしで言った。「なんと献身的な行為だ！」

　ラルフはがっくりと肩を落とし、ひとりとぼとぼと館へ向かっていった。サラもアミーリアに続いて館へ入ろうとしたとき、ジャスティン・レベイターが彼女を呼び止めた。「ミス・シェリダン、ちょっといいですか？　ふたりだけでお話がしたいんですが」

　サラは少し下がってみんなが通り過ぎるのを見送ってから、レベイターが口を開くのを待った。オリヴィアの恋人は長身でブロンドの、少し生まじめな表情に輝く青い瞳の青年だ。彼はすがるようにじっとサラを見つめていた。

「ぶしつけで申し訳ないんですが」彼は少し赤くなって言った。「実は、ぼくには心配なことが……つまり、ぼくはぜひともある若い女性を見つけたいと思っていて、それで耳にしたのが……」彼はきまり悪そうに口ごもった。

　サラは眉をつり上げた。「耳にしたのが？」

「あなたはミス・オリヴィア・メレディスに会うためにブランチランドへ来たというではないですか！」レベイター卿は一気に言った。「ぼくは噂をうのみにしたりはしませんが、ぼく自身どうしても彼女に会いたくて——」

「なるほど」サラは冷ややかに言った。

レベイターはさらに赤くなった。「いえ、誤解しないでください！　ミス・メレディスはぼくの妹の学校時代の友人で、ぼくは彼女への招待状を……」

サラの疑惑のまなざしに、彼はまたもや口ごもったが、肩をいからせて続けた。「重要なのはミス・メレディスが突然姿を消したらしいということです。ぼくは彼女が心配なんですよ！　あなたは彼女に会いましたか？」

サラはこれ以上この青年をからかうのはやめた。レベイターは見かけよりまじめそうだし、本気でオリヴィアのことを心配しているようだ。サラは彼を安心させたかったが、オリヴィアがまだ危険にさらされている以上、それは無理だった。「わたしがミス・メレディスに会うためにここへ来たというのは本当です」いつも慎重に言葉を選ばなくてはならないのがサラにはもどかしかった。「でも、彼女は今は家にいないとわかりました。残念ですけれど、レベイター卿、わたしはあなたの力にはなれませんわ」

レベイターが目を細めたので、サラは彼が実はもっといろいろ知っているのではないかという気がした。

「失礼ですが、ぼくはあなたが実際彼女に会ったという印象を持っているんです」

直接に否認されて、今度はサラが気まずくなる番だった。「いいえ」彼女が答えるタイミングは少し早すぎた。「誤解ですわ」

「わかりました」彼はサラを非難したいのに言葉が見つからないような、怒りと困惑の表情を浮かべていた。そして、ぶっきらぼうにお辞儀をすると、サラを残して館へ入った。ガイが玄関で今のやり取りを見ていたのに気づいて、サラは顔を背けた。

彼女は嘘をつくのは嫌いだし、レベイターが本気でオリヴィアのことを心配しているのもわかっていたので、後味が悪かった。それに、レベイターがサラの言葉を信じていないという印象を持ったのはどうしてだろうと気になった。そのうえ、もしレベイターが自分の疑惑をガイに話したら……いったいどうなるのだろう？

## 9

ラルフは夕食のときもまだ、ひどく沈み込んでいた。大切な石版画の数々と貴重な好色本のコレクションの喪失は耐えがたい打撃だったようで、最初の料理もただ黙って無表情のまま口に運んでいた。今夜も料理はすばらしく、ラルフの客たちもだんだんワインがないことを受け入れて、しぶしぶながら泉の水をおいしいと言う者まで出てきた。魚料理はサーモンのアンチョビソースで、続いて今ではサラも〝卑屈なマーヴェル〟と名前を覚えた黒装束の従僕が、クリーム入りプディング《シラバブ》を持ってきた。アミーリアは彼を嫌っていることを隠そうともしなかったが、彼女の召使い一掃作戦もまだこの男を追い出すところまでは行っていなかった。

マーヴェルはご機嫌取りの笑顔を浮かべてシラバブを並べていく。彼が耳元で何かささやくと、アラダイスの目の色が変わった。彼はアミーリアをさらにはサラをじっと見つめ、露骨に値踏みするような視線をサラに注いでから、料理を口に運んだ。サラはわざと彼に背を向けた。彼にじろじろ見られると、いつもいやな気分になった。

今日の午後は珍しく口論をしなかったアミーリアとグレヴィルが並んで座っているので、サラの隣にグレヴィルが、もう一方の側にはジャスティン・レベイターが座ることになった。午後にあんなことがあったが、レベイターはとても親切でアラダイスなどよりずっと一緒にいて心地いい。今夜ばかりはサラもくつろいで食事を楽しみ始めていた。

シラバブはレモン風味だが、甘すぎて妙な後味がした。サラは味を確かめながら、ガイだけが従僕が差し出した料理を手を振って断り、口もつけていないのに気づいた。サラはもうひと口食べてみて、やっぱりこれは好きではないと確信し、アミーリアはどう思っているだろうかと考えた。しかし、アミーリアは料理のことなど忘れてしまったようで、グレヴィルに身を寄せ、彼の話に夢中になっている。たまにふたりが仲よくしているところを見るのはなんと気持ちのいいことかと、サラはほほえんだ。そしてほとんど反射的にもうひと口シラバブを食べ、やはり気に入らずに器を押しやった。

次に大きな牛の腿肉が出て、みんなが喜んで取り分けた。しばらくして、サラはラルフの客たちの態度が妙に変わってきたのに気づいた。みんな何時間もワインを飲んだあとのように、なれなれしくしゃべったり笑ったりしていて、サラがブランチランドに着いた最初の日の夕食のときのようなどんちゃん騒ぎの様相を呈している。ミセス・フィスクは身を乗り出し、ふざけてラルフの耳をなめていた。アラダイスはレディ・ティルニーの裸の肩をキスでたどりつつ、嘲笑《ちょうしょう》と肉欲にぎらぎらする目をテーブル越しにサラに向けている。サラは急に逃げ出したくなって、慌てて目をそらした。これでは最初の夜よりもっと悪い。ラルフの客たちは完全に抑制を失っているようだ。料理よりももっと刺激的な快楽へと向かう彼らの表情は、どんよりとして生気がなかった。

サラが立ち上がりかけたとき、さらに奇妙なことが起こった。レベイターが飛び上がり、ひと言も発せず部屋を走り出ていくと、ものすごい音をたててドアを閉めたのだ。しかし、サラ以外には誰もそれに気づいたようすもない。サラはもう下がるよう促そうとアミーリアを振り返り、おぞましいショックに襲われた。アミーリアがグレヴィルの腿に手をかけ、身を乗り出して彼に長いキスをしているのだ。

サラは半ばうろたえ半ば信じられずに、小さな悲鳴をあげた。あんなに礼儀正しく品行方正で慣習に忠実なアミーリアが、ラルフのパーティーの下卑たふるまいに身を染めるなんて。そんなことはあり得ないはずなのに、今サラの目の前で、グレヴィルとアミーリアは腕をからみ合わせて部屋から出ていく。ふたりは何度も立ち止まっては抱擁を交わし、ふざけたようすで、いとおしむようにキスと愛撫《あいぶ》を繰り返した。サラはショックで目玉が落ちてしまいそうな気分だった。

サラの隣のレベイターのいた席に、ガイが体をすべり込ませてきた。ほかの客たちと違って彼のまなざしは揺るぎなく声にも強さがあった。サラは動揺しているにもかかわらず、すぐに注意を引かれた。

「ぼくの言うことを聞いて、ミス・シェリダン。あまり時間がないんだ。きみはどれくらいシラバブを食べた？」

サラは当惑して彼を見た。「何口かだけ。好きな味じゃなかったから。どうして……？」

「あの料理には媚薬《びやく》が入っていたんだよ」ガイのまなざしは切迫していた。「わかるかい？ 性欲を増進させる薬が入っていたんだ」彼は周囲の客たちを手で示した。「それがきみが今、目にしている光景を説明している。そして、少しでもあの料理を食べたなら、きみももうすぐ彼らと同じ気持ちになる」

サラは顔から血の気が引いていくのを感じた。「でも、わたしが食べたのはほんの数口だけよ！ 別に気分も悪くないし」

「それでもだ」ガイは決然とした顔で、サラのほうへ身を乗り出した。「人によって効果が表れるまでの時間も違うし、食べた量が少なければ、影響も小さいだろう。それでも、ここで議論しているわけにはいかない！ きみはぼくと一緒に来ないと――」

「いやよ！」サラは急に怖くなって立ち上がった。ラルフの客たちは完全に享楽に身をゆだね、いたるところでなんとも衝撃的な痴態が繰り広げられていた。壁のけばけばしい絵、彫刻、戯れる妖精《ようせい》たちまでもが、見透かした目でサラを嘲《あざけ》っているように見えた。彼女は恐怖に小さなうめき声をもらした。

ガイがサラの腰に乱暴に腕を回し、その痛みが彼女の興奮状態を覚ました。彼はすでに立ち上がり、サラをドアのほうへ引っ張っていく。「いいかい、サラ」ガイは再び言った。「きみはぼくと一緒にいなきゃいけない。それが唯一きみが安全でいる方法だ。ぼくが約束する」

そのとき、変化が始まった。ふたりは廊下に出て、揺らめくろうそくの明かりの中にいた。奇妙な感覚がサラを包み、脱力感があって、体は温かいのに震えてしまう。どうしてもガイに触れたいという衝動が押し寄せてきて、サラは手を上げ、彼の頬を撫《な》でた。その肌は滑らかで、ひんやりとしていた。彼女はガイの唇を指でなぞり、引き寄せてキスできたらと思った。高揚した感覚のすべてがガイによって満たされていた。彼のにおい、彼の感触、もっと彼が欲しい……。

ガイはほほえみながら、やさしくサラの手を取り愛撫を止めた。「こうなってくるとたいへんなんだ」サラは血をたぎらせつつ、ガイが実は残念がっているのではと思った。でも、そんなことはもういい。彼はすでにサラを抱き上げ、寝室へと運んでいた。サラは彼の首に顔をうずめ、温かな喉元にキスの雨を降らせて、とても幸せだった。欲望の炎に焼かれ、彼女はただひたすらガイのそばにいたかった。

サラが目を覚ますとあたりはほの暗かった。彼女の頭も部屋同様ぼんやりとして、ふわふわと漂っている感じだ。まばたきすると、明かりが目に入ってきた。ベッドの傍らのろうそくは消えかかっていたが、その向こうから夜明けの淡い光が部屋に差し込んでいる。サラはゆっくりと首を回した。

ガイが傍らで熟睡していた。冷たい朝の光が彼の顔に影を投げかけ、その緊張と疲労の色を際立たせている。サラが何かに刺されたように飛び上がると、彼は即座に目を開き、彼女の腕をつかんだ。

「放して！　あなたはここで何をしているの！」サラの言葉はくぐもった悲鳴になった。彼女はじっと横になったまま、事情がのみ込めず恐怖に凍りついてガイの顔を見上げていた。

ガイはしばらくサラの顔をじっと見てから手を放し、起き上がった。「何も覚えていないのか？」

「覚えてないって何を？　わたしは……」サラは言葉を切り、顔をしかめた。曖昧《あいまい》な記憶がよみがえってくる。そして鮮明な夢……。いたるところで痴態が繰り広げられている食堂の光景。アミーリアが姿を消したときの困惑も思い出した。ガイが切迫した口調で話しかけてきたこと、強烈な欲求不満と抑えられない欲望にとらわれたことも……。そして常に、彼がなだめるように語りかけてきて、やさしく抱いてくれていて、でもそれは、サラが切なく求め、嘆願した情熱とはまるで違って……。

「ああ、まさか！」サラのまなざしには動揺があった。「あれは夢じゃなかったの？」

「夢じゃない」ガイはしっかり支えるようにサラの両手を握った。「いいかい、でも、もう終わったし、きみはまったく安全だ。何も起こらなかったよ。きみに約束したとおりね」

「でも、思い出したわ！」サラは取り乱して言った。「わたしの言ったこと、したこと！　ああ！」

サラはガイの手を振りほどこうとしたが、彼は放さない。彼の声はとても冷静で穏やかだった。

「きみは自分の行動に責任なんかないし、少しも汚れていないとぼくが誓うよ、サラ！」

サラはわっと泣き崩れた。どうにも自分を止められなかった。泣いているうちに、涙が昨夜の恐怖も衝撃も恥辱も洗い流してくれた。サラは泣き続け、ガイは彼女の震える体をそっと抱いて、やさしい言葉をかけ、彼女が落ち着いて静かになるまでずっとそばにいてくれた。

「服を着替えて、何か食べたいだろう」やっとサラを放すと、ガイはきわめて現実的に言った。「厨房《ちゆうぼう》から何か持ってこよう。ぼくがいないあいだは部屋のドアを開けちゃだめだよ」

ガイの事務的な口調はむしろありがたかった。サラはほとんど機械的にドレスを脱ぎ、涙に汚れた顔を洗い、きれいな服に着替えた。そのあいだもずっと、昨夜の自分の言葉や行動が下品な芝居の一場面のようによみがえった。サラは繰り返しガイを誘惑しようとして、平然と恥知らずにも体をすり寄せ、キスをせがんだ。自らドレスを脱ぎ捨てようとし、もちろんガイの服も脱がせようとした。あり得ないこと、信じられないことに思えるけれど、でも……。はっきり覚えているのはガイが繰り返しサラを拒んだことで、最悪なのは混乱のあまり、彼女は喜んでいいのか悲しんでいいのかわからず……。

ノックの音で恐ろしい悪夢から現実に引き戻されたサラは、ドアを開けてガイを部屋へ入れた。彼女がカーテンを開け、部屋を片づけているあいだに、彼は暖炉に火をおこし、彼女をそばの椅子に座らせた。ガイも服は着替えていたがひげは剃《そ》っておらず、無精ひげだけでなく目の下の隈《くま》のせいもあって、彼の顔が暗く見えることにサラは気づいた。

「気分はどう？」ガイは依然さりげない口調を保ってきいた。

サラは困惑した。「少しはよくなったわ」彼女はまっすぐガイを見た。「昨夜の体験はおぞましいものだったけれど、あなたに慎みのない女だと思われたくないわ。とにかく、お礼を言います。あなたは……たいへんだったと思うから」

少し間があって、ガイはかなり明るい表情になった。「あんな衝撃的な体験をしたのに、きみが憂鬱《ゆううつ》症の発作を起こしたり、ひどく落ち込んだりしなくて、ほっとしたよ！」彼は苦笑した。「確かにたいへんだったよ。ぼくがやってみたいことすべてをせがまれながら、断り続けたんだから！」彼はゆっくりと首を振った。「自分でも驚いている！」

サラは頬をピンクに染めながら、気をまぎらそうとカップに紅茶を注《つ》いだ。「どうしてあんなことになったの？　わたしはブランチランドで待ち受けている危険を見くびっていたのね……」

ガイは顔をしかめた。「あくまでも推測だけれど、ラルフは客たちの衰えた欲望を刺激するのに、習慣的にああいう催淫薬に頼っていたんじゃないかな。きみがそんなことを想像もできないのは無理もないよ。ただ、きみがひとりでここへ来るというのを、ぼくがあんなに心配した理由のひとつがそれだった！　どんな危険が待ち構えているかも知らず、無垢《むく》な女性が邪悪の園に迷い込むんだからね！」

サラは身震いした。「あのマーヴェルって男はよくもあんなことを！　彼がシラバブを出すときに、アラダイスに何かささやいているのを見たのよ。でも、まさか……本当におぞましいわ！」

「ぼくも見た」ガイが重い口調で言った。「なのに手遅れになるまで気づかなかったのがいまいましいよ！　ぼくがあの料理を拒んだのは、単にクリームが嫌いだからだが」彼は少しいたずらっぽい目でサラを見た。「もしぼくも食べていたら、全然違う結果になっていたはずだよ！」

サラはため息をついた。今朝目が覚めたとき状況が違っていたら、いったいどんな気持ちがしただろう。昨夜の出来事は本当に衝撃的で、知らない環境に無防備のまま踏み込んではならないという、いい教訓になった。ブランチランドは堕落の行き着く果てまで落ちていて、サラの経験などでは理解できる場所ではないのだ。彼女にしてももはやうぶな娘ではなく、人生には常に裏があることも重々承知しているが、比較的保護された環境で育ってきたせいで、今得たような知識には本当にまいってしまう。ガイとともに、もし媚薬の力に屈していたら……。

サラはお茶をひと口飲んで心を静め、カップの縁越しにガイを見た。ほかの可能性に比べればこれがいちばんましな結果だったということはわかっているし、媚薬の効果ももう消えていたけれど、もしもと考えるとつい胸がときめいて……。

サラは紅茶をお代わりし、妙な考えをかき消そうとした。この十二時間で自分についてもほかの人々についても、彼女は多くを学んでいた。「わたしはあなたがすばやく頭を働かせてくれたことに感謝しないと！」サラは苦い口調で言った。「何が起こっているかに気づいてからは、あなたの行動は機敏だった。わたしはあなたに本当に大きな借りが……」

ガイは少しくつろいで、椅子の背にもたれた。

「わかってほしいんだが、ぼくはひたすらきみを守るために行動した。きみをひとりにする危険を冒すわけにはいかず、できるだけ早くほかの者からきみを引き離さなくてはならなかった。気分が悪くなるかもしれないし、さまよい歩いたり、よからぬことに巻き込まれたりする可能性もあって……。今回の件でいろいろいやな思いをして気の毒に思うよ。本当にひどい出来事だった」

サラは少しもじもじした。「もうその話はよしましょう。わたしは多くを学んだわ。自分の愚かな未熟さから、何も知らずに……」

「きみの清らかさは全然愚かなどではないよ」ガイは少し声を荒らげて言った。「昨夜、そのすべてが奪われることがなくて、ぼくはうれしい……」

「みんなはもう起きているの？」話題を変えたくて、サラは急いで尋ねた。今まで他人の状況を考える余裕などなかったが、急に媚薬がほかの人々にもたらした災いが気になってくる。

ガイは首を振った。「館《やかた》は静まり返っている。みんなはきみよりたくさんシラバブを食べていたから、薬の効果ももっと強く、長いと――」

「アミーリア！」サラがいきなり乱暴にカップを置いたので、残りのお茶が炉辺に飛び散った。「ああ、なんてこと」彼女は目を見開き、救いを求めるようにガイを振り返った。「あれは幻覚……？　まさか彼女がそんな……」

ガイの表情が曇った。「率直に言って、幻覚なんかじゃない。レディ・アミーリアとグレヴィルは……一緒に部屋を出ていった」

サラは口に手を当てた。「じゃあ、ふたりは……

ああ、ひどい……」

ガイはまっすぐじっとサラを見つめた。「きみにはどうしようもなかった。ぼくにもどうしようもなかった。ふたりとも薬にやられていたからね。こんな言い方をして悪いとは思うが、同じことがきみに起こっていたよりは、レディ・アミーリアのショックは少ないと思う」

サラは目をそらした。ガイが言いたいことはわかる。アミーリアは未亡人だから、サラに比べればそれなりに経験も知識もあるだろう。それでも……。

「ぼくが思うに」ガイはさっきサラをなだめたときと同じ、落ち着いた口調で言った。「レディ・アミーリアとグレヴィルはけんかばかりしているけれど、本当に愛し合っている。だからきっと、大丈夫だよ。慣習にはそぐわないかもしれないが、もっとずっとひどいことだって起こり得たんだ」

「わかっているわ」アミーリアのことを思うとまた涙が出てきて、サラはハンカチーフを手探りした。ブランチランドへ来て、無傷で帰れると思っていたなんて、アミーリアも自分もなんと未熟で愚かだったことか。しかも、ガイが正しくも指摘したように、ふたりとももっとひどい状況で目覚めていた可能性もあったのだ。もし、相手がアラダイスやラルフだったら……サラはおののいた。偽善的な社交界の規範など度外視すれば、彼女もアミーリアも幸運とまではいかなくとも、少なくとも……。

サラは涙をぬぐって立ち上がり、窓辺へ行って冷たく白い景色を眺めた。厚いビロードのカーテンに片手をかける。すぐにブランチランドを発《た》たなくては。それしかない。当然、オリヴィアにかかわる計画は変更しなくてはならないが、ここ数時間姪《めい》のことはまったくサラの頭になかったし、今の彼女は疲れきって、とても新しい計画を立てられるような状態ではなかった。

ガイも立ち上がり、窓辺のサラの背後にやってきた。「美しいところだけれど、汚れてしまった」彼はそっとささやいた。「あきらめなくては」

「わかってるわ」サラはガイを振り返った。彼はとてもやさしい目でサラを見ていた。

「こんなときにせき立てるのもなんだが」ガイは遠慮がちに言った。「ぼくと結婚すべきだということは、もうきみもわかってくれたはずだ。以前はいろいろ疑いもあったかもしれないけれど……」

サラは喉をつまらせた。ガイに愛していると言いたかったが、言葉は喉に張りついてしまったみたいだ。彼女の中に突然芽生えた激しくガイに惹《ひ》かれる気持ちは、彼がどんなにすばらしい男性かを知るにつれて急速に愛へと発展していった。オリヴィアの問題にしても、ふたりで話し合えば乗り越えることができると確信している。ただもう少し、心の準備をする時間さえあれば……。

サラが答えないので、ガイは少し表情を曇らせ、顔を背けた。「もちろん、まだミス・メレディスの問題が残っているけどね」彼は言葉を続けた。「昨夜あんなことになる前に、レベイターがぼくのところへ来て、彼女のことできみと話し合ってほしいと頼んできたんだ」彼はじっとサラを見つめた。「彼はミス・メレディスが危機に瀕《ひん》していると確信していて、しかも、きみが彼女の居所を知っているに違いないと思っている！　どうなんだ？」

サラは息をのんだ。こういう話が出ることを予想していなかったわけではないが、突然すぎて情けないほど心の準備ができていない。時間を稼ごうと彼女はナイトテーブルに歩み寄り、泉の水をグラスに注いだ。まさに昨日恐れていたことが起こってしまった。なぜレベイターはサラがオリヴィアの失踪《しっそう》に一枚噛《か》んでいることを見抜いたのだろう。単なる勘なのか、それとも何かを見聞きしたのか。彼がサラの言葉を信じず、ガイに疑惑をぶつけたのは、サラにはなんとも運が悪かった。彼女は今やガイとオリヴィアの問題を話し合わなくてはならなくなったが、どう切り出せばいいのかわからない。

サラは再び暖炉のそばの肘掛け椅子に座ったが、ガイは立ったままでいた。さっきまでの親密さは完全に消えていた。サラの心は沈んだ。彼女を助けるためにあれだけのことをしてくれたのだから、ガイが彼女の信頼を期待するのは当然だ。しかし、サラは今、明らかに彼への不信を見せている。沈黙によって、いとしい人を失おうとしているのだ。

ガイは礼儀正しくサラの答えを待っていたが、その目は冷たかった。

「わたしがミス・メレディスの居所を知っているというのは、レベイター卿《きょう》の勘違いよ。わたしは彼に嘘《うそ》はついていないわ。正確に言えば――」

「本当に？　たぶん、ぼくと話し合ったときにも嘘はつかなかったというのと、同じ意味でだろう？」ガイの突然の軽蔑《けいべつ》の口調は鞭《むち》のようにサラを打ち、彼女はたじろいた。「きみは真実を語らずにすますことにかけては、すごい才能の持ち主だね、ミス・シェリダン！　じゃあ言うけれど、レベイターはミス・メレディスがこの部屋から出てきたのを見ているんだよ！　彼はミス・メレディスをアラダイスの愛人にしようという画策に、きみも手を貸しているのかもしれないとまで言っていた！」

故意の侮辱がサラを深く傷つけた。彼女は目をらんらんと光らせ、さっと立ち上がった。昨夜の出来事による緊張と苦悩がまたよみがえってきた。なぜさっきまであんなに親密だったふたりがこんなふうになってしまったのかさえ、考えもしなかった。

「よくもそんなことが言えたわね！　こんなひどい話、聞いたことがないわ！　オリヴィアはわたしの姪なのよ！　たとえそうでなくても――」

ガイは肩をすくめた。サラの激怒にも平然としたようすだ。「ぼくが言ったんじゃない。他人が言ったことを繰り返しただけさ！　それに、そう思われるのは根拠があるからだろう。ひょっとしてきみは、ミス・メレディスを一族に加わるやっかい者だと思ってるんじゃないか？　親戚《しんせき》というのは概して、そういう場合は見て見ぬふりをするものだしな！」

「これまであなたにはずいぶん侮辱されてきたけれど」サラは声を震わせて言った。「今の言葉に比べれば、なんてことはなかったわ！　今すぐここを出ていって！」

ガイはベッドに歩み寄ると、鍵《かぎ》をナイトテーブルへ放《ほう》り投げ、ベッドに横になって頭の下で手を組んだ。サラは怒りに言葉も出ず、彼をにらみつけた。

「いったいどういうつもり？　ここにはいさせないわよ！」

ガイはほほえみ、平気な顔で言った。「いさせないって言ったっているさ。どうせ昨日はひと晩中ここにいたんだから、もう数時間いたってどうってことないだろう。ぼくの知りたいことをきみが話す気になるまで、こうして待っていれば楽だしね」

サラの中で怒りと当惑がせめぎ合った。「ばかげているわ！　こんなことする必要はないでしょう！　お互いまともに話し合えば……」

ガイは枕《まくら》の上の顔を上げ、サラに嘲笑的な視線を向けた。「ぼくだってもちろんそうしたいとも。ただし、こちらのやり方でね！　ぼくに言わせれば、昨夜ぼくはあれだけきみに尽くしたのに、きみは今きみにしかわからない理由で、ぼくに報いることを拒否している！　ミス・メレディスについて話すことを無理強いはできないが、話してくれるまではここを動かないよ！」

サラの頭にかっと血が昇った。「あなたを信頼できないのは、あなたがわたしに何か隠しているのがわかっているからだわ！」彼女はいまいましげに言った。「ウッダランで、あなたと伯爵が話しているのを聞いたのよ。あなたは何かの理由でわたしより先にオリヴィアを見つけなきゃならないんでしょう！　ああ、こんなの耐えられない。あなたが出ていかないなら、わたしが出ていくわ！」

サラは鍵をひったくるようにして取ったが、ガイはすばやく彼女の手首をつかんで強く引っ張った。バランスを失ったサラは、大きなベッドの彼の傍らに倒れ込んだ。

そして言葉を発する前にもう、ガイの下に押さえつけられていて、彼の顔がぎょっとするほど間近にあった。サラの鼓動は乱れ始めた。

「今」ガイはそっとささやいた。「昨夜のぼくの忍耐への借りを、きみはどう考えている？　きみの挑発は聖者も屈するほどだったのに、それでもぼくはがんばり抜いたんだ！」

「じゃあ、その努力を今むだにしないで！」サラはあえいだ。簡単には収拾のつかない状態に陥ってしまったことはわかっていた。ガイの目は怒りに燃えていて、今手遅れになって初めて、彼女は自分が昨夜どこまで激しくガイを追い込んでいたかを悟った。抱いてくれと迫る彼女に触れずにいるのは、それはたいへんだっただろう。そのときの欲求不満と欲望は今も解消されてはいない。彼の怒りも情熱もそこからわき上がってきているのだ。

一瞬ふたりの視線がからみ合ったかと思うと、支配力を誇示するようにゆっくりとガイの唇がサラの唇に下りてきた。たちまち欲望が燃え上がり、サラの血は熱く脈打って、全身の力が抜けて震えているのに、体の隅々までが敏感になる。

サラが目を開くと、ガイの熱い視線にぶつかった。再び唇を奪われ、激しくむさぼられて、彼女はたまらずあえぎ声をあげた。怒りは消え、切迫した欲求がふたりをとらえていた。彼女は自ら両手をガイの上着の下へ滑らせ、麻のシャツの下のたくましい体のぬくもりを感じ取った。ガイは片肘をついて体を起こし、サラの口元に喉のくぼみにキスをした。やさしいけれども濃厚なその感触に、彼女は快感の甘い吐息をもらした。

「ガイ、お願い……」

「お願いって……何?」彼の声はかすれ……ほほえんでいるのがわかる。彼はサラのドレスを肩から外し、あらわになった肌をやさしいキスで埋めていく。

「今度はちゃんとわかってるね、サラ?」ガイがささやいた。ドレスが引き下げられ、薄いシュミーズ一枚にされたのをサラは感じた。ガイの手が柔らかな胸のふくらみをかすめただけで、彼女は改めて震え出し、下腹部に熱い欲望を感じた。ガイはわざとゆっくりとシュミーズを下ろし、サラの胸をあらわにしていく。早く素肌に触れてもらいたくてたまらず目を開けたサラは、ガイの濃密な欲望の視線に釘《くぎ》づけにされて、動くことも話すこともできなくなった。張りつめた空気の中で、長く感じられる一瞬、ふたりは見つめ合い、それからガイは頭を下げて、硬くなった先端を口に含んだ。甘美な快感が、ゆっくりと全身に広がり、サラは今にも声をあげそうになる。

「降参する?」ガイの声も熱い思いにかすれている。彼が片手をサラのおなかへとすべらせ、彼女は思わずのけぞった。

「ええ……」今なら何にだってイエスと言ってしまう。オリヴィアもレベイターもアラダイスも、もう何もわからない。「お願い……」

ガイは再びサラの胸へと頭を下げ、唇と舌でさんざんにじらして欲望をかき立て、彼女を身もだえさせた。「じゃあ、ぼくと結婚してくれる?」

欲望に曇った頭でも、サラはどこかおかしいと思った。彼はオリヴィアのことをきくはずでは……。でも、絹のような肌にガイがそっと歯を立てると、また何もわからなくなってしまう。

「ええ、ええ、いいわ。もちろん」サラはガイがそれで愛撫をやめるものと思っていた。彼は目的を達したのだからと。ところが彼の手が柔らかな腿へとすべり込んできて、彼女は大きく目を見開いた。

「でも、わたしが思っていたのは……」彼女がなんと思っていたのかは結局口にされないままだった。ガイのやさしくも濃厚な愛撫にサラは喜びの叫び声をあげ、もうこれ以上耐えられないと思った瞬間、彼女の全身は恍惚《こうこつ》感の頂点で砕け散った。

しばらくしてやっとサラがわれに返ると、ガイがいつの間にかすっかり服を脱がせて彼女を、シーツにくるんでいた。サラはガイの腕の中で体を丸め、彼の肩に頭をもたせかけた。今さら恥ずかしがっても手遅れなようだったので、彼女はガイに体をすり寄せた。全身が快感にぼうっとしてとても眠いが、心の奥で何かが違うのでは、という疑問がうずいている。サラは少し体を起こしガイの胸に手を置いた。

「ガイ……」

「サラ……」サラの額の巻き毛がガイの息に揺れる。彼は身をかがめ、彼女にキスした。「大丈夫?」

「ええ……」サラはほほえんだ。「でも、あなたは……わたし、こういうことにはあまり詳しくないけれど、あれでは不公平なのでは……」

ガイが笑う。その息がサラの髪にかかった。「きみの平等精神は大いに評価するけれど、それは待つべきことだから!」

「でも――」

「ぼくを誘惑しないでくれ」ガイは少し強い口調で言った。「止められたのが奇跡なんだから!」彼の声がまた温かくなる。「なんと言っても、一度ならず二度もきみに抵抗し続けて……」

サラが少し動くとシーツがすべり落ちた。たちまち熱くなるガイの視線にサラの体にもまた火がつく。

「服を着て」ガイがぶっきらぼうに言った。「お願いだから服を着てくれ、サラ！　きみと話がしたいのに、こんな状態ではとても無理だ！」

サラが急いで服を着ているあいだ、彼女が服を着終えると、ガイは背中を向けていた。そして、彼女が服を着終えると、ガイは自分と並んで暖炉のそばの肘掛け椅子に座るよう手招きした。もう日差しはかなり強くなっていたが、館にはまだ人の動く気配はなかった。

「きみはぼくが何かを隠していると責めたね」ガイが切り出した。「それは事実だ。早くきみに打ち明けたかったんだが……複雑な事情があって。とにかく、きみには知っておいてほしい。オリヴィア・メレディスは――」

「あなたの姪でもあるんでしょう」

ガイはサラを見つめた。「いったいどうしてそれを？」

サラは吹き出した。「彼女に会ったからよ！　彼女を見たとたん……」サラは首を振り、苦笑した。「あらかじめ無関係だと聞かされていたとしても、そんなはずはないと思ったでしょう！　彼女をあなたの子供だと思ってもおかしくないくらいよ。さすがのあなたも、そんな幼いうちから放蕩《ほうとう》に走るのは無理だろうけれど」

ガイはサラが思わず真っ赤になるような目で彼女を見た。「信頼してくれて、どうもありがとう！　じゃあ、そんなによく似てるんだ」

「一目瞭然《いちもくりょうぜん》ね！　それに彼女はあなたのお祖父《じい》様とお祖母《ばあ》様の肖像の入ったロケットを持っていたの。あの肖像はきっとそうだと思うの。ただ、彼女は自分の母親については何も知らないのよ。フランクが父だと知っているだけで。わたしだって驚いたわ……キャサリンが母親だなんて」

ガイは探るような目でサラを見た。「きみが自分でそう推測したの？」

「それしか説明のしようがないもの」サラはたじろいだ。「わたしの読み違いでないかぎり――」

「いや、きみの推理は当たっている。ショックだった？」

サラはガイの視線をまっすぐ受け止めた。「今あいうことがあって、わたしにショックだなんて言える？　わたしもいろいろ学んだわ……わたしが判断したり批判したりできることじゃないと思うわ。ただ……フランクには驚いているの。兄は確かに不良だったけれど、無垢な少女をもてあそんで捨てるような人では……」

ガイは深いため息とともに頬杖《ほおづえ》をついた。「彼は知らなかったんだよ。キャサリンは手遅れになるまで誰にも相談せず、きみの兄上は外国にいた。姉は出産のときに亡くなり、父は怒りと悲しみでまともな状態ではなかった。孫とのかかわりをいっさい拒否し、すべての処理をきみの一族にゆだねたんだ」

「かわいそうに」サラはそっとつぶやいた。「かわいそうなキャサリン。まだせいぜい十六でしょう」

「ああ、まったくひどい悲劇だ。父は……」ガイの表情が暗くなった。「娘の不名誉を世間に知られることに耐えられないんだよ。だからぼくにきみより先にミス・メレディスを見つけろと、そして誰にも、きみにさえ、彼女を捜していることは打ち明けるなと命じたんだ。すまなかった」彼は髪をかき上げ、すでに乱れた髪をさらにくしゃくしゃにした。「ぼくがきみを信頼していないように見えたかもしれないけれど、それは父との約束があったからで……」

サラは顔をしかめた。「でも、わからないわ、ガイ。あなたが先にオリヴィアを見つけたとして、どうするつもりだったの？　お父様はどうしろと？」

ガイは立ち上がり、暖炉にもう一本薪《まき》をくべる。サラは彼は答えないつもりなのかと思った。火花が舞い上がり、彼の険しい表情を照らし出した。「父はミス・メレディスに金を渡すようにと言った。それで彼女に消えてもらうという計画だった。きみに知られることなく」

サラはショックでしばし黙り込んだ。怒りと憤りに駆られながら、彼女はガイの横顔を見つめた。

「伯爵はオリヴィアの存在を恥だと思っていらっしゃるのね」サラは震える声で切り出した。

ガイは彼女を見つめた。彼の表情には悲しみとやるせなさが宿っていた。「父はキャサリンの思い出を守りたいんだ。父なりによかれと思ってしたことなんだよ。ミス・メレディスは父にとっては無に等しく、娘の名誉と評判がすべてなんだ。娘の思い出が汚されることに耐えられないんだね。ぼくは父にそんな考え方は間違っていると言ったんだが、なにしろ気位の高い年寄りのことで……」

サラは激しい感情に揺さぶられていた。「オリヴィアはわたしの姪でもあるのよ！　伯爵はわたしの思いなどまったく無視してらっしゃる！　伯爵があなたにわたしと一緒にブランチランドへ行くよう命じられたとき、それはわたしを支え、守ってくださるためだと思った。それなのに、そこにあったのは策略と欺きだったなんて！」これほどの裏切りを前に、彼女は座って冷静に議論などしていられず、さっと立ち上がった。「信じられないわ。あなたはずっとわたしを欺くことを考えていたのね！　それなのにずうずうしくも、わたしが真実を明かさないと非難するなんて――」

ガイはすばやくサラに歩み寄り、彼女の両手を握った。「サラ、ぼくの話を聞いてくれ！」彼の声には力がこもっていた。「ぼくは父に言われたとおりにするつもりはなく――」

「オリヴィアは絶対に買収なんかされなかった

わ！」サラは激しい口調で言うと、わっと泣き出した。「彼女はわたしたちなんかより、ずっと高潔な人よ！」

「きっときみの言うとおりなんだろう」ガイはサラを抱き寄せ、彼女の髪をやさしく撫でた。「まったくひどい計画だ。父のところへ行って、別の解決策を見つけよう。約束するよ！」

ガイはそれ以上は何も言わず、サラが涙で彼の上着を濡《ぬ》らすままにしていた。しばらくして、彼女のすすり泣きがおさまると、彼はサラをベッドの自分の傍らに座らせた。

「ああ、わたしったらどうして泣いてばかりいるのかしら」サラは涙混じりに言った。「それがいちばん癪《しゃく》に障るわ！　もううんざり！」

ガイはサラの髪にキスした。「無理もないよ。ショックなことばかりだったから。さっきはぼくもいろいろひどいことを言ってしまって、すまなかったね。きみが何か隠しているのがわかっていたから、きみに信頼してもらえないことが腹立たしかったんだ。自分だって同じ罪を告白することになるのに、まったくわれながらよく言えたもんだよ！　ぼくたちは改めてやり直せるよね？」

ガイはそれ以上、言葉を続けられなかった。突然階段の下から大きな叫び声が響いてきたからだ。ガイとサラは顔を見合わせた。それでも、ほかの者は目を覚まさなかったらしく、館に依然人の動く気配はなかった。

「ぼくが行って、何があったのか見てくる」ガイがしぶしぶ言って、部屋の鍵を開けた。「何か緊急事態かもしれない」

サラもガイと一緒に暗い踊り場へ出て、階段を下りた。トム・ブルックスが緊張の面持ちで玄関広間に立っていて、ガイを見ると安堵《あんど》の表情になった。

「あなたが来てくだすってよかった！　ウッダラン

から伝言なんです。父上が――」

サラはガイの腕をつかんだ。「まあ、まさか！　トム、伯爵の身にもしや――」

「いや、そうじゃありません。ただ、かなり具合が悪いごようすで」トムはガイのほうに向き直った。「あなたにすぐに戻ってきてほしいとおっしゃっています。もう馬に鞍《くら》をつけてありますから」

「ありがとう」ガイはまだ腕をつかんでいるサラの手に手を重ねた。「ぼくは行かなくちゃ、サラ。とりあえず、きみは荷物をまとめておいてくれ。ぼくはあとでまたここに戻ってくるか、伝言をよこすかするから。ぼくから連絡があるまでは何もせず、身辺に気をつけて、レディ・アミーリアの世話をしてあげることだ」彼はサラに短いキスをした。「トム」

庭師は辛抱強く待っている。「ぼくが戻ってくるまで、ミス・シェリダンとミス・メレディスを頼む」

「オリヴィア！」サラが突然言った。「ガイ、わたしまだあなたに言ってないことが――」

「今は時間がない」ガイはもう一度サラにキスして、ドアへと走った。サラはトムと並んで玄関の階段に立ち、雪の中を馬を走らせていくガイの姿を見送った。彼女はひとり取り残され、寂しかった。伯爵の病気が心配だし、ガイのそばにいたかった。だが、そんなことより、何かが間違っているという直感があって、彼女を怯《おび》えさせた。

「最悪なのは」数時間後、アミーリアが上掛けを引っ張りながら言った。「何ひとつ思い出せないことよ！　グレヴィルに愛されたというのに、すっかり忘れてしまうだなんて！　ごめんなさい、サラ、あなたにこんなことを話して！　でも、あなたが無事で本当によかった……」

「わたしのことは心配しないで！」サラは慰めるようにアミーリアの腕に手をかけた。サラが無事だったことを彼女はすんなり納得してくれたが、それはまだ、アミーリア自身が昨夜自分の身に起きたことに圧倒されていたからだった。「ミリー、これからどうなるの?」

「あら、大丈夫よ」アミーリアは慌てて言うと、明るい笑顔になった。「こんな言い方をしても許されると思うんだけど、すべてうまくいったの。グレヴィルとわたしは話し合って……」彼女は赤くなった。「彼が結婚特別許可証を手に入れしだい、結婚することになったの! わたしはずっととても愚かだった。彼を心から愛しているのに……」彼女は枕にもたれ、目を閉じた。サラは薬の効果は実際とても強力だったのだろうと思い、改めてあの料理を少ししか口にしなくてよかったと幸運を感謝した。

窓の外では鉛色の空から雪が降っていた。みんなでウッダランへ移ろうと考えていたサラは、不安になった。天気は悪いし、今のアミーリアに旅は無理だろう。オリヴィアに伝言をことづけたトムも、まだ何も言ってこない。サラはガイがそばにいてくれたらと心から思った。

「ラルフの客たちはきっと、間違った相手とともに目覚めているわ」アミーリアが陰気な声で言った。「掃除のときに全部の部屋をすっかり模様替えしちゃったのよ。そのほうがおもしろいと思って! それがこんなことになるなんて!」

「大切なのは」サラがしっかりした声で言った。「あなたとわたしが正しい相手と目覚めたことよ。ラルフや客たちは自分の始末は自分でつけるでしょう!」微妙な話題をこんなにもあけっぴろげに語っていることがサラは自分でも不思議だったが、短い時間のあいだに彼女の中に大きな変化が起こっていた。彼女は努めて明るい口調で言った。「いずれにせよ、フィスク夫妻はとっても幸せそうよ! ふたり一緒に目覚めて、夫婦の絆《きずな》を取り戻して、二度目の新婚旅行を計画しているんですって！」

ふたりは目を合わせ、笑い出した。「まったく」アミーリアはくすくす笑いながら言った。「なんてこと！　少なくともわたしは結婚の経験があって、そんなにすましている必要もないけど、サラったら！　本来ならわたしがあなたを慰めなきゃいけないのに！」

「レンショー卿がそれは上手に慰めてくれたの！　彼は完璧《かんぺき》な紳士だわ！」

アミーリアはサラに見透かしたような視線を注ぎ、ふたりはまたどっと笑った。「よくわかるわ！」アミーリアが言った。「いえ、むしろ、全然わからないと言ったほうがいいかしら！」

サラはふいに立ち上がり、窓辺へ行って目まぐるしく回って落ちる雪を眺めた。

「アランは最初から、わたしを裏切っていたの」しばらくしてアミーリアが、明らかに物思いにふけっているようすで言った。「確かに彼はハンサムで魅力的で一緒にいてそれは楽しい人だったけれど、ひとりの女にだけ愛情を注ぐなんてことは、まるで頭になかった。まして結婚相手になんてなおさら！　わたしは夫の不実に深く傷ついていて、それを考えることさえ耐えられなかったの！　だから……最初グレヴィルに求婚されたときも……」

サラはアミーリアを振り返った。彼女のかわいい顔がこんなふうに苦悩に彩られているのを見たのは、初めてだった。「わたしはあなたがグレヴィルを拒んだのは、彼を退屈な男性だと思ったからだと――」

「ええ。わたしは彼のすばらしさをわかっていないように見えたでしょうね。でも、実際は怖かったんだと思うわ。今は彼を信頼しないと」

「あなたにとって彼以上の人はいないわよ」サラはやさしく言って、ベッドのそばに戻った。「グレヴイルはあなたを愛しているし、それももうずいぶん前からよ」

「知ってるわ」アミーリアの唇に満足げな微笑が浮かんだ。「わたしって本当に幸運ね！　ああ、あとは昨日の夜の記憶さえ――」

「そうね」サラがいたずらっぽくほほえんだ。「確かにそれは気になるでしょう。でも、大丈夫。これから確かめる機会はいくらでもあるんだから！」

「サラ！」アミーリアは大きく目を見開いた。「ブランチランドはすっかりあなたを変えたわね。それもいいことばかりじゃなく！」

「そうね」サラはまだほほえんでいる。彼女は戯れる妖精の絵のひとつに目を向けた。「こういうひどい絵の影響じゃないかしら！」

「ガイがあなたを立派な女性にしてくれるよう願っているわ、サラ」アミーリアは眉間《みけん》に軽く皺《しわ》を寄せた。「彼と結婚するんでしょう？」

サラは顔を背けた。「もちろんよ。こんなことになった以上、多少の妥協はしかたがないわ！」

「そんなの理由にならないわ！」アミーリアはさっとサラの手を握った。「彼を愛しているからでしょう！　わたしは知っているのよ、サラ！　ああ、こんなに疲れていなかったら、今すぐ認めさせるのに！」


アミーリアはその日はほとんど寝ていて、サラは彼女のそばについていた。婚約者よりも先に薬の影響を脱したグレヴィルは、サラがひとりガイの帰りを待つ覚悟をしているのを確かめてから、結婚特別許可証を得るため、ただちに馬に乗って出発した。サラは彼があんなに急ぐのはアミーリアを安心させるためもあるのではないかと思ったが、その点は別に心配はなかった。アミーリアはすっかり満ち足りて、グレヴィルの愛を確信しているようすだった。

グレヴィルが去ってサラはさらに寂しくなったが、ガイがすぐ戻ってくると言ったことで心を慰めた。それにまだ、ジャスティン・レベイターがいて守ってくれる。昨夜食堂を飛び出したこの若い貴族は、薬の効き目のあるあいだ、鍵を投げ捨て自分を部屋に閉じ込めていた。オリヴィアへの愛を汚したくなかったからだ。今朝になって意識を取り戻すと、トムの助けを借りてサラが部屋から出してくれるまで、彼はドアを叩《たた》き続けなくてはならなかった。

フィスク夫妻は新婚夫婦のように仲むつまじく早早に出発した。サラはラルフやほかの客とは顔を合わせたくなかった。彼女はアミーリアのベッドの傍らに座り、ウッダランへ戻ることの難しさに頭を悩ませていた。伯爵はたぶん死の床にあり、一行には彼の望まぬ孫娘が加わっている。心が落ち着かず、サラは窓辺に座ってしばらく雪を眺めていたが、彼女の心に平安をもたらしてはくれなかった。

午後遅く暗くなり始めてから、サラはぐっすり眠っているアミーリアのそばを離れ、新鮮な空気を吸いに外へ出た。たそがれの庭を眺め、結局ガイは今夜は戻らないだろうと思った。館へは温室を通って戻ることにした。ガラスの屋根に雪が降る音が、やさしく心を慰めてくれる。温室は妙に明るくて、果物や夏の花の香りが外の雪と奇妙な対照を成していた。サラはふたつの温室を抜け、しばらく池のそばに座って、なぜ自分の心はこんなにざわつくのだろうと考えた。さまざまな問題を抱えているとはいえ、どれもガイが戻ってきたら解決できることばかりではないか。それなのに、彼女は孤独で不安だった。以前は頭から相手にしなかった怪奇小説の世界が、そんなに愚かだとは思えなくなってきたのだ。

イスも朝いちばんに発《た》ったはずだ！　わたしはきみを巻き込むつもりなんてなかったんだよ、サラ！　もう饗宴《きようえん》もなしだ。今後いっさいね！　ああ、悲劇だよ！」

ラルフはなおも嘆きながら、立ち去った。サラは彼の後ろ姿を見送りながら、腹立たしいとともに、哀れにも思った。ラルフは上流社会に受け入れられたことがない。おぞましい饗宴を開くようになる以前から、取るに足りない存在と見なされてきたのだ。今では、彼の見つけた楽しみもなくなってしまった。

アミーリアの具合を確かめるためゆっくりと階段を上りながら、サラはすべてのカーテンを静かに閉めていった。館《やかた》はとても静かで、レベイターがいる気配はない。彼女は少し震えて、ガイが戻ってくるまで、アミーリアと一緒に鍵《かぎ》のかかった部屋にこもっていることにした。

雪はまだ降っていたが、小降りになってきた。サ

## *10*

サラが温室から戻ってくると、ラルフが玄関広間をこそこそ歩いていた。彼は疲れたようすで怯《おび》えており、危険な動物に向けるような警戒のまなざしでサラを見た。「サラ！　大丈夫かい？」被害のあとを探すように、彼はじっとサラの顔を見た。

「ええ、大丈夫です、ありがとう」サラはしっかりと答えた。「でも、大事な用があったとはいえ、ここに戻ってきたことを大いに悔やんでいますわ！　二度と足を踏み入れなければよかった！」

「マーヴェルが悪いんだ」ラルフはもみ手をして、哀れっぽく言った。「マーヴェルとエドワード・アラダイスが！　あいつはもうく
びにしたし、アラダ

ラが踊り場の長いカーテンを閉めようとしたとき、木立のあいだに洞穴へと続く道を照らす、たいまつの火が燃えているのが見えた。

なんなの、結局ラルフは冬至の饗宴を開くことにしたのね。さっきはあんなことを言っていたのに！　サラはいまいましげに眉をひそめた。人の性格はそう簡単に変わるものではないだろうが、彼の客たちにまだそんな元気が残っていたとは驚きだ。彼女は怒りに任せて乱暴にカーテンを閉じた。

そのとき、召使いの控え室へ通じるドアが音高く開いた。「ミス・サラ！」よろめきながら廊下へ出てきたのはトム・ブルックスで、ほの暗い明かりの中でもこめかみに青あざができているのがわかる。

サラは急いで階段を下り、倒れそうになった彼の腕を支えた。

「トム！　いったいどうしたの？」

「頭を殴られたんです」トムは悔しそうに言った。「どれくらい雪の中に倒れていたかわかりません。ミス・オリヴィアがいなくなって――」

「オリヴィアが？」恐怖にサラの口調が鋭くなる。しかし、トムのうつろな視線に気づくと、彼女はトムを階段のところまで連れていって座らせた。「トム、ここにいて。メイドを呼んできてあなたの頭を冷やしてもらうから。しっかりしてね……オリヴィアがいなくなったって言ったけれど――」

そのときミセス・ブルックスが半ダースほどのメイドを引き連れて足早に広間に入ってきたので、サラは言葉を切った。メイドたちは怯えている者から興奮気味の者まで、表情もさまざまだ。

「ああ、ミス・サラ！　トムもいるわ！　ミス・オリヴィアが出かけたと聞いたとたん、この人はあなたを捜しに出かけたんです！　わたしには止めることができませんでした！　あなたから伝言が来たのだから、心配ないって言ったんですけれど……」サラの表情を見て、夫人は口ごもった。「そんな伝言はしなかったなんて言わないで――」

「わたしじゃないわ」サラが言った。

なんの騒ぎかと好奇心に駆られたらしく、アミーリアが部屋から出てきた。ジャスティン・レベイターもゲーム室のほうからやってくる。たちまちその場を取り仕切り始めたようすからして、アミーリアが元気を回復したのは間違いなかった。

「スーザン、お湯の入ったボウルと包帯を持ってきて。レベイター卿《きょう》、あなたはトムが二階へ上がるのを手伝ってあげて。彼は絶対安静にしていなければいけないわ。みんな下がって！ トムにたっぷり空気を吸わせてあげて！」

「驚いた！」トムがレベイターに支えられてゆっくり階段を上っていくのを眺めながら、ミセス・ブルックスは感心した顔で言った。「レディ・アミーリアの前では、うちのトムもすっかりおとなしくなってしまって！ こんなの初めてですよ！」サラが戸棚からマントとブーツを取り出しているのを見て、夫人の視線が鋭くなった。どこへ行くんです？ こんな雪の夜に……」彼女は鼻に皺《しわ》を寄せた。「しかも異教徒の饗宴の夜ですよ！ レベイター卿が戻ってくるのを待って、ミス・オリヴィアを捜しに行ってもらえば――」

「ぐずぐずしている暇はないと思うの」サラはもうブーツをはいていた。「オリヴィアへの伝言が来たのはいつ？」

「一時間近く前かしら」ミセス・ブルックスも心配そうな顔をした。「ドアの下に紙片が差し込んであったんです。ミス・オリヴィアがあなたからだと言って……あなたが会いたがっていると。ああ！」

「大丈夫よ」サラ自身、実のところ両手を上げて嘆きたい気分だった。「あなたは二階へ行ってトムについていてあげて！ オリヴィアはどこでわたしに会うかは言ってないわよね?」

「ええ」ミセス・ブルックスは唇を噛《か》んだ。「わたしは行くなと説得したんです。こんな夜に出かけるもんじゃないって。でも、ミス・オリヴィアは遠くないからと言って! なんてこと!」

「レディ・アミーリアとレベイター卿にはあなたから説明しておいてね」サラは急いで言って、玄関のドアに手をかけた。「心配しないで。すべてうまくいくから!」

「彼女の気の毒なお母様は……」ミセス・ブルックスが言いかけたが、サラはもう聞いていなかった。ドアを大きく開け、彼女は雪の中へ出ていった。


空は澄み、雲の上に高く月がかかっていた。森の奥から詠唱が聞こえてくる。白黒の景色の中で、この世のものとも思われぬ響きだ。サラは震え、冷静にならなくては、と厳しく自分に言い聞かせた。たかがラルフのばか騒ぎじゃないの。以前は彼らが人に危害を加えることはないと思っていたが、昨夜のことがあっただけにそうとも言いきれなかった。六十年ほど前、サー・フランシス・ダッシュウッドが悪魔崇拝に基づいた秘密結社を作り、修道士と修道女の衣装に身を包んだ男女が淫《みだ》らな饗宴にふけったと言われている。きっとラルフはそれを手本にしたのだろう。サラは大きく深呼吸した。怯えてはいられなかった。

森の中を走りながらサラは考えた。オリヴィアはサラの名を騙《かた》る誰かによって、隠れ家から誘い出されたのだ。アラダイスのしわざに違いないとサラは思った。ラルフはアラダイスとマーヴェルが共謀していたと言っていたから、あの従僕がオリヴィアの隠れ家を見つけたのかもしれない。邪魔が入らぬようトムを襲ったのは、ふたりのうちのどちらかだろう。そしてアラダイスは、饗宴をオリヴィアをかどわかす隠れ蓑《みの》にするつもりだろう。

木のあいだを抜け、なるべく影に身を潜めつつ、サラは洞穴へと近づいていった。入り口のあたりでたいまつが燃え、詠唱はさらに大きくなって静かな夜に不気味にこだましている。サラはぞっとした。洞穴の中央で炉が燃えていて、木の香りに似た妙な甘い香りがこちらに漂ってきた。頭がくらくらしてきたが、今さら引き返すわけにもいかない。

サラは息を殺し、そっと洞穴の入り口へ近づいた。そして、奥をのぞき込もうとしたとき、長い流れるようなローブを着た数人の人物が入り口から駆け出してきて、歓喜の声をあげながら森へ散らばっていった。仮面をつけた参加者を見分けるのは困難だったが、黒いローブの男に激しく追い回されている幽霊のように細い姿はレディ・アン・ウォルターに違いない。レディ・アンの腰をつかんだ男は彼女を雪の中に押し倒し、ふたりは淫らに興奮して転げ回っている。サラは嫌悪を感じ、思わずあとずさりした。

突然、洞穴の中から鋭い音がして、サラは飛び上がった。人に見つからないよう、入り口のほうへとじりじりと進んでいく。しかし、壁のカーブが邪魔で中が見えない。奇妙な香りはさらに強くなり、サラは涙が出て頭がぼうっとしてきた。これもまたラルフのいやらしい媚薬《びやく》のひとつだったら……そのとき何かが崩れる音がして、また静かになった。サラはたじろぎ、ほとんど息もできなかった。誰かがまだ洞穴の中にいるのは確かだ。たぶんラルフが儀式の大司祭役か何かを務めていて、みんなが饗宴の次の段階に移ったあともまだ残っているのだろう……。とにかく、アラダイスがここへオリヴィアを連れてきたのかどうかを確かめなくては。

サラは背筋を伸ばした。ラルフが洞穴の中に残っていたとしても、サラに危害を加えることはないだろう。もし中にいるのがアラダイスかマーヴェルか、あるいはふたりともだったら……それは考えないことにした。それに、みんなに計画を知られたとわかれば、さすがにアラダイスもオリヴィアの誘拐をあきらめるに違いない。

ふいに決意が固まって、サラは一歩前に出たが、そのときローブ姿の人影が彼女の視界を横切り、まっすぐ洞穴の入り口へと向かってきた。彼は入り口に近づくとフードをはずし、たいまつがブロンドの髪を輝かせた。炎に照らし出されたその顔に、サラはショックと驚きで息をのんだ。アラダイスかと思ったその人物は……ガイだったのだ。

サラの呼吸は乱れ、体は激しく震えた。ウッダランへ呼び戻されたはずのガイがここで何をしているの？　なぜ彼は戻ってきたことを知らせてくれなかったの？　この饗宴での目的は？　どうしてこんな不実な男をわたしは信じてしまったのかしら。

瞬時のうちにこうした思いがサラの心を駆けめぐり、耐えられないほど痛切な怒りの波が襲ってきた。彼女は洞穴の外の壁にしがみついて体を支え、手の下の冷たい雪と岩の感覚で少し冷静になることができた。ガイと対決するのだ。今、ここで。

影が動き、彼はサラの前を通り過ぎた。それは本当にごく間近で、ローブがサラのマントに触れた気がしたほどだった。彼はまだ嬌声《きょうせい》をあげて雪の中を転げ回っているほかの人々とは違い、一直線に歩いていく。さらにいやな疑惑がサラをとらえた。彼女はオリヴィアを見つけたのはアラダイスだと思っていたが、それがガイだったら？　彼はオリヴィアを追い払うという父親の計画には同意できないと言っていたが、それは本当だろうか。ひょっとしたら、邪魔をされる前にオリヴィアを追い払ってしまうため、サラを言いくるめたのではないだろうか。

サラの心の半分はそんなことはあり得ないと反論したが、もう半分はすっかり疑念にとらわれていた。

彼女は疲れており、孤独だった。それに、心配と緊張続きの一日で神経をすり減らしていた。彼女はガイを愛していたが、疲れた心はそもそも彼を愛したことが間違いだったのかもしれないと告げていた。

するとガイを疑う理由がたくさん浮かび上がってきた。彼は甘い言葉でサラの疑惑を解き、彼に恋するように仕向けたが、実際のところサラは彼の何を知っているだろう。直感は彼を信じるべきだと告げていたが、そんな勘は的外れということもある。それに今は姪《めい》の命がかかっている……。

サラは木立のあいだを縫ってガイのあとを追った。影を選んでゆっくりと進み、音をたてないように注意した。流れるようなローブ姿の人影が何人か、ひらひらと彼女の視界を横切った。炉から立ち上る煙がまだ漂っていて、サラの頭はくらくらした。しばらく行くと、木立のあいだからラルフらしき太った男が彼女の目の前にぬっと現れたが、相手が言葉を発する前に、彼女は男を雪だまりへと力いっぱい突き飛ばした。男は音もたてずに倒れた。

ガイはフォリー塔へと向かっていた。明るい空に塔の暗い影が浮かんでいた。ガイがするりと中へ入る。彼を追いかけ、対決するときが来た。しかし、サラはまだためらっていた。真実を知って安心するには、これしか方法はない。ガイに説明させて……。

戸口の暗闇《くらやみ》がサラの前でぽっかりと口を開けていた。できるだけ足音を忍ばせ、サラはドアに近づいてのぞき込んだ。崩れた壁のあいだから、明るい月光が差し込んでいる。月光は塔の内部を照らし、ぼろ布にくるまった何かを浮かび上がらせた。

サラは恐怖を忘れ、悲鳴をあげながら突進した。彼女がぼろ布をめくると、意識を失ったオリヴィアの白い顔が見えた。姪は人形のようにぐったりとして、声も出さず動きもしない。きれいな額にトムとそっくりの青あざができていて、小さな切り傷には血がにじんでいた。

ふいに月が雲間に隠れ、塔全体が真っ暗になった。土の床に足音がして、サラのそばまで来ると、服の裾《すそ》が彼女の顔に触れた。サラは腕をきつくつかまれて引っ張られ、塔の壁に乱暴に押しつけられた。

隠れたときと同じように突然また月が顔を出し、塔を再び光で満たした。その光が照らし出したのは、彼女をにらみつける、激怒したガイの顔だった。

「いったいこんなところで何をしてるんだ、サラ!」

サラはもがいたが、ガイにしっかり押さえつけられてどうにもならない。彼はサラを激しく揺さぶった。

「饗宴の夜にこんなところで何をしてるんだ? 答えろ!」

サラは怒りに唇を噛んだ。「わたしが何をしていると思ったの? 饗宴に参加しているとでも? 答えるのはむしろあなたのほうでしょう。あなたこそここで何をしているの? ウッダランに行ったはずなのに。わたしにはそう思わせたのに! 妙なローブを着て、こそこそ歩き回っているのはあなたじゃないの! そして、わたしの姪に何をしたの?」

ガイがふいにサラを放したので、彼女はよろめきそうになった。ガイの声にはまったく感情がなかった。「きみはぼくがやったと思っているのか?」

「もちろんよ」サラは怒りに満ちた視線をガイに向けた。「あなたが自分で、誰にも存在を知られる前にオリヴィアを追い払う計画だったと言ったじゃないの! お金を払って消えてもらうって……やり方なんてどうでもいいのよね。ウッダラン家の名誉さえ守れれば!」ガイの顔が怒りに赤くなるのを見ると、サラはもっと彼を挑発したくなった。「あなたはわたしの疑惑を解いて、本気であなたを信じていいんだと思わせた! 危険人物はアラダイスだと思っていたけれど、大きな間違いだったわね!」

ガイが舌打ちをして一歩前に出ると、サラは急に怖くなった。深く傷ついた勢いで激しくガイをなじったものの、今は遅ればせながら、自分は大きな間違いを犯したのだと直感が告げていた。

「アラダイスなら洞穴にいるよ。きみの姪に手出しできないように縛り上げてある」ガイは歯を食いしばって言った。「それくらい危険な男さ！　ぼくに関して言えば、今朝きみに真実を告げたのに、きみは明らかにぼくを信じてはいないようだね！　しかも、ぼくを無防備な女性を殴るような男だと思うとは！　それも血のつながった身内を！　きみの評価にはうれしくて涙が出るよ！」

辛辣《しんらつ》な言葉がサラの胸に突き刺さった。ガイの嫌悪の表情に彼女はたじろいだ。「あなたが最初から真実を告げていてくれたら――」

「非難の応酬はあとにしないか、ミス・シェリダン！」ガイは冷ややかに言った。「今はきみの姪がきみの助けを必要としているんだ」今や彼の緊張は解けていたが、サラをもっとぞっとさせるもの――冷淡な無関心がそれに取って代わっていた。その口調も、名前ではなく〝ミス・シェリダン〟と呼びかける態度も、彼が簡単にはサラを許してくれそうもないことを示していた。そもそも許してもらえるのかどうかさえ怪しい。

突然、サラは激しい倦怠《けんたい》感に襲われた。例の煙で頭がくらくらするうえに、度重なるショックもあって疲れて体に力が入らない。彼女は塔の壁にぐったり寄りかかった。ガイの声がずっと遠くから聞こえてくる気がした。

「そんなことでぼくの同情を引こうとしても……」

「ごめんなさい……」サラの声はささやきになった。「煙が……あの炉の……」

ガイがいらだちの声をあげるのが聞こえた。そして、彼の怒った顔がサラの視界をよぎった。「いいかげんにしろよ！　サラ……」彼がサラを激しく揺さぶると、サラはますます頭がくらくらして……。

ガイの肩の向こうに、別の顔がひとつ、さらにひとつ現れた。サラは目を閉じた。きっと夢を見ているに違いない。レベイターの声のようだけれど……。

「ガイ？　いったいどうして……」

自分の体がガイの腕からすべり落ちていくのを感じ、サラはほっとするのと同時に失神した。


目を開くと、サラはブランチランドの自分の部屋にいた。閉じたカーテンのすき間から差し込む光で今は昼間だとわかるが、部屋は薄暗く、ベッドの傍らに座るアミーリアは乏しい光にかざして雑誌を読んでいた。「カーテンを開けて、明るくして読めば？」サラが言った。

アミーリアはびくりとした。「あら、起きたのね！　気分はどう、サラ？」

「とてもいいわ」サラは起き上がって上掛けをめくり脚を下ろそうとしたが、頭がくらくらした。うなり声をあげながらまた横になる。アミーリアが怒って舌を鳴らした。

「ほらごらんなさい！　ちっともよくないじゃないの！　おとなしく寝ていなさい、サラ！」

アミーリアは窓辺に行ってカーテンを開けた。サラは部屋にあふれる光のまぶしさに身をすくめた。

「うっ！　今、何時なの、ミリー？」

「もうお昼だと思うわ。あなたは一日寝ていたのよ」

「オリヴィア！」ふいに記憶がよみがえって、サラが言った。「何が起こったの？　彼女は大丈夫？」

アミーリアはなだめるようにサラの腕に手をかけ、傍らに座った。「オリヴィアのことならもう安心よ。実際、あなたより先に目を覚ましたしね！」

「トムは？」サラはなんとか体を起こそうと、まつわりついてくるシーツや毛布と闘った。「どうなったの、ミリー？」

「おとなしく寝ていないと教えてあげないわ」アミーリアが叱《しか》った。「トムもだいぶよくなったのだけど、奥さんがまだ休んでなきゃだめだって聞かないの。本人の意に反してね！　ラルフの客はみんな帰って、残っているのはレベイター卿だけ。彼は片時もオリヴィアのそばを離れられないって感じよ！　邪悪なアラダイスはガイが追い出したわ。縛り上げられてひと晩洞穴で過ごしたら、すっかりしゅんとしちゃって。もうオリヴィアに近づくこともないでしょう！　それから……」アミーリアはほほえんだ。「ラルフもちょっと具合が悪いようよ。彼が雪だまりで寝ているのをわたしたちが見つけたのだけど、熱を出したみたいね！」

「まあ！」太った男を雪の中に押し倒した記憶がよみがえり、サラは後ろめたくなって口を手で押さえた。「思い出した……なんとも異様な光景だったのよ、ミリー！　ローブ姿の人たちがそこら中を走り回っていて、炉からはいやな煙が立ち上って……」

「ええ、ガイの話ではあれは阿片《あへん》の一種で、幻覚作用を起こすためにアラダイスが使ったんですって」アミーリアは嫌悪の表情で言ってから、吹き出しそうになるのをこらえた。「効果はてきめんだったみたいね！　あの寒さの中、あの人たちが雪の中を転げ回っていたのも不思議はないわ！　お医者様があなたは麻薬への拒絶反応を起こしたんだっておっしゃったの。加えてあんな状況から来る不安が重なって、気絶したのですって！　それですんで運がよかったわよ！　あなたはまたしても幸運に恵まれたのね！」

サラはどんなにつらかったかを思い出し始めていた。ガイにあんなひどい言葉を浴びせかけてしまったのは、阿片の作用で心のバランスを失っていたせいだ、という言いわけは通るだろうか。いや、悲しいことに、彼が納得してくれるとは思えない。

「気の毒なラルフ！　彼を誤解しないであげてね、サラ！　彼は饗宴を開くつもりはなかったのに、アラダイスが自分の悪事の隠蔽《いんぺい》のために、マーヴェルと組んですべての手はずを整えたのよ。でも、マーヴェルはアラダイスなど放《ほう》って、レディ・アンとどこかへ行ってしまったわ！　かたや、ラルフは何が起きているのかと飛び出してきて、骨折り損のうえ、風邪をひいたというわけよ！」サラはほほえもうとしたが、ガイの怒りを思うと気持ちが凍りついた。

アミーリアはまだそんな彼女の気持ちに気づいていない。「わたしたちがあなたとガイを塔で見つけたとき、ガイはまるであなたを絞め殺そうとするみたいに……」

「まさしくそうしたかったんだと思うわ」サラが悲しげに言うと、彼女は笑うのをやめて顔をしかめた。

「どうして？　何があったの？」

「オリヴィアを襲ったと、わたしが彼を非難したけよ！」サラは興奮気味に上掛けを撫《な》でた。「ちょっとややこしい話なの。わたしはガイが伯爵から、オリヴィアとウッダラン家の関係が公になる前に彼女を見つけて追い払ってくれと頼まれていたことを知っていたの。それで……」

「まさか！」アミーリアは愕然《がくぜん》とした。「ガイがそんなことをすると思ったわけじゃないでしょう？」

サラの顔がくしゃくしゃになり、大粒の涙がふたつ、頬を伝った。「自分でも本当にばかだと思う。いいえ、もっとひどい。彼を信頼していないんだもの。絶対許してもらえないわ！　真実を知ったときは舌を切ってしまいたかったけど、もう手遅れだったの！」涙をぬぐってもぬぐっても追いつかず、ついにサラはアミーリアが渡してくれたハンカチーフに顔をうずめて泣き崩れた。

「確かにかなりまずいわね」アミーリアの言葉にサ

ラはちょっと苦笑いした。「でも、ガイもあなたが混乱していたことはわかってくれるでしょう。あんないやな経験をした翌日に、今度もまた一日中緊張が続いて――」

「わたしの代わりに言いわけをしてくれなくてもいいの」サラはみじめな思いで言った。「ガイはわたしに対して紳士的な態度を崩さなかったのに、わたしは彼の信頼に卑劣な疑惑で報いた。ああ、わたしなんか生まれてこなければよかったわ！」

「何か食べるものを用意させましょう」アミーリアが立ち上がった。「おなかがいっぱいになれば気分も少しはよくなるでしょうし、それで元気が出たら、もうベッドでぐずぐずしていちゃだめ！　わたしたち、永遠に交代でお互いを看病し続けるみたいじゃない。憂鬱《ゆううつ》の発作を起こすのはもうたくさんよ！」

「伯爵は？」アミーリアがドアの前まで行ったときに、サラが突然言った。「病気だったはずでしょう？　容体は……？」

「伯爵ならお元気よ。ガイをウッダランへ呼び戻した伝言も、オリヴィアのところへ来たのと同様にせものだったの！」

「でも……」

「話はまたあとでね」無情にもアミーリアはそう言って、ドアを閉めた。

サラはベッドから出て、重い足取りで窓辺へ向かった。短い冬の日はすでに傾きかけていて、冷え冷えとした景色に彼女は震えた。アミーリアは楽観していたが、サラにはガイが許してくれないことはわかっている。あのとき彼をなじるのではなく、助けを求めてすがりつくべきだったのだ。

サラはゆっくり着替えをすませ、アミーリアが運ばせた食事を少しだけ食べて泉の水を飲み、オリヴィアのようすを見に行くことにした。彼女の部屋はすぐわかった。いとしい人の姿をひと目見るためなら一日中でも待ち続けるといった求愛者の姿そのものので、レベイター卿がドアの外に座っていたからだ。サラが近づいていくと彼はさっと立ち上がった。

「ミス・シェリダン！　気分はよくなりました？」

「ええ、ありがとう」サラはほほえんだ。「オリヴィアの具合はどうかと思って来たのだけど」

レベイターの顔は輝いた。「ずいぶん回復しましたよ！　あなたが来てくださって喜ぶでしょう！　レンショー卿がそばについています。ミセス・ブルックスが付き添い役ということで。もっとも、彼はミス・オリヴィアの叔父なんですけどね」彼は言葉を切った。「ガイが誰かの叔父だなんて、なんだか妙な感じだけれど……」

サラは笑った。「じゃあ、彼から何もかも聞いたのね！」

「まあ、少しは」レベイターは後ろめたそうな顔をした。「あなたにもお礼を言わないと。オリヴィアを守ろうとしてくださったんだから。彼女はあなたのことをほめちぎってますよ。ぼくは何も知らず、とんだ……」

サラのほうがむしろ申し訳なくなった。「わたしが悪いのよ。あなたにオリヴィアの居場所をきかれたとき、わたしは彼女をアラダイスから守ることで頭がいっぱいで。あなたを欺くつもりはなかったのだけど、とにかく事情を知る者が少ないほど安全だと考えたの。ごめんなさいね」

レベイターは首を振った。「謝罪なんて必要ありません。あなたがなぜああいう行動をとったのかは理解できますから。今ぼくはオリヴィアの愛を得られるのではと期待しています。もちろん真剣に彼女との将来を考えているんです」彼は純情にも赤くなった。「彼女の……出生など、ぼくにはどうでもいいことです」

レディ・レベイターは素性の怪しい花嫁を快く迎

え入れるだろうかと、サラは少し考えた。ジャスティン・レベイターの母は、口うるさい母親で、ひどい俗物として有名だ。でも、若きレベイター卿の決心は固いように見える。オリヴィアのために困難を乗り越えることで、彼の愛はますます強くなるのかもしれない。困難と言えば、とサラの思いはウッダラン伯爵に向かった。孫娘が次のレディ・レベイターとなり、社交界にひとつの地位を築くことになれば、伯爵はもうキャサリンの失態を封印しておくことはできなくなる。これはガイが父親と話し合うべき問題だが、自分もそこに参加せざるを得ないことはわかっているので、サラの心は沈んだ。オリヴィアの父方の最も近い近親者として、彼女も意見を述べなくてはならない。

レベイターが寝室のドアを開けてくれたので、サラは中へ入った。オリヴィアは真っ白な包帯を頭に巻き、ベッドに起き上がっていた。彼女は快活にガイとおしゃべりをしていて、ガイも身を乗り出し、ほほえんでいる。ミセス・ブルックスは窓辺で満足そうに編み物をしていた。心温まる光景だ。

ガイが顔を上げサラに気づくと、彼の目から笑みが消えた。彼は立ち上がり、サラに正式なお辞儀をした。「ミス・シェリダン、回復されたようですね。ミス・メレディスとお話もあるでしょうから、ぼくは失礼しよう」

「まあ、そんなに急がないで！」オリヴィアが即座に言った。「わたしの新しく見つかった親類の両家がそろうなんて、なんてうれしいことでしょう！」彼女は輝く瞳をサラに向けた。「レンショー卿は母方の一族について、いろいろ話してくださったんです！　うれしいことがいろいろ一挙に起きて、もうどきどきしてしまいます！」

サラは心の中でひそかに毒づいた。ガイはきっと巧みに不幸な部分や気まずい部分を省いて、オリヴイアに事情を話して聞かせたのだろう。彼の父も同じくらい前向きだといいのだが。サラはガイの皮肉に満ちた視線を感じた。彼女の心を読み、せっかくのオリヴィアの喜びを台なしにする気かと挑むような視線だった。

「あなたが元気になってよかったわ」サラは話題を変えた。「それは心配したのよ！　あなたがいなくなったと聞いたときには――」

「ええ、本当に恐ろしい出来事で、怪奇小説さながらでした！」今や身の安全を確信したオリヴィアは、楽しそうだった。「伝言を受け取ったとたん、わたしは考えもなく飛び出してしまったんです。ミセス・ブルックスの忠告も振りきって！　とにかく、塔に着いてあなたの名前を呼んだのは覚えているんですけれど、そのあとここで目覚めるまでの記憶がまったくなくて」

「そのほうが幸運だったよ」ガイが簡潔に言った。「今後はレベイターがきみを危険から守ってくれるだろうしね！」

オリヴィアはくすくす笑って赤くなった。「あなたがアラダイス卿をやっつけてしまったと知って、彼はすごくがっかりしたみたいなんです！　思いきり殴ってやりたかったって言ってました！」

「気持ちはよくわかるね。じゃあ、またあとで、ミス・メレディス！　無理をしちゃだめだよ！」

「ええ、サラと少しおしゃべりしたら、また眠ります」オリヴィアは無邪気に言った。「ずっとそばにいてくださって、本当にありがとうございました、子爵！」

「叔母さんを名前で呼ぶのなら、ぼくにもそうしてほしいな」ガイはそう言って、サラを百歳の老婆《ろうば》のような気分にさせた。「きみさえよければだけど」

オリヴィアはプレゼントでももらったような顔だ。

「まあ、いいんですか、ガイ？　うれしいわ！」彼女はガイとサラの顔を見比べた。「そうだ、おふたりが一緒のときにお祝いを言っておかないと！　おめでとうございます！　こんなすばらしいことはありませんわ！」

サラは唖然《あぜん》としてしまった。

「ミス・メレディスはぼくたちの婚約を祝福してくれているんだよ」ガイは皮肉をにじませて言った。「きみも少しはうれしそうな顔をしたらどうだ？」

サラは赤くなった。昨夜あんなことがあったのだから、ガイはもう自分と結婚する気などないと思っていたのだ。彼の冷たい態度もサラの確信を裏づけていた。彼の視線はサラを焦がすようで、またしても、オリヴィアの幻想を壊すことができるものならやってみろと挑んでくる。サラは唇を噛み、沈黙を守った。今はオリヴィアに婚約破棄を告げるときではない。

「行ってしまう前に、どうしてわたしを救うことができたのか教えてください」オリヴィアはサラの当惑に気づかず、楽しそうに言った。「まだ最後まで話してもらってないでしょう。あなたはウッダランへ行って……」

「きっとミス・シェリダンはそんな話は聞きたくないよ」ガイはサラを無視し、姪にだけ笑みを向けた。「その話はまたあとで――」

「とんでもない」サラは冷ややかに言った。「わたしだってとても興味があるわ。わたしも同じ質問をしたのを覚えてらっしゃるでしょう……昨夜！」

「思い出したよ！」ガイは露骨に嫌悪感を見せて目を細め、再び椅子に腰を下ろした。「実はこういうことだったんだ。ぼくは急いでウッダランへ戻り、父が思ったより元気なので喜んだ。そして、じゃあなぜ呼び戻されたんだろうと疑問に思った。医者に尋ねるまでもなく、誰かが邪魔なぼくを遠ざけるために仕組んだのは明白だった！」

オリヴィアはくすくす笑った。

「それですぐブランチランドへ引き返すことにしたんだ。ところが、オールド・ダウンで馬の蹄鉄《ていてつ》が外れてしまってね。直してもらっているあいだにとんでもない話を聞いたんだ。窓をぴったり閉ざした馬車が中庭に止めてあって、ふたりの男が酒場で時間をつぶしていた。酒のせいで口が軽くなっていたんだ。ふたりはある貴族のたっての頼みでロンドンから来たそうで……冬の夜中にあんな馬車の中で何をするつもりなんだろうと、男たちはその貴族を笑っていたが、ぼくには心当たりがあった」

オリヴィアの顔から笑みが消えているのにサラは気づいた。まるでおとぎばなしを聞く子供のように、姪は目を見開き熱心に耳を傾けている。「まあ！それでどうしたんですか、ガイ？」

「宿の主人が協力してくれて、男たちをうまく引き止めてくれた」ガイはにやりとした。「たぶん、あのふたりはまだあそこにいるんだろう！ぼくは馬の用意ができしだい、急いでこっちへ戻ってきた。それからは、ただ妙なローブを着て、洞穴でのいわゆる……儀式がすむのを待ち、アラダイスに何をしたのかを白状させればよかったんだ！」

オリヴィアは楽しそうに体を揺すった。「あのマーヴェルって恐ろしい男は？彼はどうなったんですか？」

ガイはサラと目を合わせた。「彼は……ほかのことで忙しくてね。それも運がよかった。ぼくはひとりでふたりを相手にせずにすんだんだから」

「戻ったことをわたしたちに伝えてくださっていれば、きっとレベイター卿も応援に来てくれたでしょう」サラはガイを挑発せずにはいられず、わざとやさしい口調で言った。「ひとり英雄を気取る必要もなかったのに！」

「そんな時間はなかったんだ」ガイはさらりと言っ

たものの、その目にはサラへの敵意があった。「それにあんな手まで使ってぼくを遠ざけようとしたアラダイスに、戻ってきたことを気づかれたくなかったしね。きみだってそれは理解してくれるだろう、ミス・シェリダン。きみ自身、この件に関しては自分が姪をアラダイスから守るんだという気負いから、いろいろなことを秘密にしていたんだから」

　ふたりはにらみ合った。ふたりともオリヴィアのことなど忘れてしまったようだった。しかし、サラは姪の驚いた顔に気づき、そこに不安を読み取った。オリヴィアは愚かではなかったので、せっかく知り合えた叔父と叔母のあいだに、自分が何か争いの種を作ってしまったのだと気づいていた。

「ごめんなさい、オリヴィア」サラは慌てて言った。「レンショー卿とわたしには話し合わなくてはいけないことがあるの。でも、ここでじゃないわ」彼女はドアのほうを見て、レベイターが入り口にたたずんでいるのでほっとした。「じゃあ、わたしたちは失礼するわね。レベイター卿もあなたと少しお話がしたいようよ」

　サラはオリヴィアの頬にキスした。姪はすでに求愛者とひとときを過ごせる期待に目を輝かせている。サラたちの口論のことなどすっかり忘れているようだ。それでもサラは恥ずかしかった。彼女はガイがついてくるのか確かめもせず、そそくさと部屋を出た。自分の部屋の前まで来たところで、背後から靴音が足早に近づいてくるのが聞こえた。

「ミス・シェリダン！　ちょっと待ってくれ！」

　サラは居丈高に振り返った。「わたしと話がしたいの、レンショー卿？」

　ガイは皮肉たっぷりにお辞儀をした。「ついさっき、話し合うことがあると言ったのはきみだろう。それなら話し合おうじゃないか！」

「では階下《した》で――」サラが言いかけたが、ガイは首を振った。

「ふたりきりのほうがいい」彼はよどみなく言った。「ぼくは以前にもきみの部屋へ入ったことがあるしね」

サラは赤くなった。ガイは彼女を困惑させるために、わざと言ったのだ。「わかったわ」サラはガイがついてきても、来なくてもどうでもいいというように背を向けたものの、彼が自分に続いて部屋に入ってきてドアを閉めるのを意識していた。彼女が振り返ると、ガイはマントルピースに腕をかけ、無関心な目で冷ややかに彼女を見ている。サラはなんだか急に途方に暮れてしまった。

「それで……」ガイは軽く手振りを添えた。「ぼくに何が言いたいわけかな？」

ガイがわざと自分につらく当たっているのが、サラにはわかっていた。心を閉ざした彼の顔を見て、サラは冷静さを失った。「ごめんなさい！　あなたがわたしに腹を立てるのはわかるけれど、わたしがどんなに後悔しているかも知ってほしいの！　それに、ほかに考えようがなかったのよ。あなたからお父様の計画を聞いて、こっそり動き回っているあなたを見て……けがをしたオリヴィアを見つけて……確かにわたしの反応は過剰だったけれど……」

ガイが口を開く前からもう、サラは自分の訴えが彼の心に届いていないことを知っていた。冷たい拒絶の表情のまま、彼はサラに軽蔑《けいべつ》のまなざしを向けた。「きみは心にあることをそのまま口にしただけさ、ミス・シェリダン！　ぼくたちはすでに何度も滑稽《こっけい》なつまずきをした。きみがここへ来る理由や、ぼくが隠していた事実、それにきみが打ち明けなかった秘密……それらをぼくたちは誤解し合った。つまり、お互いを信頼していないんだ。そう思っていれば幻想を抱くこともない！」

冷たい沈黙が部屋に漂った。サラは心臓を引き裂かれる思いがした。彼女はためらいがちに切り出した。「じゃあ、愚かな婚約の件は忘れたほうがいいわね。お互いに信頼し合えないとあなたが思っているのなら。結婚してますます状況を複雑にするなんて間違っているわ」

ふたりは立ちすくんだまま、長いあいだじっと見つめ合っていた。自分の顔にどんな表情が浮かんでいるのか、サラにはまるでわからなかった。今にも完全に取り乱してガイに許しを請い、何も問題ないと言ってと嘆願してしまいそうだ。ただそんなことをしても彼に拒絶されるのがわかっているので、沈黙を守っていた。彼女はガイの思いやりやさしさ、熱い情熱を思い出し、今の冷たい顔を見て心がしぼんでいくのを感じた。

「きみはまた誤解している」永遠とも思える時間が過ぎて、ガイが言った。彼の顔は怒りと嫌悪に引きつっていた。「こういう状況になった以上、ぼくたちの結婚を取りやめればさらに大きな過ちを犯すことになる！　どんな不運に見舞われようと、ぼくはきみとの婚約を解消しない！　前にウッダランに寄ったときに、クリスマスの次の週に結婚式を執り行うよう、すでに手配しておいたんだ。結婚予告を三回行って、そして挙式だ！」

サラは青ざめた。「本気で言ってるんじゃないでしょう！　こんなのばかげているわ！　わたしは決して同意しない！」

ガイはサラに陰気な笑みを向けた。「きみが教会で、双方の家族の前でぼくとの結婚を拒まないかぎり、きみに選択の余地はない！」ガイはサラの腕をつかみ、無理やり椅子に座らせた。「考えてみろよ、サラ！　父を説得してオリヴィアを受け入れさせるために、ぼくたちは協力しなきゃならない。今決裂するわけにはいかないんだ！　それに、アラダイスのことも考えないと！」彼は落ち着かないようすで窓辺へ向かうと、振り返ってサラの当惑した顔を見下ろした。

「でも、もう彼を恐れることはないでしょう！」

「物理的な脅威の点ではたぶんね。だが、やつならシェリダンとウッダランの両家に対して、どんな悪意に満ちた噂《うわさ》だって流しかねない！　オリヴィアの両親について、彼は確たる証拠は何もつかんでいないだろうが、彼女を見ているわけだからね。彼なりの答えを出すだろう！　そして、これは全財産賭《か》けてもいいが、彼はきみとレディ・アミーリアときみたちのブランチランドでの滞在について、すでにスキャンダルを振りまいている！　ふた晩前に起こったことを思い出してごらん！　今ぼくとの婚約を解消すれば、とんでもないことになるんだ！」

サラは黙り込んだ。ガイの理屈はわかるが、お互いにこんなにも傷つけ合ったふたりが一緒になっても、幸せになれない。そしてこの悲痛な現実からも逃れられない。非難の応酬と破れた夢で過ごすには、人生は長すぎる。

「そう悪くもないさ」ガイが言った。サラには彼の無関心が怒りよりもずっとつらかった。「きみは社交界での地位を取り戻し、ウッダランの優雅な女主人になるよ」

サラはぞっとした。ガイを愛しながら、そんな偽りの結婚に耐えられるものだろうかと、絶望感に襲われた。夫婦の契りを結ぶ以前から、すでに彼女はガイを失っているのだから。

# 11

翌朝、一行はウッダランへ発《た》った。オリヴィアも元気になったし、彼女の母も険しい道でなければ短い旅ができる程度には十分回復していた。道は凍りついてでこぼこだらけだったので、馬車はゆっくり進んだ。そしてついに館《やかた》の門に入ると、みんなは無事に到着したことを天に感謝して馬車から降りた。

サラはほっとするのと同時に気が重かった。差し迫った結婚式への不安に加えて、オリヴィアのことも気がかりでならない。姪《めい》は今、畏敬《いけい》のまなざしで館を見上げていた。ミセス・メレディスもいろいろ心配なうえに、思ったよりずっと立派な親族に娘を取られてしまうのではないかと、不安に違いない。

今回は歓迎の一団はおらず、ウッダラン伯爵夫人ひとりが玄関広間で一行を待っていた。彼女も客たちに劣らず緊張の面持ちだ。しかし、その歓迎ぶりは温かく、夫人は涙を浮かべてオリヴィアを抱きしめ、ミセス・メレディスには心のこもった挨拶《あいさつ》をした。ほどなく、ガイのふたりの妹とその家族もどっと広間に押し寄せて、キスと感嘆の声が一巡したころには緊張はかなりほぐれていた。誰も伯爵がいないことを口にしなかったが、サラはガイが母をわきへ引き寄せ、短い言葉を交わすのを見た。彼はそのまま伯爵の書斎へと続く廊下へ姿を消した。

サラにとっては長い一日になった。ガイが自分のために時間をさいてくれるとは期待していなかったが、やはり無視されるとがっかりした。昨日彼と交わした苦い会話を思い出し、これからは必然的にこういう状態に慣れていかなくてはならないのだろうと思った。ガイの将来の花嫁という新しい立場を配慮して、伯爵夫人はサラに薔薇《ばら》色の寝室を割り当ててくれたが、豪華な部屋にひとりきり、短い日が冬のたそがれへと暮れていくのを眺めていると、彼女にはすべてが偽りに思えた。夕暮れにグレヴィル・ベイナムが馬で駆けつけたが、彼を迎えたときのにぎわいを除けば、館はひっそりとしていた。みんなが伯爵が決断を下すのを待っているのだ。

その夜の夕食に食堂に集まった面々の中に、ガイと伯爵だけがいなかった。ウッダラン一族が内輪だけで言葉を交わし、ドアのほうを片目で見ながら待っているので、到着のときと同じ緊張が部屋に張りつめていた。伯爵夫人は夕食が台なしになるのを十分意識しながら、こっそり時計を見た。オリヴィアは不安のため顔面蒼白《そうはく》で、サラはそんな姪がかわいそうでならなかった。こんなふうに大勢の人の前で祖父と対面するなど、よほど気の強い者でもたじろいでしまうに違いない。そのうえ拒絶されたら、屈辱はどれほどのものだろう。

そのとき執事が派手にドアを開け、息子の腕にすがり、もう一方の手には金の握りの杖《つえ》を持った伯爵が入ってきた。

「こんばんは」ガイもときどき見せるような、冷笑的な輝きを放つまなざしで伯爵は言った。「待たせてすまなかった。最善の状態で新しい親族に会いたかったのでね。ミス・メレディス……」オリヴィアの青白い顔に目を向けると、老人の鋭い視線が和らいだ。「こちらへいらっしゃい」

みんなが息をのんでいるようだった。ミセス・メレディスが軽くオリヴィアを押した。彼女は祖父と対面するために進み出て、深々とお辞儀をした。伯爵は彼女の手を取り、その顔をじっと見つめた。

「母親にそっくりだ」しばらくしてやっと彼はかすれた声で言った。「よく来たね。心から歓迎するよ」

みんながいっせいにため息をつき、オリヴィアの瞳は明るいほほえみに輝いた。伯爵は彼女に腕を差し出して食堂の奥へと導き、グレヴィルはガイに歩み寄って、友の背中を叩《たた》いた。「よくやったな、ガイ！　きみならきっとできると思っていたよ！」

ジャスティン・レベイターはガイと握手し、ミセス・メレディスは涙をぬぐっていた。伯爵夫人はほほえんで、小声で何かオリヴィアに話しかけている。アミーリアがサラのそばにやってきて、肩に腕を回した。「ああ、サラ、すばらしいわね！　今やわたしたちみんなが親類だなんて、なんだか信じられないみたい！　本当に珍しいことよね！」

サラはガイが部屋の反対側からこちらを見ているのを意識していた。彼女は重い心を無視し、明るくほほえんだ。「ええ、本当にすてきだわ！　オリヴィアのことがうまくいってとっても幸せ！　案ずるより産むがやすしね」

「みんながそう思っているわ！」アミーリアはそう言って、食事の席へと導きに来たグレヴィルに魅惑的なほほえみを向けた。彼女はすばやくサラを抱きしめた。「オリヴィアはずっとあなたが彼女にしてあげたことを忘れないわよ、サラ！　彼女が親戚《しんせき》中でいちばんの幸せ者ね！」

サラの胸が熱くなる。自己憐憫《れんびん》なんて最低よ、と彼女は自分に厳しく言い聞かせた。だいたいそんなことをしてもなんにもならない。ガイはサラに対する気持ちをはっきりさせたが、彼女は彼の家族に屈辱的な真実を明かすつもりはなかった。

サラは沈む心で、伯爵夫人がガイに婚約者を食事の席へと導くよう促しているのを見ていた。レベイターはすっかり感激したようすのミセス・メレディスを喜ばせるのに忙しい。客たち全体に親睦《しんぼく》感が広がっていて、サラは祝宴を眺めるだけの幽霊のような気分になった。ガイが彼女のそばに来て、ぞんざいにお辞儀をした。「ミス・シェリダン、母からきみを席に案内するよう言われてね」

ガイがわざとサラを苦しめようとおざなりな態度をとるのか、それとも彼女を喜ばせようという気持ちがまるでないのでぶっきらぼうになるのか、彼女にはわからなかった。いずれにせよ、心のいらだちを彼に見せるつもりはない。サラは冷ややかにほほえんだ。「それがいいでしょうね、わたしたちは婚約者同士なんだから！」彼女は軽くガイの腕を取った。「さあ、みんなを待たせては悪いわ！」

ガイは食事のあいだもほとんどサラに注意を払わず、左手に座る妹のエマとばかり話していた。サラはこれを無視した。彼女のほうもガイとは反対側に座るレベイターや、テーブルの向かい側のガイの妹のクララやその夫と話が弾んでいたからだ。アミーリアと伯爵夫人はしばしば探るような視線をこちらに向け、ガイがサラを無視しているのに気づいていた。そのせいでサラはさらに赤くなり、怒りにいちだんと目を輝かせた。

会話の流れの中で、来るべき結婚が話題になるのは避けられなかった。

「ガイから結婚の話を聞いたときは、みんな大興奮だったのよ！」テーブルの向こうから将来の義理の姉にほほえみかけながら、クララが言った。「めくるめくロマンス、それも幼い日の初恋の人と！　ああ、サラ、本当にすてきだわ！」

サラはガイがエマとの会話をとぎらせ、耳をそばだてているのを感じた。サラは彼のほうを見ようともしなかった。「ええ、楽しい話よ！」以前、子供時代に彼と友だちだったことさえ否定したのを思い出しながら、サラは何げない口調で言った。「バースで出会ってすぐ、ガイが子供のころわたしたちがどんなに親しかったかを思い出させてくれたわ！」

「孫に語って聞かせたいような話なんだよ、実際」

ガイがとげのある声で口をはさんだ。「まるでおとぎばなしみたいなね！」

サラは彼に明るくほほえみかけた。「なんてすてきな考えでしょう」彼女は甘い声で言った。「きっとそうしましょうね！」

「すぐに結婚できるとわかってうれしかったでしょう」クララがにこやかに笑って言った。「オリヴィアがやってきて、もうじきクリスマスだし、身内でふたつも結婚式があるなんて、みんな大はしゃぎだわ！」

「本当にわくわくするわね！」サラもたたみかけた。

ガイがサラをにらみつけ、彼女はワインを飲みすぎたときのような奇妙な高揚感を味わった。彼女は夫から愛されることはないかもしれないが、確実に夫をいらだたせることはできる。ガイの眉間《みけん》に寄せた皺《しわ》や、絶え間なくテーブルを叩いている指が、彼が自分の周囲に築いた無関心の壁をサラが突き破ったことを示していた。

食後、紳士たちはまたレディたちと合流したが、ガイはそこでも婚約者とほとんど話そうとしなかった。代わりにアミーリアとグレヴィルと話していて、サラはクララと並んで座っておしゃべりをしながら、こっそり彼を観察した。ランプの柔らかな光にブロンドの髪が輝き、顔に落ちる影が力強い頬骨や顎の線を際立たせている。彼は話しながらほほえんでいて、サラの心は渇望と絶望に揺れた。ガイに愛されたかったがもう手遅れだ。求めれば彼の愛は手に入ったのに、彼女が無残にも踏みにじってしまったのだ。サラの視線を感じたようにガイが顔を上げ、彼の暗く陰った目がサラの目をとらえた。しかし、すぐに彼はうんざりしたように目をそらしてしまい、サラはみじめさに喉を締めつけられて、しばし息もできなかった。これが将来の彼女の生活なのだろうか。愛とやさしさに満ちたこの家族の中で、ひとり寒々とした思いを抱えていくのだろうか。

サラは伯爵夫人に断ってから、ゆっくりドアへと向かった。こっそり抜け出して早く寝てしまうつもりだった。だが驚いたことに、ガイが立ち上がり、立ち去ろうとする彼女のそばにやってきた。

「部屋まで送るよ、サラ」

ガイとふたりになるのは気まずかったが、サラは逆らわなかった。彼はふたりのあいだに何も問題がないと家族に示すために、ついてくるだけだ。ふたりはゆっくりと階段を上りウッダラン家の先祖の、いかめしい肖像画が見下ろしている回廊を進んでいった。沈黙を破ったのはサラだった。「オリヴィアを助けるためにいろいろ力を尽くしてくださってありがとう。彼女を一族に迎え入れるよう、あなたがお父様を説得してくださったことを本当に感謝しています」

ガイが立ち止まった。回廊は暗くて彼の表情は読み取れない。「ぼくは忘れない」彼はゆっくりと言った。「助けてほしいというオリヴィアの訴えに、最初に勇気を持って応《こた》えたのはきみだということをね」

ほめ言葉は意外だった。ガイはサラの手を握り、長く力強い指を彼女の指にからませた。サラの体は震えた。

「勇気？」声が震えているのは自分でもわかってい た。「むしろ、頑固だとか、とんでもなく愚かだとか、言いたいんでしょう？」

「かもしれない」ガイは笑みを含んだ声で言った。サラは彼に握られた手が震えるのを感じ、引っ込めようとした。「それでもやはり勇敢だ」

何時間にも思えるあいだ、サラはガイの瞳に浮かぶ表情にとらえられ、じっと彼を見つめたままだった。軽くその手を引けばサラを腕に抱けるのに、彼は動かない。先に体を引き、回廊の木の床に足音を響かせて逃げ出したのはサラだった。

翌日はクリスマスイブで、サラは伯爵夫人と一緒に小作人や村人を訪ねた。彼女は祝福の言葉とともにプレゼントを配り、将来のウッダラン家の女主人の役割を演じた。馬車には石炭にオレンジ、紅茶にプラムケーキとさまざまな品が山積みで、伯爵夫人は老農夫たちにはたばこ、あるお婆《ばあ》さんにはジンの瓶まで手渡していた。プレゼントを配るのはとても楽しかったし、ふたりはどこへ行っても温かく迎え入れられた。サラは特に若旦那《わかだんな》様の未来の花嫁ということで歓迎された。

当然、ガイは同行しなかった。父が病気なので、自分がホストとして男性の客たちをもてなさなくてはならないというのがその理由だった。だが、客といっても家族や親しい友人ばかりなので、彼の言いわけはうつろに響いた。伯爵夫人は名づけ子の凍りついた表情に気づいたが、親身な助言ですら歓迎されないこともあると心得ていて、何も言わずにいた。

その夜の夕食は、昨夜の家族での食事とはまるで違っていた。ウッダラン家が近隣の人々全員を招いて晩餐《ばんさん》と気取らないダンスの夕べを主宰し、ひいらぎの枝とやどり木を飾った玄関に数多くの馬車が乗りつけられた。古い館の大広間が晩餐会の会場用に片づけられ、中世からの暖炉に巨大な薪《まき》の山が燃えて、壁にはたいまつの炎が揺れていた。まさに祝祭にふさわしい華やかな雰囲気だった。

アミーリアはクリスマスに合わせて深紅《スカーレット》のドレスを選んだ。「田舎ではちょっと大胆すぎるかしら」彼女はサラの部屋の鏡の前でくるりと回り、くすくす笑った。「わたしは実際多情な女《スカーレット・ウーマン》だから、ぴったりよね!」

「とってもすてきよ」サラの言葉に嘘《うそ》はなかった。

濃い赤はアミーリアの白い肌と黒い髪をはっとするほど際立たせている。「わたしも自分に自信を与えてくれるような鮮やかな色が着られたらと思うわ！　それにあなたは多情な女なんかじゃないわ、ミリー、クリスマスの花嫁よ！」

結婚特別許可証を手に入れたグレヴィルはクリスマスの翌日に結婚したいとアミーリアに懇願し、彼女も快く彼の願いを受け入れたのだ。アミーリアはほほえんだ。「あなたも魅力的よ」彼女はサラの緑のシルクに金の紗《しゃ》を重ねたドレスに改めて視線を走らせた。「きっとガイも文句はないでしょう」

「ガイはきっと気づきもしないわ」サラは苦々しげに言った。

実際そのとおりになった。ガイはサラをエスコートすることもなく、ずっと彼女のそばに近づこうともしないので、ふたりはひと言も言葉を交わさなかった。サラは作り笑いに顔をこわばらせ、このうえダンスのときまで婚約者に無視されたらどれほどの屈辱だろうと気が重かった。晩餐は永遠に続くように思えたが、やっとテーブルが片づけられ、クリスマスキャロルの準備が始まった。

刻々と人が押し寄せてきて、ひとり人込みの端に立つサラは、なんとも心細い気分だった。緑のドレスにしてよかったと、皮肉な思いを噛みしめる。クリスマスの飾りつけと間違えてくれる人もいるかもしれない。

食事には大量のワインがもてなされたので、大広間はとても暑くなってきた。サラは手で顔をあおぎながら周囲を見回し、こっそりガイを捜した。アミーリアとグレヴィルはやどり木の下でぴったりと寄り添い、じっと見つめ合っている。オリヴィアとレベイターも頬を寄せ合っていた。サラはため息をこらえた。彼女だけがひとりぼっちだ……。

「ミス・シェリダンですね？」

サラが振り返ると、気さくな笑みを浮かべた黒髪で長身の若者が、期待をこめた目で彼女を見ている。彼は軽くお辞儀をした。「ダニエル・フェリアーです！　覚えてないかな？　ぼくたちはかつて隣同士で――」

「ダニエル・フェリアー！」サラは彼に手を差し出した。「よく覚えているわ！　お元気でした？　あれからもう六年は――」

「確か七年かな」ミスター・フェリアーは温かくほほえんだ。彼はサラがすぐに思い出してくれたのを大いに喜んでいるようすだった。

しかし、村の合唱隊の到着を告げる鐘が鳴ったので、会話はそこでとぎれた。合唱隊は伝統のクリスマスキャロルを数曲、心をこめて歌ったあと、伯爵夫人の用意したポークパイとエルダーベリー・ワインのもてなしを受けた。さらに村人たちがダンスに集まってきて、今や客はかなりの数になっていた。

サラはいつの間にか押されてミスター・フェリアーにぴったりくっつく形になっていたが、彼は別にそれをいやがるようすもなかった。

「踊ってもらえますか？」最初のカントリーダンスの音楽が始まると、フェリアーが言った。

サラは人込みの中にガイの姿を捜したが、どこにも見当たらない。肩をすくめ、彼女はフェリアーの誘いを受けた。そして、ほかの客たちに劣らず夢中になって踊った。たとえダンスの相手が望む人とは違っていても、無視されるよりはこうして踊っているほうがずっと楽しかった。音楽が終わるとふたりは目を輝かせ、息を切らしていた。そして、椅子に座り、最後に会って以来のさまざまな出来事を語り合った。

フェリアーはおじに第十歩兵連隊の騎兵隊旗手職の地位を買ってもらい、大尉にまで昇進して、半年前にその職を売却したのだという。彼はイベリア半島での軍務の日々を生き生きと語ってくれた。サラはバースでの生活について話し、ふたりともすっかり話に夢中になっていたので、ガイがダンスを申し込みに来たのにすぐには気づかなかった。

ガイはフェリアーに愛想よく会釈したものの、その目には警戒の色があり、声も冷たかった。「ぼくの婚約者をさらっていくことをお許し願いたい。彼女と踊る機会がなくなってしまいそうなので！」

フェリアーはガイの言葉にこめられた警告を聞き逃さなかった。彼とガイはじっとにらみ合い、ふいに空気が張りつめた。サラとダニエル・フェリアーとは単なる家族ぐるみの友人にすぎないのに、こんなのはばかげている。しかも、ガイは今までずっとわたしを放《ほう》っておいたくせに。沈黙が気まずくなりかけたとき、フェリアーがわずかにうなずいた。

「あなたはとびきり運がいいな、レンショー」

「自分でもそう思うよ」ガイがさらりと答えた。

サラは彼の傲慢《ごうまん》さに猛烈に腹が立ってきた。彼女はわざといかにも残念そうに、ゆっくり立ち上がった。「ごめんなさい、ミスター・フェリアー。また今度ぜひ、ゆっくりお話ししましょうね」

「ええ、ぜひ」フェリアーはかすかにほほえむと、お辞儀をして去っていった。ガイはしっかりとサラの腰に腕を回し、ダンスフロアへと導いた。唇を真一文字に結び、目をぎらぎらさせた彼が、激怒しているのは明らかだった。

「ミス・シェリダン」ガイは押し殺した声で言った。「よくもぼくの両親の隣人と、人前でべたべたしてくれたね！」

いわれのない非難にサラは息をのんだ。急に、このいやな気分を解消するには大げんかをするのがいちばんだという気がしてくる。踊っているほかのカップルたちの好奇の目に気づき、彼女はガイにとびきりの笑顔を向けた。「ばかを言わないで！　フェリアーはただの古いお友だちよ！」

「そう信じるよ」ガイは張りつめた口調で言った。「新しい友だちにはならないだろうが！」

ダンスのステップでふたりはしばし離れたが、ふたりともこの話がこれで終わるとは思っていなかった。再びガイに近づいたとき、サラはとろけるような微笑を浮かべて言った。「この三日間、未来の妻をずっと無視しておいて、他人が少しでも興味を示したら文句を言い出すなんて、ずいぶん身勝手じゃないかしら！」

ガイは周囲を見回し、人に聞かれないのを確かめてから、引きつった顔で言った。「ほかの男がぼくの妻にかまうのは気に入らないな！」

「なんてひねくれてるの！　自分に必要がないものでも、人には渡したくないわけね！」サラは音楽に合わせてターンした。「別にわたしを思ってるわけじゃなく。はっきりそう言ったわよね！」

「夫婦の絆《きずな》を結ぶ前から浮気に走るとはな！　さっきみたちふたりが硬貨一枚入るすきもないほどぴったりくっついているのを見たんだぞ！」

ステップがまたふたりを引き離し、サラに次の攻撃を準備する時間を与えた。

「結婚式がすむまで待てばいいとは知らなかったわ！」またガイに近づくと、サラは言った。彼女は自分がひどい態度をとっていることを十分自覚し、楽しんでいた。ガイにはおもしろがる余裕がないようなのでなおさらだった。

ガイは歯を食いしばって言った。「いいわけないだろう。わかっているくせに！」

「じゃあ、わたしはなんとも孤独な女ってわけね」サラはダンスの終わりに仰々しいお辞儀をし、派手に手を叩いた。「そしてあなたは最悪の偽善者だわ！　打算の末の結婚をわたしはなんとか耐え忍ぼうとしているのに！」

ガイはサラの腕をきつく握ったまま放さない。彼は友人たちのところへ戻ろうとせず、サラをドアへと導き始めた。サラは誰もが見ないふりをしつつこちらに注目しているのに気づき、しり込みをした。

「わたし、何か飲みたいから――」

「客間で飲めばいい。ぼくが話しているあいだに」

サラは顔をしかめた。「もう話したくないわ。あなたの言うことはめちゃくちゃだもの！」

だが、何を言ってもむだだった。ガイはしっかりとサラの腰に腕を回し、半ば抱えるようにして彼女を客間へ連れていくと、足で蹴《け》ってドアを閉めた。

「どうして鍵をかけないの？　前のときはそれでうまくいったのに！」

ガイは今にもつかみかかってきそうな表情だ。

「ぼくの話を聞くんだ、サラ――」

「いやよ。もううんざり」

ガイはサラの言葉など耳に入らなかったかのように続けた。「きみがぼくたちの結婚を打算の産物だと思っているのなら大きな間違いだ！」

思ってもみない言葉に、サラは少し眉をひそめた。

「でも、そういう話だったじゃない！　わたしたちは結婚するしかないんだから、それは名目だけのものだと！」

ガイはほほえんだ。「なるほど。打算の結婚どころか、名目だけか！　ぼくは絶対そんなことには同意してないぞ！」

「でも……」ブランチランドでガイは、オリヴィアのため、サラの評判を守るために、彼とサラが結婚するしかないと言った。言葉は違っていたかもしれないが、そういう意味のことだった。結婚は形だけのものだと。サラは非難の目で彼を見た。「まさかあなたもわたしをいとしく思っているふりはできないでしょう！　あなたがオリヴィアを襲ったと思ったわたしを、あれだけ激しく非難したんだから！」

ガイは上着のポケットに両手を突っ込んだ。「ずいぶん単刀直入だね、ミス・シェリダン！　ぼくも負けずに率直な答えをして、きみは本当に大丈夫なのか？」

サラはガイを見つめた。わたしは本当に彼の気持ちを知りたいのかしら、それとも聞かないままのほうがいいのかしら……。でも、今となってはもう手遅れだ。ガイは窓辺に歩み寄り、夜の雪景色を眺めた。

「ふたりのあいだでは真実を語るべきだ。ぼくはきみをとても魅力的だと思っていることを告白するよ、ミス・シェリダン。最初からそうだった」彼は振り返ってサラを見た。「だから、名目だけの結婚なんて可能性はない。たとえそんな約束をしても、ぼくはたちまち破ってしまうだろう」

サラの喉はからからに渇いた。「でも、そんなのひどいわ！　あなたはわたしを好きですらないのに！　それなのに――」ガイがそばへやってきて、彼女は言葉を切った。彼はサラの琥珀《こはく》色の髪をひと房手にし、指をすべらせた。サラが顔を背ける。震えているのを彼に知られたくなかった。

「わかっているくせに」ガイは少しかすれた声で言うと、サラのうなじの柔らかな肌に指を這《は》わせた。「きみだって感じているんだから。これがぼくらを結びつけているって」

サラは両手を握りしめた。「でも、わたしはそんなものには負けないわ！」

ガイは笑った。「なるほど！　それがぼくらの違いってわけだ！」

「そんなの間違っているわ！　互いに傷つけ合い、嫌い合い、決して愛し合うことなどできないというのに、いったいどうして――」

ガイの答えは、唇でサラの喉のくぼみをなぞることだった。

サラは今や自分のままならぬ感情に、ガイとの甘い時間を思い出させる官能的な興奮に、必死で抵抗していた。ガイの唇が彼女の唇の端を、さらにもう一方をじらすように愛撫《あいぶ》する。ガイの唇が完全に彼女の唇をとらえ、やさしく誘うように動き出すと、思わず彼女は目を閉じて……。

サラは必死でガイの腕を振りほどいた。「やめて！　わたしはこんなことに屈したりしないわ！」

ガイは大仰に敬意を示すしぐさをして後ろに下がった。「わかったよ、ミス・シェリダン。でも、考えてみてごらん。来る日も来る日もぼくと一緒に暮らしながら、きみの肉体の渇望を無視し、ぼくの腕の安らぎを拒むのか？」彼の褐色の瞳がサラを見据えた。「最後に勝つのはどっちだろうね！」

結婚式の前日の午後遅く、アミーリアはサラが古い礼拝堂に静かに座っているのを見つけた。冬の日はすでに傾いて、ステンドグラスの窓にそそぎ、石の床に色とりどりの光を落としている。アミーリアは寒さに身震いした。彼女がここで身内だけのささやかな結婚式を挙げてグレヴィルと結ばれたのは三日前だったが、今は結婚式の飾りも取り払われ、再び冷え冷えと陰気な場所に戻っている。サラの心もまた、そんなふうではないのだろうか。アミーリアはこれほどやつれて悩ましげなサラを見たことがなかった。サラは白いペンキの天井に描かれた色あせた金の星を見上げ、じっと座っている。マントをしっかり体に巻きつけ、自分の中に引きこもって縮み上がっているみたいだ。

「サラ？　午後はずっとここにいたの？」アミーリアは顔をしかめた。アミーリアがサラの隣の席に体をすべり込ませると、彼女はアミーリアの足音にさえ気づいていなかったようにびくりとした。

「まあ、アミーリア、ごめんなさい。ちょっとぼんやりしていて！　ここはとても穏やかでしょう。でも、ここへ来たのは十分ほど前よ。午後はずっと、ウエディングドレスの最後の直しで……」サラは口ごもった。アミーリアには、彼女が差し迫った結婚に胸をときめかせる若い娘にはまるで見えなかった。

「何かおもしろいことがあった？」サラは物憂げに尋ねた。

「いいえ、特には。子供たちはふくろう狩りに出かけたわ」アミーリアは笑った。「子供のころやったのを覚えてない、サラ？　あんな小さなほうきの柄でふくろうをつかまえるつもりでいたのよね！　今日はクララの息子が木から下りられなくなって、ガイに助けてもらったの！　もちろんふくろうは飛んでいってしまったわ！」

サラも少しほほえんだ。「ガイってとても親切でしょう？　あなたの舞踏会のときも彼はジャック・エリストンにとても親切だったって、あなたが言っていて……」サラはまた口ごもった。

アミーリアもまた顔をしかめる。「やけに沈んでいるじゃない、サラ。結婚式を目前に不安になってきたの？」

サラは力なく肩をすくめた。そして、寒さを締め出すようにマントをさらにしっかり体に巻きつけた。

「あなただってガイがこの一週間、ずっとわたしを避けているのに気づいているでしょう？」

アミーリアは少し困った顔をした。「確かに距離を置いている感じはあるけれど……でも、彼はすごく忙しいでしょう。いろいろ用があって」

サラは鋭い目で彼女を見た。「どんなに仕事があったって、そばにいたければいるわよ！　あなただって重々承知のくせに！　あなたとグレヴィルのことを考えてみて！　ガイはわざとわたしを遠ざけているの。望まない結婚の罠《わな》にはまったからよ！　スキャンダルを避けるためにわたしと結婚することを引き受けて、今さら婚約破棄なんてことになったらもっとたいへんだからやめられないのよ！」

ふいに背後で石と石をこすり合わせるような音がした。サラたちはびくりとして振り返ったが、冷たい礼拝堂の影以外には何も見当たらない。ウッダラン家の墓石がふたりを見返しているだけだ。

「ねずみ……？」アミーリアは床からドレスのスカートを引き上げた。「あなたは打算の結婚みたいに言うけれど、ガイがどれほど熱心にあなたに言い寄ったかを思い出せば、妙な話じゃない！　なぜそんなふうに変わってしまったの？」

サラの頬が赤く染まった。「そもそも最初からつまずいていたの。誤解を解くには少し時間が必要だったのよ！」サラはため息をついた。「わたしたちはお互いに相手を信頼していなかったの。わたしはたちまちガイに恋してしまったけれど、彼のことはほとんど何もわかっていなかったわ！」彼女は首を振った。「ブランチランドに着く前に、わたしはガイが伯爵からわたしには情報を伏せておくようにと言われているのを聞いてしまったの。だから、わたしもオリヴィアを見つけても彼には打ち明けず……」絶望の表情で肩をすくめる。「わたしたち、すでにお互いのあいだに不信の種を蒔《ま》いてしまっていたの」

「そして彼がオリヴィアを捜していると知って、あなたの不信感はますますつのったのね」アミーリアがやさしく促した。

「そう……」サラは石の床に落ちる菱形《ひしがた》のステンドグラスの明るい色をじっと見つめた。「黙って姿を消すようオリヴィアを説得しろと父親から言われた、と彼は言ったの。わたしは愕然《がくぜん》とした。ひどく冷たい仕打ちに思えたわ。姉の名誉を守るためならガイはなんでもするのかと！　でも、彼はそんなことはしないと誓って、わたしも彼を信じた。だけど、シヨックのせいでまた疑惑が芽生えてしまって」

「それでウッダランにいるはずの彼にフォリー塔ででくわしたときに――」

サラは悲しげにうなずいた。「前にも言ったけど、オリヴィアを襲ったと早まって、彼を非難した。実を言えば、混乱していたのよ、ミリー！　やっと彼を信頼できると納得したところだったのに、彼があんな怪しい行動をするのを見てしまって！　オリヴィアが倒れているのを見つけたときは……」彼女はがっくりと肩を落とした。「疲れて取り乱していたとはいえ、やはり言いわけにはならないわね。わたしは彼を信頼していないことを証明してしまったし、彼はわたしを許すことができずに、わたしたちは終わってしまった！　育ちかけていた愛が、壊れてしまったの！」サラは身震いした。「こんな状態で、どうしてガイと結婚できるの？　行くところがあればどこかへ逃げ出したい。世間に白い目で見られようが、もうどうでもいいわ！　ああ、心が張り裂けそう！」

アミーリアは彼女の肩を抱いた。「とにかくここを出ましょう。凍えてしまうわ、サラ！」

ふたりは依然低い声で話しながら、ゆっくりと礼拝堂を出た。アミーリアが重いドアの掛け金をかけ、ふたりの足音は館へ続く砂利道に消えていった。ふたりが出ていき、再び静寂が訪れると、礼拝堂の窓の後ろに人影がよぎり、誰かが石段を下りる静かな足音が響いた。その人物は窓のところで立ち止まり、サラたちの姿が完全に見えなくなってから、静かに礼拝堂を出ていった。

ガイが父の書斎に呼ばれたのはその夜遅くなってからだった。伯爵が息子に秘密の孫について打ち明けたときと同じように、部屋には暖炉が暖かく燃えている。老人の手元には立派な本とブランデーのグラスがふたつ並んでいた。

「かけなさい、ガイ」伯爵は息子に前と同じ椅子に座るよう手で示した。

「またブランデーですか？」ガイは眉をつり上げながら自分のグラスに酒を注《つ》ぎ、父にデカンターを手渡した。

「ありがとう」伯爵は本を置き、じっと息子を見つめた。「実はここに来てもらったのはまず礼を言いたかったからだ。頑固な老いぼれが親の不品行を理由に大事な孫を拒絶せぬよう、よくぞ説得してくれた！　あの娘《こ》に会えて本当によかったよ」

ガイはほほえんだ。「ミス・メレディスを気に入ってもらえて、ぼくもうれしいです。彼女の養父母がいかに立派な人たちだったかわかりますね」

「ほんとにいい娘に育ててくれた」伯爵はうなずいた。「若いレベイターもしっかりした考えを持っているようだな。彼にオリヴィアを任せていいと思っているんだ。孫を見つけたと思ったら数週間で失うことになるとはな！」

「そう悲観することもないですよ」ガイが指摘した。「レディ・レベイターを納得させなきゃならないんですから！」

「やっかいな相手だ」伯爵は実感をこめて言った。

「母上が、少なくともオリヴィアの将来が決まるまではこちらで暮らすよう、ミセス・メレディスを説得しているようですね」ガイがつけ加えた。「いい考えだ。父上の考えでしょう」

「おまえは母親を正当に評価してない」伯爵がつっけんどんに言った。「シャーロットの考えさ。わたしも喜んで賛成したがね。もっとあの娘にも会いたいしな」

「なるほど。グレヴィルとレディ・アミーリアもメレディス母子《おやこ》をバースに招待したそうですが、ふたりは新婚だから……」

「しばらくはふたりきりでいたいだろうな」伯爵がつぶやいた。「オリヴィアを社交界にどんなふうに紹介するかも少々考えなくてはならん。とりあえず、ひと段落ついてからだが」

ガイは暖炉の火をかき立ててから、また父の向かいの椅子に戻った。「アラダイスがスキャンダルを広める危険については以前にもお話ししましたが」

ガイは少しためらった。「父上の考えは……？」

伯爵はなんでもないと手を振る。「オリヴィアの出生についての憶測は飛ぶだろう。それはしかたないし、別に気にすることもない。有力な友人がいれば……」

ガイには父の言いたいことがわかった。数年前に引退したとはいえ、ウッダラン伯爵は多大な影響力を持っている。アラダイスが悪意に満ちた噂を流したところで、大した打撃にはならないのだ。オリヴィアがきちんとした相手と結婚し、キャサリン・レンショーがずっと前に亡くなっているとなるとなおさらだった。社交界にゴシップはつきものだが、次次と新たなスキャンダルが発生して、以前のものは忘れ去られてしまう。ガイはグラスをあおり、立ち上がった。

「すべてうまくいってよかった。では、そろそろ失礼します。明日の準備がいろいろあって――」

「もうひとつおまえと話しておきたいことがある」

伯爵の口調が少し硬くなった。「ずっと考えていたんだが、おまえとミス・シェリダンの結婚は延期したほうがいいだろう」

ガイは目を細めた。「なんですって？」

「聞こえたはずだぞ。もう一度座りなさい」

息子は父の言葉に従った。「いったいどういうことなんですか？」

伯爵はため息をつき、鋭い視線で息子を釘《くぎ》づけにした。「おまえとサラが仲たがいをしていることにはみんなが気づいている。そんな状態のまま結婚するわけにはいかんだろう！」

ガイは父から目をそらし、少しぎこちない口調で言った。「問題があるのは確かですが……」

「それならなおさら延期すべきだ。おまえがその問題とやらを解決できると思っているならな。あるいはいっそのこと、この話はなかったことに――」

「だめです！」ガイがいきなりグラスを置いたので、中の酒がこぼれた。「今、スキャンダルの話をしたばかりじゃないですか。もしぼくとミス・シェリダンの結婚が破談になったら、噂とゴシップで彼女の名誉は回復不能になってしまう！」

伯爵は少し身じろぎした。「つまりこれはもっぱら彼女のためを思ってのことなのか、ガイ？」父の声は冷ややかだった。「なんとも気高い姿勢だが、そんなことは結婚の理由にはならんぞ！　おまえがあの娘を憎々しく思って、口をきく気にもならんのも無理はない！」

ガイは赤くなった。「そういうことじゃないんです――」

父は息子の言葉など耳に入らぬかのように続けた。「おまえはそれで納得しているのかもしれないが、そんな理由ではうまくはいかん」伯爵は打ち明け話でもするように声を落とした。「正直言って、おまえがあの娘を思っているわけではないと知ってほっとしているんだ。おまえはわたしのひとり息子で伯爵家の跡継ぎだ。どうしてわざわざなんの利益もない縁組を選ぶ？　確かにシェリダンの名はかつてはこの郡では尊敬を集めていたが、彼女には財産もなければ有力な親類もおらず――」

「父上はぼくを誤解しています」ガイは怒りもあらわな口調で言った。「ぼくは今も彼女との結婚を望んでいますし、父上が自らの名づけ子のことをそんなふうにおっしゃるなんて心外です！」

伯爵は息子の視線を避けた。「そもそもこんな話、なければよかったんだ。考えれば考えるほど間違いに思えてくる！　サラの身の上のことならおまえが心配しなくてもいい。わたしがあの娘を助けてやるから！」

「助ける？」ガイの口調はけんか腰だった。「いったいどうやって、助けるっていうんですか？」

「もちろん、仕事口を見つけてやるんだよ！」伯爵は大きく手を振った。「まずは旅に出るのがいい。ブランチランドへの旅のスキャンダルがおさまるまではな。海外を旅行中でコンパニオンを欲しがっている、身分の高いレディが誰かいるだろう。それがいちばんいい方法だとサラを説得するぐらいのことは簡単に――」

「頼むからよけいなことはしないでください！」ガイはぴしゃりと言った。「ぼくは依然ミス・シェリダンと結婚したいと言ったはずで――」

伯爵はこぶしを椅子の肘掛けに叩きつけた。「わたしはだめだと言ってるんだ！　わたしが解決策を見つけるから、あの娘のことは――」

「ミス・メレディスに対して、ぼくにやらせようとしたようなことですか？」ガイの体は今や怒りにこわばっていた。彼は立ち上がり、父をにらみつけた。「どうするつもりかはわかっています！　ミス・シェリダンは都合よく消えるんでしょう――」

「そうなのか？」父が突然、今までとはまったく違う口調で問いかけた。「おまえはわたしが単に金で片をつけて、彼女を追い払うと思ったのか？　おまえは二十九年間わたしを見てきたんだろう、ガイ。その間、わたしはいったい何度そういうことをした？」

「一度もしていません！　だけど――」

「だけどおまえはわたしがオリヴィアに対してそういうことをやりかけたのを思い出し、わたしがサラを助けると言ったとたん、また同じことをするつもりだと思った。待て！」伯爵は口を開こうとした息子を片手を上げて制した。「わたしの話を聞きなさい。おまえに考えてほしいんだ。三十年ではなく、一週間前、十日前に知り合った相手のことだと思ってごらん」父の瞳は皮肉な色を帯びた。「たとえばサラだ。十日ほど前に再会したばかりだろう」伯爵はブランデーをあおった。「彼女は困難な状況にひとりでいた。考えてみれば常にひとりだった。レディ・アミーリアが支えてくれてはいたが、その彼女ですらブランチランドへ行く理由は知らなかった。そして、わたしとおまえ、彼女を支えるはずの、援助を約束したわたしたちが、最悪なことに彼女を裏切った！　先にオリヴィアを見つけたいというひそかな願望をわたしは彼女には告げず、おまえも伏せていた！」

「ぼくはあとで打ち明けました――」

「遅すぎたんだ！　サラはおまえを信頼し始めていた。おまえなら頼れると思ったのに、おまえが隠し事をしているのに気づき始めた。彼女はどうすればいいのかわからなかった。おまえとはまだ再会して二週間もたっておらず……」伯爵は淡々と語った。「出会った瞬間互いに惹《ひ》かれ合ったからといって、それだけでは信頼の基盤にはならん！　彼女は複雑な思いを胸に秘め、おまえが真実を明かしてくれるのを待った。そしておまえはついに、彼女が愕然とするような事実を明かした！　わたしがおまえに、彼女の姪に金を払って消えてもらうよう命じたことを！」

　ガイは今や真剣なまなざしで父を見つめていた。彼はいっさい口をはさまなかった。

「想像してみろ」伯爵は痛みでも感じたように椅子の中で身じろぎした。「サラがどんなに孤独だったかを！　元々、助けを求めるオリヴィアの訴えに、勇敢にも立ち上がったのはサラだった。彼女はレディ・アミーリア以外には助けてくれる者もいない身で、おまえを信頼できると思ったのに、何を信じていいのかわからなくなった。だから、倒れている姪を見つけ、彼女が明らかにおまえの手の内にあるとわかったとき、単純な結論に飛びついたんだ」父はかすかにほほえんだ。「いかに簡単にそうなってしまうかは、おまえが五分前に示したとおりだ！」

部屋を沈黙が包んだ。苦い笑みがガイの口元に浮かんだ。「許してください。しかし、それにしてもひどいやり方だな……」彼は首を振った。

「おまえに真実を悟らせるのにか？」伯爵はさらりと言った。

ガイは椅子の背にもたれ、ため息をついた。「ミス・シェリダンとぼくのあいだにあったことをどうして知ったんですか？」

伯爵はいかにも満足げだった。「サラが話しているのを聞いたんだ。聞こえなかったところは自分でつじつまを合わせた。当たっていただろう？」

「完璧《かんぺき》に。ただ……」ガイは顔をしかめた。「まさかサラが自分から話したわけじゃないでしょう？」

「違う」伯爵はほほえんだ。「耳にしたんだ。サラはレディ・アミーリアと話していて、わたしがいることに気づかずにいた。ほかにもいろいろなことを言っていたが、それはもらすべきではないだろう。ところで……」伯爵の口調が温かくなった。「わたしのサラに対する本当の意見は前に言ってあったはずだ。彼女は善良で勇敢で誠実だ。だから、絶対に放しちゃだめだぞ！」伯爵は肩を揺らして笑った。「さっきわたしが彼女を悪く言ったときには、おまえは今にも殴りかかってきそうなけんまくだったな！」

「相手がほかの者だったら」ガイはしみじみと言った。「きっとそうしていましたよ！」

「いずれにせよ」伯爵はぶっきらぼうに言った。「おまえをだますのはたいへんだったが、おまえには教訓が必要だった。いちばん大切なものを捨ててしまおうとしていたんだからな!」

ガイはグラスの酒を飲み干した。「花嫁を捜してきます……」

「急ぐがいい」父は忠告した。

ガイは階段を二段ずつ駆け上ったが、すでに遅かった。憤慨した伯爵夫人がサラの部屋のドアを開け、結婚式の前夜に花婿が花嫁に会うのは縁起が悪いと、断固はねつけたのだ。ガイはただ待つしかなく、愚かなプライドのせいで招いた悪運が取りついてしまわぬよう、ひたすら願うしかなかった。

## 12

教会は明るく光り輝いていた。突き出し燭台《しょくだい》から何百本という白いろうそくが光を投げかけ、壁の赤い額に入った聖書の一節を照らしている。どこもかしこもひいらぎの枝に月桂樹《げっけいじゅ》、松毬《まつかさ》、苺《いちご》類とクリスマスの緑があふれ、赤と金の飾りリボンで彩られていた。サラは名づけ親の腕に手をかけ通路を進みながら、教会全体のまばゆい美しさに息をのんだ。

もう逃げることはできない。昨夜レディ・ウッダランがサラの部屋へやってきて、やさしく心をこめて、サラとガイの結婚は家族にとって幸せだと語った。両親とも息子は最高の花嫁を見つけたと確信しているという。伯爵夫人はさりげなく、ふたりが再会して間もないことにも触れた。恐れることはない、すでにガイを知りよく理解しているのだから、ふたりは実際に過ごした時間以上にずっと互いを理解し合っているはずだとサラを励ました。それを聞いてサラは泣き出した。伯爵夫人はやさしく彼女を抱き、すべてうまくいくと言ってくれた。サラは眠りにつき、ついに結婚式の日がやってきた……。

サラは傍らのガイを強烈に意識していた。ガイはウエディングドレスと季節の色に合わせた緑と白の正装で、いつにも増してハンサムだ。ちらりと彼のほうを見ると、まじめで少し内にこもったような表情だったが、突然サラに輝くような笑顔を見せた。彼女は心臓が飛び出しそうになった。そして、つかの間でも彼のよそよそしさが消えた気がした。

いよいよ式も終わりに近づき、ふたりはしっかりした口調で結婚の誓いを述べた。サラは花婿の腕に手をかけ、周囲の笑顔に見守られて通路を進んでいった。

「サラ、とてもきれいだよ」ガイがささやいた。「ぜひきみに話したいことがあるんだ――」

教会のポーチへ出たので、ガイは言葉を切った。新郎新婦を祝福しようとたくさんの村人がつめかけていた。

「花嫁にキスを！」やどり木の若枝を差し上げて、誰かが叫んだ。

ガイはサラに唇を重ねた。雪片が触れたような軽く冷たいキスだったが、それでもサラは震えた。空は不気味に暗くまた雪が降りそうで、空気は冷たいが、熱気の波が体に押し寄せてくるようだった。頬が赤くなったのに気づき、彼女はガイに身を寄せた。

「道をあけてあげて！」群衆は快くふたつに分かれ、雪が降り始める中ふたりは馬車へと進んだ。

ガイはサラが馬車に乗り込むのに手を貸してから、彼女の向かいの席についた。そして、すぐさま身を乗り出した。「サラ、今日はふたりきりになれる時間が少ないのはわかっているけれど、どうしてもきみに言わなくてはいけないことが――」

ドアがさっと開いた。「ガイ！　悪いけど……」ウッダラン伯爵夫人は申しわけなさそうに息子とサラの顔を見比べた。「オリヴィアとレディ・アミーリアも乗せてあげてくれない？　ふたりは教会まで歩いてきたのだけど、雪が降ってきたでしょう……」

ガイはサラに向かって苦笑した。「いいですとも、母上！　すぐに乗せてあげましょう！　この天気の中を立っているのはたいへんだ」

オリヴィアはとても興奮していて、館《やかた》への短い道のりのあいだ、ずっと結婚式のことを話していた。

「すてきだったわ……。とってもきれいよ、サラ……ろうそくも緑もお花とはまた違って、本当に美しくて……」

サラは耳を傾け、ほほえみ、答えながら、ずっとガイの視線が自分に注がれているのを意識していた。まるで彼の視線が実際に肌に触れているように感じられ、妙に敏感になってしまう。彼の口元にはまだ、かすかな微笑が浮かんでいた。目が合うと彼は赤くなり、サラは驚いた。そして、オリヴィアに何を言っていたのか忘れてしまい、黙り込んだ。ガイの笑みが少しだけ広がった。

いったいどうなっているのだろう。サラは理解に苦しんだ。彼女は顔をしかめ、この最新の謎《なぞ》を解こうとした。最後にガイを見たのは昨夜食堂を横切っていくところだった。彼はもはや習慣となっているようにサラを無視した。その後、部屋へ話しにやってきたがもう手遅れで、伯爵夫人が彼を追い返してしまった。次にふたりが会ったのは教会で……そして今、奇妙にも彼の冷たさは消え、サラの心を溶かしてしまいそうな温かさに変わっている。ガイは最初に出会ったときを思わせるような細かな気配りで、サラに接していた。花婿としては当然の態度とも言えるけれど、なんとも納得がいかない。

ほどなく馬車が館に着き、サラは片手にスカートをからげて、降りる準備をした。ガイの反応は早かった。彼はすばやく彼女を抱き上げ、玄関広間へと運び、客たちからいっせいに拍手喝采《はくしゅかっさい》がわき起こった。ガイが笑って友人たちの祝福を受けているあいだに、サラはアミーリアの腕をつかんだ。

「ミリー、ちょっと一緒に来てくれない……」

アミーリアはいぶかしそうな視線をサラに向けた。

「サラ？　大丈夫？」

「ええ」彼女はアミーリアの腕をつかむ手に力をこめた。「早く、ガイに見つかる前に……」

ふたりはこっそり広間を出て婦人用の客間へ入った。

「いったいどうなってるの？」大きな鏡に怯《おび》えた顔を映して、サラがつぶやいた。アミーリアはサラのドレスを直し、銀の頭飾り《コルネット》をピンでしっかり留め直している。「昨日の彼はわたしと口さえきかなかったのに……」

「小さなコルネットはいいアイデアだったわ」カールした髪の位置を直しながらアミーリアが言った。

サラは頭を引いた。

「わたしの話を聞いてる、ミリー？」

「もちろんよ」アミーリアはなだめるように言った。「ただ、花輪よりコルネットを勧めたレディ・ウッダランに敬意を表したくて。やっぱり冬には――」

「わかった、わかったわ！」サラはじれったそうに言った。「それより、ガイの態度は……？」

ドアが開き、サラは義母が結婚式の朝食が始まると告げに来たものと思って振り返った。しかし、戸口に立っていたのは夫だった。サラの不安そうな瞳と、ガイの熱い思いにきらめく瞳が合って、サラの鼓動が乱れた。

「レディ・アミーリア」ガイはゆっくりと言った。

「申しわけないが……」

アミーリアはガイが首を傾けたしぐさで言外の意を悟り、ドアへと向かった。サラはふたりは示し合わせているのだろうかと怪しみながら、アミーリアの腕をつかんだ。

「ミリー、行かないで！」

「ばかを言わないで、サラ！」アミーリアはガイに共犯者めいた微笑を向け、しずしずと部屋を出るとわざとしっかりドアを閉めた。

サラは急に動揺して、ガイから顔をそむけた。彼が近づいてくるのが鏡に映って見える。「みんなが待っているでしょう」

「もう少し待たせておけばいい、サラ……」ガイは新妻を自分のほうへ向き直らせた。「急いで話しておかなくてはいけないことが……」

サラは目を見開いた。「どんなこと？」

「そんな顔をしないで」震える声でガイが言った。

「こんなの聖者だって我慢できない！」

彼はサラの二の腕をつかんで引き寄せると、激しく唇を奪った。サラの唇も本能的に開き、彼女は自ら体をすり寄せ、腕をガイの首にからませた。キスは深まり、めくるめく欲望がふたりをのみ込んでいく。

ドアが開いた。

「ガイ」少し困ったようすの伯爵夫人の声が響いた。

「お客さまたちがおなかをすかしているわ！　そういうことはあとでいくらでも――」

ガイはサラを放し、小さく舌打ちした。「わかりましたよ、母上。すぐ行きますから」

「今すぐよ！」伯爵夫人は容赦なく言うと、またも乱れた花嫁のレースのドレスを直した。サラは興奮し、顔を紅潮させたまま客たちのもとへ戻るしかなかった。みんなが自分をどう思っているかが手に取るようにわかる。彼女は完全に混乱していた。わかっているのはガイが何か言おうとしたことだけで、あのブランチランドの朝のようにひたすら彼が気になってしかたなかった。

結婚式の祝宴は長く凝ったものだった。まず客の体を温めるスープが出て、ハーブソースのひらめに鶏のあえもの、鹿《しか》の腿肉が続いた。サラは料理の皿が替わるのにもほとんど気づいていなかった。神経過敏になっていて料理が喉を通らず、周囲の家族や友人たちのおしゃべりに答えつつも、目の隅でちらちらガイを見ていた。ふたりはほとんど話す機会もなかったが、ガイの視線をしょっちゅう感じてサラは肌を焼かれる思いがした。

「サラ」ガイが軽く手に触れ、彼女はナイフを落としてしまった。顔を上げて視線が合うと、彼の目の表情に赤くなってしまう。「きみに言いたいことが――」

「クリスマス・プディングはどうだい？」反対側の席から伯爵がやさしくサラに尋ねた。

ガイは身じろぎして顔をそむける。サラは欲求不満に泣きたくなった。

ワッセル酒のボウルが運び込まれた。ワインにりんご、ナツメグ、ジンジャーを混ぜ合わせ、たっぷりスパイスをきかせた祝いの酒は、とてもいい香りだ。伯爵が新郎新婦に乾杯し、最初の一杯を飲み干すと、ボウルがサラに回ってきた。ぐっと酒をあおると、少し頭がくらくらした。いくつか祝辞があって、やがてダンスの開始が告げられた。

立ち上がってみて初めて、サラは自分がすっかり酔っているのに気づいた。料理のソースにはたっぷりワインが入っていたし、ワッセル酒もかなり強かったのだ。ガイが腰を支えてくれたので、彼女はありがたく寄りかかった。

「サラ？」ガイの息がサラの髪を揺らした。「大丈夫かい？　すぐに部屋に引き取るつもりだけど、その前に一曲ぐらいはダンスを——」

「す……すてきね」サラはなんとかしっかりしなくてはと思うのだが、少しよろめいてしまった。ガイがまじまじと花嫁を見る。「きみ、酔ってるね」

「ばかな！」サラは自信たっぷりに言った。「さあ、踊りましょう」

　普通なら動きの激しいカントリーダンスから始まるところだが、ガイが最初にスロー・ワルツをリクエストしてくれて助かった。彼はやさしく上品にサラを支えてフロアを回ったが、一曲目が終わるとふたりは引き離されて、次から次へとパートナーを替えて踊るはめになり、曲もしだいにアップテンポのカントリーダンスに移っていった。最後にはサラは笑いながら息を切らしてベンチに座り込み、レモネードを注文した。

　その後も、ダンスはますます速く激しくなっていった。サラはときどきガイのほうを見たが、人をかき分け彼のそばまで行くのは無理だった。ひとつダンスが終わるたびに誰かが待ち構えていて次のダンスを申し込んでくる。ガイも同じように、祝いの席の気軽さにつけ込んで、ダンスをせがんでくるレディたちに囲まれていた。一度ガイと目が合ったとき、サラは騒がしい客たちがあっさり溶けて消えてしまった気がした。彼の表情も態度も決然としていて、サラとふたりきりになるのは時間の問題だと告げていた。

　サラはついに我慢できなくなって、こっそり大広間から抜け出した。ドアを閉めると会場のにぎわいも聞こえず、廊下はとても静かだった。彼女は窓の外をのぞいた。雪は激しくなっていて、木立のあいだを舞っている。ひんやりと心をそそる光景だ。サラは戸棚からマントを取り出して着込むと、外へ出た。

ウッダラン家の庭は白いおとぎの国のようだった。サラは雪に足跡を残して、そっと小道を進んでいった。学校をさぼった子供の気分で、大広間の窓をのぞいてみた。それから、突き当たりの樫《かし》の大木まで、櫟《いちい》の並木道を一気に走った。説明できない熱い興奮が彼女を満たしていた。冷たい空気が頬に痛い。サラは両腕を大きく広げ、マントをはためかせて雪の中をくるくる回った。

「サラ！　いったい何をしてるんだ……？」

たくましい腕がサラをつかまえた。ガイが彼女の頭からフードを外す。彼の髪にもまつげにも雪が積もっていて、冷たい空気とかすかな白檀《びゃくだん》のコロンの香りがした。サラは膝から力が抜けていくのを感じた。

「ごめんなさい」サラは片手でガイの髪の雪を払った。「少しひとりになりたくて」

ガイはサラを軽く揺さぶった。「きみが雪の中ではしゃいでいるあいだ、ぼくは館中を捜し回っていたんだよ！　きみは大広間にもいないし部屋にもいないし、行ってしまったのかと思った！」

サラは眉をひそめた。ガイの切々とした口調が興奮を覚まし、彼女を現実へと引き戻した。「行く？　行くってどこへ？」

「知るもんか！」ガイはサラを放し、数歩離れた。「ただ行ってしまうんだよ……きみはぼくとなんか結婚したくなかったんだから！」

サラはまばたきした。冷たい外気でかなり酔いも覚めて、ガイが妙なことを言っているのははっきりわかった。「ガイ――」

「いや、ぼくの話を聞いてくれ！」ガイは緊張に満ちた顔でさっとサラを振り返った。「ぼくは朝からずっと、きみと話そうと――」

「レンショー！」影の中から声が響いてきた。「元気かい！　婚礼のお祝いに来たんだ！」

「ラルフよ！」ガイのいらだった顔に吹き出しそうになるのをこらえて、サラがささやいた。「きっとワインセラーの鍵《かぎ》を見つけたのね！」

「とんでもない！」サラの言葉を聞きつけ、怒った准男爵は叫んだ。彼はサラのところへやってきて、雪まみれの彼女をしっかりと抱きしめた。「これは泉の水だよ！　ところがブランデーに劣らず元気が出るんだな、こいつを飲むと！　この水でわたしの熱も下がったんだよ。そのはずなんだ。何しろ、うちにはこれしかないんだから！」

「病気が治ったばかりなのに、こんな寒いところに立っていてはいけないわ！」サラはラルフの腕を取った。「館へ入りましょう、サー・ラルフ。そして、祝宴に参加なさって！」

館へ入るとラルフはマントを脱ぎ、花嫁に心のこもったキスをした。

「ぼくらはここで失礼します」ガイがいらだちを抑えきれずに言った。「大広間までご案内できなくて申しわけないが、今すぐ妻と相談しなくてはならないことがあって――」

ラルフはウインクした。「言いたいことはわかるよ！　行くといい！　パーティーの場所は自分で見つけるさ！」音楽のするほうへと向かった彼は、戸口でウッダラン伯爵夫人とぶつかった。

「失礼しました！」彼はやさしく言った。「ところでこのおいしい水を一杯どうですか？　うちの泉からくみ上げたもので――」

伯爵夫人は適当に言いわけをしてラルフのそばを離れ、顔をしかめてガイとサラを振り返った。ラルフはふらふらと大広間へ向かっていく。「あの妙な人は誰？　招待した覚えがないし、かなり酔っていたみたいだけれど！」

「水で酔っているんです」サラが笑った。「あれがわたしの評判の悪い親類のサー・ラルフ・コウヴェルですわ！　でも、彼は自分においしい泉の水の商人になる才能があるのを発見したみたい！」

レディ・ウッダランは眉をつり上げた。「彼のことは放《ほう》っておきましょう！　さあ、あなたたちも会場へ戻って――」

「いえ、母上」ガイが断固として言った。「ぼくたちがいなくても祝宴は盛り上がりますよ！　サラが着替えなきゃならないのは、見ればわかるでしょう。それにもっと重要なのは、ぼくは彼女と話がしたいということです……誰にも邪魔されずにね！」

伯爵夫人は憤慨したようすだ。「今部屋に引き取るなんていけません！　どこへ行ったかみんなにわかってしまうでしょう！　それに、サラはちゃんと自分の部屋まで誰かに付き添ってもらって、着替えを手伝ってもらわないと――」

ガイは眉をつり上げた。

「とんでもないわ！」母は小声でつぶやいた。「お父様だってそんなこと――」

「祝宴へ戻ってください、母上」ガイはにやにやしながら言った。「妻の世話はぼくに任せて！」

彼はサラの手を引き、階段を上った。足取りのあまりの速さに、新婚夫婦用の続き部屋に着くころにはサラはほとんど走っていた。

「なんてこと！」サラは息を切らしながら笑った。「新しい義理の娘がこんなふるまいをして、伯爵夫人はきっとあきれてらっしゃるわ！　ずいぶんはしたない嫁だと思われているに違いないわね！」

ガイはドアを閉めると、やっとふたりになれたのが信じられないといった顔で寄りかかった。「サラ、きみに話したいことが――」

「ええ、あなたは一日中ずっとそう言って――」

「頼む！」ガイは片手を上げた。「もうこれ以上邪魔されるのは耐えられない！」彼はじっとサラを見つめた。「だけど、きみはまず着替えないとね。ぼくもそうだ。すぐに戻ってくるから」

続き部屋のドアのほうへと歩き出したガイを、サラが止めた。「ガイ……お母様のおっしゃったとおりなのよ。このドレスを脱ぐには手伝いが必要なの。背中にボタンが並んでいて……」ガイのまなざしを見て、サラは口ごもった。

「わかった」ガイの声はぶっきらぼうで事務的だった。彼はサラのマントを脱がせ、暖炉のそばの椅子にかけた。「背中を向けて……」

サラはガイの器用な指がボタンを外していくのを強烈に意識していた。彼の緊張が伝わってきて、体が震えた。ドレスの背中がはらりと開くと、ガイの手が透き通ったシュミーズをかすめ、彼が息をのむのがわかった。ガイは咳払《せきばら》いをした。

「これでいいだろう。あとは脱ぐだけだ。じゃあ、着替えてて」彼は化粧室に入り、しっかりドアを閉めた。

サラは眉をつり上げた。ガイがどれだけ必死の思いで自分を抑えたかはわかる。彼の話というのはよほど重要なことに違いない。

サラはドレスと、びしょ濡《ぬ》れになったサテンの靴を脱いだ。ドレスも靴も台なしだ。われながら、どうしてこんな格好で雪の中を走り回る気になったのだろう。彼女は窓辺に歩み寄り、外を眺めた。空は暗く、依然雪が降り続けている。急に、暖炉に暖められた部屋のほうがずっと居心地よく思えてきた。

隣の部屋の物音で、すぐにガイが戻ってくることを思い出した。急いでシュミーズを脱ぎ、唯一部屋にあった薄地の亜麻布のナイトドレスにおそろいの化粧着《ペニョワール》を着た。渋い緑の光沢が美しい。彼女が鏡の前に立って髪をとかしていると、ダークブルーの部屋着姿のガイが入ってきた。ふたりはしばし見つめ合った。ガイの顔は陰になっていて、表情は読み取れない。

「とにかく座って……」ガイは部屋を見回したが、椅子はひとつしかなかった。彼は少しためらってから、サラの手を取りベッドへと導いた。彼女の胸はときめいたが、ガイは彼女からずっと離れたベッドの端に腰かけた。

沈黙がふたりを包んだ。

「ガイ」サラは懇願するように言った。「どういうことなのか話してくれないと、わたし、すごく不安になってしまって……」

ガイの生まじめな表情が少し和らいだ。「すまない。一日中、ずっとふたりきりになりたいと思っていたけれど、いざそうなってみるとどこから始めればいいのかわからなくて！」彼は髪をかき上げた。

「昨日の夜、ぼくがきみに会いに行ったのは知ってるね？」

サラはうなずいた。「わたしはあなたのお母様と一緒だった。婚礼前夜に花婿が花嫁に会うのは縁起が悪いって、お母様があなたを追い返したのよね」

「おかげできみに会えなくて、さんざんな思いをするはめになった！」ガイは皮肉っぽく言った。「ぼくはその前に父と話していて、父が悟らせてくれたんだ……」彼は顔を上げ、サラの瞳を見つめた。

「ぼくは最初からきみにひどい仕打ちをしていたって。バースではきみを中傷したうえに強引に結婚を迫り……ブランチランドではずっと真実を隠し、何もかもきみのせいにして、傲慢《ごうまん》にも自分にも非があることを認めようとしなかった！　この数日はわざときみを避けて、きみにとてもつらい思いを――」

「ああ、やめて！」サラはこの数日のつらい出来事を思い出すのに耐えられず叫んだ。「いやなことすべてをまた蒸し返すなんて、同じくらいひどいわ。全部忘れてしまいましょう……」

「きみが許してくれるなら、ぼくも喜んでそうするよ」ガイはまじめな顔で言って、身じろぎした。「実のところ、ぼくは出会ってたちまちきみに恋をしてしまって、本当にきみを知る機会がなかった。ぼくの恋心はあまりに突然で激しく、そんな自分に驚いて――」

「あなたは今だって、わたしをよく知っているわけじゃないわ」サラは静かに言った。ふいにガイと目を合わすことができなくなって、彼女は上掛けの模様を指でなぞった。

「いや、知っていると思う」ガイの声は揺るぎなかった。「最初から自分の直感を信じればよかったんだとわかるから。きみは勇敢でやさしく善良な人だ。ぼくはきみを愛してる……なぜ泣いているんだ？」

サラの目には涙があふれていた。「知らなかった……わたしはむしろ……あなたがわたしを愛してくれているなんて知らなかった」

本当だよ。何が問題なんだ？　きみはぼくを愛してないのか？　愛していると言ってくれたことはないね！」

ガイはサラがこれまで見たこともないような、今にも傷つきしおれてしまいそうな表情をしていた。

彼女は涙を流しながらも明るくほほえんだ。「もちろん愛しているわ。どうしてそんなにおばかさんなの？　わたしは少なくとも、あなたがわたしを愛し始めたころにはもうあなたを愛していて――」

いつの間にかガイはサラの傍らに来ていて、やさしく彼女を抱いていた。シルクの部屋着越しに彼の体温が伝わってくる。サラは反射的に心地よいぬくもりへと体をすり寄せた。ガイは彼女の髪に頬を寄せた。「ぼくらは何もかも混乱させてしまったけど、重要なのは互いを大切に思っていることだし、今はもう結婚して……」

ガイの指がサラのうなじを撫《な》でる。やさしく円を描くその動きが彼女の心をかき乱す。かすかな白檀の香りに彼の肌のにおいが混じって、たまらなく彼に触れたくなる。サラは彼の鎖骨の下のくぼみに唇を押し当てた。

彼女のためらいがちな愛撫《あいぶ》の効果は劇的だった。ガイはさっと頭を下げてサラの唇を奪うと、いつものようにやさしくも激しいキスをした。この日一日つのりにつのった欲求不満も疑惑もいらだちも、ついに互いの情熱に火がつくと、一気に洗い流されてしまった。

サラは枕《まくら》に寄りかかってガイを引き寄せ、彼の部屋着の中に両手をすべり込ませた。彼がその下に何も着ていないとわかってどきりとする。彼女の両手は裸の胸をすべり、たくましく滑らかな筋肉の感触を確かめた。サラのショックのあえぎ声を、再び下りてきたガイの唇がのみ込んだ。欲望もあらわに開いた唇から彼女が惜しみなく与える甘い蜜《みつ》を、ガイは存分に味わった。

ガイが少し体を引き、部屋着を脱ぎ捨てた。暖炉の明かりが金色に照らし出す彼の裸身の美しさに、サラはうっとりと見とれてしまった。

「今度は」ガイが息を切らしてささやいた。「きみがぼくを好きにしていいんだよ、サラ……」

サラの心にあった最後の抑制の糸が切れて、彼女はガイをしっかり抱き寄せ、彼のたくましくも滑らかな肩に指を食い込ませた。彼が鋭く息を吸い込んで隠しきれない快感のあえぎをもらすと、彼女は満足げにほほえんだ。

「サラ……」

ガイは体を起こし、かすかに震える指でペニョワールのリボンをほどいた。その下のナイトドレスはとても薄い亜麻布で、ほとんど透き通っている。ガイの手がその上を撫でていくと、サラはナイトドレスが裸身を隠すよりむしろ強調していることを、強く意識した。それでも、ガイはそのままで我慢はしなかった。彼が滑らかな布地を肩から下ろしていくのを感じ、サラは目を閉じた。彼の唇が胸を愛撫し始め、その強烈な快感に体はうずき、サラは身もだえた。唇がまた唇へと戻ってきて荒々しくもやさしくむさぼると、突き上げてくる官能に、彼女は身をくねらせた。

ナイトドレスもほどなく、ペニョワールに続いて床に落ちた。サラの唇はキスでふくらんでしまった感じがした。彼女の全身に欲望が脈打ち、体の奥では満たしてくれと切なく燃えるような声がする。

「言ったでしょう」サラはささやいた。「わたしに貸しがあることを忘れないって……」

ガイの動きが止まった。彼は肘で体を支え、サラの顔にかかる髪を払った。「そうだったね……」彼はほほえんだ。「借りを返す準備はできているかい、サラ？　だって、今度はもう止められないから……」

答える代わりに、サラは口元にとろけるような微笑を浮かべてガイを引き戻した。「止めないで」

部屋は寒かったが、サラはシーツにくるまり、花婿に身を寄せていた。彼女はガイの片腕でしっかりと抱かれていて、温かく心地よかった。振り返ってガイの穏やかな寝顔を見ると、改めて心に愛が満ちてくる。ガイが身じろぎし、また腕を回してサラを抱き寄せた。

「サラ……」

「なあに、あなた？」

ガイは目を開き、快感の余韻に物憂げにほほえんだ。「きみに痛い思いはさせなかっただろうね？」

「覚えてないの」サラは正直に言って赤くなった。「でも……とても楽しかった……」

「じゃあ、もう一度経験する準備はできている？」

「わからない」彼女はすまして言った。「もう朝なの？」

「いや、まだ暗いし、人の気配もないよ。ぼくらはかなり早い時間に部屋へ引き取ったから」ガイはあくびをして伸びをすると、ろうそくを灯《とも》した。たくましい体からシーツがすべり落ち、あらわになった肩から腿への引きしまった線、細い腰、筋肉質の上半身に、サラはうっとりと見とれた。

ガイはサラの視線に気づいてほほえみ、彼女のカールした髪をひと房つかんでうなじをくすぐった。彼をよけようとして片手を上げると、サラの体からもシーツがすべった。慌てて押さえようとしたが、ガイのほうがすばやくひったくってしまった。「まだ恥ずかしいのか？　あんなことをしたあとなのに！」

サラの顔がまた真っ赤になる。「ああ、お願いだから……」

ガイはサラの体を組み敷いた。「ぼくはきみを喜ばせたいんだ、サラ。こんなふうに……そして、こんなふうに……」

今度はガイはひとつひとつの愛撫に限りなくゆっくり時間をかけ、一心に情熱を注ぎ込んで、官能で彼女をとろけさせた。

「きみを愛していると言ったかな？」愛の行為のあとで、サラを抱きながらガイが言った。

「ええ」サラの心は幸福のもやにふんわりと包まれていた。「でも、また言って。好きなだけ何度でも。わたしもそうするから！」

ふたりはずっとあとになってから、控えめなノックの音に目覚めた。ガイが部屋着を羽織ってドアへと向かい、サラはベッドのカーテンの背後で慌ててナイトドレスを着た。ガイはトレーを持って戻ってくると、それをベッドの傍らのテーブルに置いた。

「母上がおなかがすいただろうって！　なんでわか

ったんだろうね！　ロールパンにバターにハムに卵にこれだ……」彼は大きな水差しを手で示した。

「それは何？」サラが興味津々で尋ねた。

「ブランチランドの泉の水さ！」ガイがグラスに水を注《つ》ぎ、サラに向かって乾杯のしぐさをした。「母の話だと、すべての客が朝食にこの水を飲んで、二日酔いの特効薬だと絶賛したんだそうだ！」彼もひと口水を飲んだ。「ううむ、悪くないね。ラルフもついに社交界に受け入れられたぞ！」

サラはほほえんだ。「これでブランチランドはついに最後の秘密を明かしたわけね」彼女はそっとつぶやいた。

ガイは身をかがめ、新妻にキスした。「そして、その過程でみんなが幸せになった。オリヴィアは本来の親族を取り戻し、おまけにジャスティン・レベイターまで見つけた！　アミーリアとグレヴィルもついに結ばれたし、サー・ラルフには泉の水がある！」彼はもう一度サラにキスして、両手をペニョワールの滑らかな生地に怪しく這《は》わせ、サラがさっき結んだばかりのリボンをまたほどいてしまった。

「そしてぼくについて言えば」ガイはまたもサラにキスして言った。「ブランチランドがきみを与えてくれたんだからね、サラ。誰よりもいちばん幸運なのはぼくさ」

作者の横顔

**ニコラ・コーニック**　イギリスのヨークシャー生まれ。詩人の祖父の影響を受け、幼いころ歴史小説を読みふけり、入学したロンドン大学でも歴史を専攻した。卒業後、いくつかの大学で管理者として働いたあと、本格的に執筆活動を始める。現在は、夫と二匹の猫と暮らしている。

消えた乙女

2004年10月5日発行

| | |
|---|---|
| 著　　者 | ニコラ・コーニック |
| 訳　　者 | 鈴木たえ子（すずき　たえこ） |
| 発 行 人 | スティーブン・マイルズ |
| 発 行 所 | 株式会社ハーレクイン<br>東京都千代田区内神田 1-14-6<br>電話 03-3292-8091（営業）<br>03-3292-8457（読者サービス係） |
| 印刷・製本 | 凸版印刷株式会社<br>東京都板橋区志村 1-11-1 |
| 編集協力 | 有限会社イルマ出版企画 |



ISBN4-596-32195-7 C0297

ストーリー 2004 **四つの愛の物語**

年のクリスマス・ストーリーは豪華に2冊お届けします!
現代版「**恋と魔法の季節**」とヒストリカル版「**十九世紀の聖夜**」で
クリスマスロマンスをたっぷりお楽しみください。

ヘレン・ビアンチン
シェリル・ウッズ
シャロン・ケンドリック
レベッカ・ウインターズ
✳416頁✳

ポーラ・マーシャル
マーガレット・ムーア
ヘザー・グレアム
メアリー・バローグ
✳424頁✳

**11月5日発売**
ポストカード・レシピ付き!

# ダイアナ・パーマー

## ＜テキサスの恋＞最新刊

シルエット・ディザイアより **11月5日発売**

『MAN IN CONTROL(原題)』

内気で平凡なジョディは、親友の兄でプレイボーイのアレクサンダーに昔から反感をもっていた。だが会社の上司が起こした麻薬密輸事件に巻き込まれ、麻薬取締役捜査官であるアレクサンダーに協力することに……。

DIANA PALMER

*超人気シリーズ＜テキサスの恋＞第28話です。お見逃しなく!*